Los dominios del lobo

Javier Marías

Los dominios del lobo

Prólogo y Epílogo del autor

ALFAGUARA

© 1971, Javier Marías
© De esta edición:
1999, Grupo Santillana de Ediciones, S. A.
Torrelaguna, 60. 28043 Madrid
Teléfono 91 744 90 60
Telefax 91 744 92 24
www.alfaguara.com

• Aguilar, Altea, Taurus, Alfaguara S. A.
Beazley 3860. 1437 Buenos Aires
• Aguilar, Altea, Taurus, Alfaguara S. A. de C. V.
Avda. Universidad, 767, Col. del Valle,
México, D.F. C. P. 03100
• Distribuidora y Editora Aguilar, Altea,
Taurus, Alfaguara, S. A.
Calle 80 Nº 10-23
Santafé de Bogotá, Colombia

ISBN: 84-204-3095-1
Depósito Legal: M-21.192-1999
Impreso en España - Printed in Spain

Diseño:
Proyecto de Enric Satué

Ilustración:
Luigi Loir, *En la estación*, Francia, 1845-1916

Todos los derechos reservados.
Esta publicación no puede ser
reproducida, ni en todo ni en parte,
ni registrada en o transmitida por,
un sistema de recuperación
de información, en ninguna forma
ni por ningún medio, sea mecánico,
fotoquímico, electrónico, magnético,
electroóptico, por fotocopia,
o cualquier otro, sin el permiso previo
por escrito de la editorial

Índice

Prólogo de 1987   9

LOS DOMINIOS DEL LOBO   21

Epílogo de 1999   331

Prólogo de 1987

Al terminar mi primer año de Universidad, en junio de 1969, cuando contaba todavía diecisiete años, me escapé a París. No fue una huida dramática, y desde luego no se debió a ningún grave altercado con mis progenitores ni tampoco a que yo estuviera en aquella época sometido a una rígida férula. Menos aún se debió a que alguien se adueñara de mi voluntad vacilante y me arrastrara hasta allí con promesas de riqueza o amor. Por entonces París se asociaba ya poco con esa clase de bendiciones. A decir verdad, yo lo asociaba con el cine más incluso que con la libertad, y fue por causa del cine por lo que me escapé.

Creo que tan sólo unas semanas antes había decidido escribir una novela cuya acción transcurriera en Norteamérica. No se trataba, sin embargo, de una América real, y por ello lo que nunca se me ocurrió —receloso, además, de los métodos a lo Zola— fue intentar marchar a los Estados Unidos para escribirla. Tampoco mis medios me lo habrían permitido, ya que a duras penas me daban para ir a París. Yo acababa de ganar mi segundo o tercer dinero maltraduciendo, en colaboración con mi primo Carlos Franco, unos guiones de películas de terror. Aquel trabajo nos había llegado en nuestra calidad de mano de obra barata y a través de un tío común, el director de cine Jesús Franco, que en aquellos años hizo varias versiones de Drácula y Fu-Manchú con un decadente Christopher Lee como protagonista. Además de esto, mi tío tenía a la sazón su casa en París.

En París estaba la famosísima Cinémathèque de Henri Langlois, y yo sabía de la existencia de numerosos cinestudios que, bajo las reglas impuestas por la *nouvelle vague y Cahiers du cinéma*, se dedicaban a programar frenéticamente cine americano de los años treinta, cuarenta y cincuenta. Ese iba a ser (lo era ya, de hecho) mi principal material, y consideré que lo mejor que podía hacer para escribir la novela que planeaba era pasar una temporada en el único lugar del mundo en el que podría estar en permanente contacto con ese material.

Mis padres no pusieron, en principio, objeción al viaje. Pero así como era una suerte que mi tío Jesús viviera en París, resultó una desgracia que otro tío mío acertara a encontrarse también allí en aquella época. Este segundo tío —tío segundo en realidad, al que apenas conocía— era el agregado naval de la embajada española en la capital de Francia, y fue a su casa a la que mis padres se avinieron a mandarme, suponiendo que allí llevaría una vida ordenada y bajo control. Esa posible vida yo la veía tan estricta como la de un guardiamarina, mientras que mi tío Jesús me ofrecía su piso para mí solo, ya que él iba a pasar el verano rodando en otro país. Pero Jesús Franco —más conocido como Jess Frank— no estaba del todo bien visto por mi familia. Pues no sólo se había convertido en un especialista de films de terror, sino que también era un prolífico director de películas pornográficas.

Lo que asustaba a mis padres —qué podría sucederme viviendo solo en la casa de un pornógrafo internacional, por muy hermano y cuñado que fuese— era justamente lo que me atraía a mí. Entre alojarme en casa de un agregado naval o de un consumado pornógrafo, la elección estaba clara, pero a lo segundo sí se opusieron mis progenitores. El forcejeo que se sucedió se vio resuelto por mi impaciencia final y mi decisión de escapar.

Había redactado ya algunas páginas de mi proyectada novela cuando un día de julio cogí a escondidas un tren hacia París. Dejé a mi primo una nota para mis padres en la que les daba cuenta de mi fuga, y esa nota —siguiéndose mis instrucciones— sólo les fue entregada después de las diez de la noche, hora en la que estaba previsto que el tren cruzara la frontera. Del viaje apenas si recuerdo nada —veo sólo a un amable checoslovaco que me ofrece de su comida—, pero sí que respiré con alivio cuando alcanzamos el territorio francés.

En París estuve mes y medio, viviendo en cierta contradicción. Por una parte, tenía a mi disposición un piso amplio y cómodo, cercano a los Campos Elíseos —15, rue Freycinet—, con un salón dominado por un piano blanco de cola y estanterías abarrotadas, en efecto, de revistas eróticas. Por otra parte, no tenía casi dinero; y, sobre todo, el poco que tenía y que iba ganando de ruborizante manera lo destinaba enteramente a pagar entradas de cines, y quizá uno de los recuerdos más nítidos de aquella estancia son mis frecuentísimos almuerzos y cenas a base de pan con mostaza (sin ni siquiera la salchicha dentro) en medio del salón erótico. El régimen alimenticio mejoró tan sólo durante la semana que mi primo Carlos pasó conmigo en el mes de agosto. También él se animó a la huida, aunque la suya fue breve y sin que sus padres, de veraneo, llegaran a enterarse. No sólo trajo algo de dinero, sino que su presencia supuso una segunda fuente de ingresos.

En aquel tiempo yo me atrevía a maltratar una guitarra y a entonar, con nula afinación, canciones de Bob Dylan y otros arrastradores de la voz. Mis mañanas parisinas las pasaba en casa, escribiendo con disciplina, pasión e inocencia el libro que tienen ustedes entre las manos. Por la tarde iba de un cine a otro cumpliendo mi objetivo de estar inmerso en el material que me estimulaba. Por la noche tenía la desconsideración de acercarme con mi extinta guitarra a las terrazas de los Campos Elíseos y molestar durante varios minutos a los apacibles ciudadanos en ellas sentados, a los que luego pedía *quelque chose pour un étudiant:* incurrí en todos los tópicos de la época. Y cuando vino mi primo, también ofrecíamos, dispuestos en el suelo, los dibujos que él hacía. Hoy, cuando mi primo Carlos Franco es un pintor cada vez más apreciado, no puedo por menos de preguntarme si aquellos generosos transeúntes que los adquirieron por cinco francos habrán tenido la paciencia de conservarlos.

Durante el mes y medio que aguanté en París a base de pan con mostaza vi —nunca olvidaré la cifra— ochenta y cinco películas, aunque no todas fueron americanas. Y no compré nada. Cuando regresé, la novela estaba casi acabada, y creo que para el mes de octubre le había puesto punto final. Por mi cabeza no había pasado la idea de intentar publicarla, así que me limité a prestarla a algunos amigos, que me dieron su opinión y se divirtieron leyéndola. Siguiendo algunos consejos, la sometí a numerosos cambios y cortes (debieron de caer unas ochenta páginas), y de ahí que la fecha de terminación que aparece al final del libro sea enero de 1970.

He contado de palabra, pero no por escrito, cómo llegué a publicar *Los dominios del lobo*. Lo cierto es que aún no tenía ese título cuando conocí a Vicente Molina Foix, que iba a salir en una antología poética, y poco después a Juan Benet. Durante el curso 1969-70 di en acudir por las noches a un local madrileño en el que se reunía gente de cine y de letras y que por fortuna no era el café Gijón. Algunas de esas noches, a la salida del local, un grupo de amigos nos desplazábamos hasta el cercano Paseo de Recoletos y allí, sobre la dura acera, yo cometía la imprudencia de dar algunos volatines y piruetas, arte en el que era bastante más hábil que con la guitarra. La afición a ganar dinero en la calle hizo que Molina y Benet se convirtieran poco menos que en mis apoderados, y a partir de entonces los volatines fueron efectuados sólo tras colecta previa entre los asistentes, que iban en aumento. Siempre he tenido la sospecha de que Molina y Benet —pero sobre todo Benet— me explotaron durante aquel breve periodo, pero en todo caso la parte que yo percibía solía darme para regresar a mi casa en taxi. Poco después mis improvisados *managers* supieron que, además de dar saltos, yo escribía, o al menos que había escrito una novela. Los dos la leyeron y a los dos gustó. Molina acabó por encontrarle el título que le faltaba y Benet hizo gestiones para su publicación. Por ese motivo *Los dominios del lobo* va dedicado a ambos.

Hoy casi nadie se escandaliza porque la acción de una novela española transcurra en Alemania, el Tíbet o el sur de Francia, pero en 1971, año de la aparición de *Los dominios del lobo,* todavía mucha gente exigía en España que las novelas dieran testimonio de la realidad del país y contribuyeran a derrocar al dictador. *Los dominios del lobo* fue bien acogida por algunos críticos y escritores, que vieron en ella las suficientes ironía, madurez narrativa y capacidad de fabulación para que no resultara simplemente una ingenuidad; pero otros me reprocharon que no me ocupara de la cruda realidad española y que no me basara en mi mundo y en mis experiencias personales, sino en un mundo ficticio y ajeno al nuestro. La verdad es que a mis diecisiete o dieciocho años casi no tenía más experiencias que las adquiridas en la butaca de un cine o leyendo en un sillón. Pero había algo más.

Antes he dicho que escribía esta novela con inocencia. Debería añadir que, sobre todo, con irresponsabilidad. Si había más de lo segundo que de lo primero es porque de algo sí era consciente cuando decidí escaparme a París: yo no deseaba escribir *necesariamente* sobre España ni *necesariamente* como un novelista español. Las razones para este rechazo (tan global como injusto) eran de orden literario y de orden político, pero no es este el lugar para exponerlas ni para refutarlas. Sólo quiero llamar la atención sobre el hecho de que este desdén inicial por lo *español* (en tanto que identificado simplistamente con lo *franquista*) lo compartía con la mayoría de los miembros de mi generación —la primera nacida después de 1939—, según pronto averigüé. En contra de lo que se ha dicho a veces, sin embargo, esa generación literaria estuvo tan comprometida políticamente como la anterior, sólo que hizo, por vez primera en mucho tiempo, lo que hoy resulta una obviedad: librar su lucha política en las aulas universitarias, en las reuniones clandestinas en oscuros sótanos y en las carreras a campo o a calle abierta delante de las patas de los caballos de la policía, pero nunca en los libros. Aunque quizá sólo fuera porque ninguno de nuestros modelos literarios había escrito literatura *engagée*.

Ahora, cuando acabo de releer *Los dominios del lobo* por vez primera desde su publicación a fin de revisarla para esta edición, doy gracias por haber merecido aquellas censuras de algunos críticos y escritores en 1971, pues si me ha parecido lo bastante aceptable para volver a darla a la imprenta creo que ello se debe, más que a ninguna clase de precoz talento literario por mi parte, al hecho de que *no* trate de mi realidad de entonces. Amplias partes del libro no las recordaba, ni siquiera mientras las releía, y por serme tan ajenas biográficamente he podido pasar mi vista por ellas con objetividad y sin rubor; y algunas páginas —las mejores— ni siquiera me han parecido mías, o, mejor dicho, propias del que yo era entonces. Por eso no me queda sino reafirmarme retrospectivamente en lo que supongo que ya intuía en el verano de 1969: el novelista que empieza debe tener cuidado con la elección de sus modelos, porque, lo quiera o no, en sus inicios dependerá de ellos. Aunque creo recordar que fue Goethe quien lo dijo más claro: *Tened cuidado con lo que queráis ser de mayores, porque podéis acabar lográndolo.*

El texto que viene a continuación es casi el mismo que apareció en la primavera de 1971, hace dieciséis años. Los libros, en mi opinión, son de una sola vez, y nunca me ha gustado que el adulto manipule los juguetes del niño sin su consentimiento, sobre todo cuando éste ya no puede darlo. Por eso me he limitado a cambiar algunas cifras y doce nombres propios (la mayoría anecdóticos) por razones diversas, a rectificar unas cuantas incorrecciones elementales y a suprimir bastantes comas que, con ser obligadas, ahora me molestaban. El niño, sin duda, era más respetuoso con la sintaxis.

J M
Febrero de 1987

*Para Juan Benet
y Vicente Molina Foix*

That was the year
the small birds in their frail and delicate battalions
committed suicide against the Empire State,
having, in some never-explained manner,
lost their aerial radar, or ignored it.
That was the year
men and women everywhere stopped dying natural
*   [deaths.*
The aged, facing sleep, took poison;
the infant, facing life, died with the mother in
*   [childbirth;*
and the whole wild remainder of the population,
despairing but deliberate, crashed in auto accidents
on roads as clear and uncluttered as ponds.

                                                                           EDWIN ROLFE

La familia Taeger, compuesta por tres hijos —Milton, Edward y Arthur—, una hija —Elaine—, el abuelo Rudolph, la tía Mansfield y el señor y la señora Taeger, empezó a derrumbarse en 1922, cuando vivía en Pittsburgh, Pennsylvania.

En aquella época Edward tenía veinte años y estaba casi terminando sus estudios de historia en la Universidad. Sólo le quedaba un año y quería casarse muy pronto, en cuanto acabara la carrera. Su padre, Davison Taeger, era arquitecto, ganaba mucho dinero, y lo que más le preocupaba, igual que a su esposa Grace, era tener una posición digna y estar considerado como uno de los más distinguidos componentes de la alta sociedad de Pittsburgh. En aquellos tiempos ya lo había conseguido, y daba cada mes una gran fiesta a la que asistían, generalmente, más de doscientos invitados. Fue en una de aquellas fiestas donde comenzó la catástrofe familiar.

La tía Mansfield, hermana de la señora Taeger y viuda del proyecto de senador Archibald Mansfield, muerto en un accidente de aviación en 1919, había encajado muy bien, aparentemente, el fallecimiento de su marido, y nunca había hecho, en aquellos tres años, una escena de llantos o histeria. Sin embargo, por las noches, cuando nadie podía verla en su cuarto, sacaba una pequeña foto de su esposo que guardaba bajo llave en un cajón, y rezaba ante ella como si fuese la imagen de un santo. Después la besaba durante largo rato y se acostaba. Por supuesto, ninguno de los miembros de la familia sabía esto, y por ello les extrañó tanto lo que ocurrió en la fiesta correspondiente al mes de noviembre de 1922.

Aquel año no había sido posible organizar la del mes de octubre, pues el señor y la señora Taeger habían pasado el verano en Europa y habían regresado muy tarde, así que la de noviembre servía también para celebrar su vuelta y para dar la bienvenida al nuevo gobernador del Estado, el señor Ramsay Gilman, hombre de unos cuarenta y cinco años y a quien se auguraba un brillante porvenir.

La tía Mansfield, siempre sobria y digna, asistía a estas fiestas muy de vez en cuando, y cuando lo hacía se limitaba a sentarse en un sofá, saludar a los invitados con amabilidad y cotillear con Arthur, que era su sobrino favorito. Aquella noche, sin embargo, presintió que algo maravilloso iba a pasar, por lo que, siempre acompañada de Art, procuró estar más activa, se mezcló entre los huéspedes e incluso bailó tres o cuatro veces. Se encontraba descansando en un sillón tras un vals agotador cuando alguien anunció que ya llegaba el gobernador del Estado. Una masa de personas bastante considerable se precipitó hacia la puerta y entonó una cancioncilla de bienvenida compuesta por la asociación de damas de Pittsburgh, y que decía algo así como:

*Welcome, welcome, Mr Gilman,
Welcome, welcome to the town.
We all think that you're a good man
'Cause you're always dressed in brown.*

*(Bienvenido, bienvenido, señor Gilman,
bienvenido a la ciudad.
Creemos todos que es un buen hombre
porque siempre va de marrón.)*

Tras ello todos rieron con gran estrépito y la masa volvió a entrar. La tía Mansfield, al escuchar esta canción, le había dicho a Art:

—No sé, Art, cómo el señor Gilman tolera esta clase de bromas. Archie era un hombre más serio. Nunca dejó que su prestigio sufriera el menor daño. Habría llegado fácilmente a senador.

El señor Gilman entró rodeado por una corte de admiradores. Era un hombre alto, robusto pero distinguido, con el pelo muy blanco y sin indicios de calvicie, vestido con un traje de etiqueta de color marrón muy oscuro, y un bastoncillo en la mano. El señor Taeger, al verle, se acercó y le estrechó la mano. Luego procedió a presentarle a los demás miembros de la familia. Mientras lo hacía, la tía Mansfield empalideció y sus ojos se quedaron fijos en la figura del señor Gilman. Cuando le tocó su turno de presentación y el gobernador se aproximó a ella y le ofreció su mano, la tía Mansfield se levantó bruscamente del butacón en que se hallaba sentada y le cogió los dedos, para besárselos con devoción y ceremonia. El señor Gilman la observó atónito, trató de sonreír y dijo:

—No es para tanto, sólo soy un gobernador.

La tía Mansfield pareció no oírle y exclamó:
—¡Has vuelto al fin! —Y se derrumbó sobre el butacón, muerta.

Ninguno de los presentes comprendió exactamente lo que había querido decir, y el señor Gilman se sintió culpable durante muchos años y jamás se atrevió a contradecir a la familia Taeger en ningún asunto legal o administrativo, hasta el punto de que durante los tres años siguientes el verdadero gobernador del estado fue Davison Taeger.

La muerte de la tía Mansfield, y sobre todo el no saber por qué había muerto, dejó una situación violenta entre los componentes de la familia, y trajo como consecuencia la huida de Arthur, el menor de los cuatro hermanos, a Los Angeles. Una semana después del fallecimiento de su tía se dirigió al despacho de su padre y le dijo:

—Papá, quiero hablar seriamente contigo. Tú sabes lo que significaba la tía Mansfield para mí y lo que me ha dolido su muerte. Todo lo que hay aquí, la casa, la ciudad, me recuerda a ella y sufro constantemente, así que quiero irme. A Los Angeles.

El señor Taeger se negó, alegando que ya había habido un escándalo en la familia y que no podía permitirse el lujo de tener otro. Art no contestó nada, pero tres días después desapareció de la casa sin dejar ni una nota y no se supo nada de él en cinco años.

La familia, mientras efectuaba inútiles indagaciones para averiguar su paradero, ocultó la desaparición de Art a la ciudad hasta que esto no fue posible a causa de las constantes preguntas de los vecinos y de sus amistades, y entonces comunicó oficialmente que Arthur se había marchado a Providence para terminar allí sus estudios superiores e ingresar inmediatamente en la Universidad de Rhode Island. Esta mentira no sirvió de nada, ya que Arthur envió postales a todos sus amigos de Pittsburgh diciéndoles la verdad, por lo que en poco tiempo todo el mundo lo supo. Los Taeger fingían ignorar que la gente se había enterado de la fuga de Arthur, a fin de no tener que dar explicaciones de su actitud. Y fue por ello por lo que empezaron a perder prestigio y a ser blanco de mofas y cotilleos. El señor y la señora Taeger, Elaine y el abuelo Rudolph, se sentían humillados y les resultaba muy difícil soportar aquella situación. El novio de Elaine, un joven de buena posición llamado Warren Murchison III, la dejó con alguna excusa, pero quedaba bien claro que era a causa del bache que atravesaba su familia; y los socios del club Brantome, el más aristocrático de la ciudad y al que pertenecía el abuelo Rudolph, le negaron el saludo durante dos semanas seguidas, lo cual hizo que éste, muy ofendido, se diera de baja. La situación empezó a ser crítica, y en la fiesta correspondiente al mes de diciembre, que era generalmente la más concurrida del año, sólo hubo cincuenta y tres invitados. Tras ello, la familia, por deseo propio, se apartó por completo de las actividades sociales de la ciudad, en espera de un golpe de suerte que les devolviera su antiguo prestigio y que les permitiera volver a sobresalir en sociedad. El señor Taeger, sin embargo, y gracias a la influencia que ejercía sobre el gobernador del Estado, procuraba vengarse de las personas que más atacaban y criticaban a su familia.

Milton y Edward, los dos hijos mayores, eran, por el contrario, muy felices. Les encantaba que su hermano pequeño hubiera huido y que sus padres, a quienes profesaban una gran antipatía, fueran objeto de burlas y comentarios. Edward estudiaba durante todo el día, y limitaba su vida a ello y a pasear con su novia Kathie Lonergan por el campus de la Universidad. Milton, en cambio, había terminado ya su carrera de Derecho y, en espera de formar su propio bufete, trabajaba por las mañanas como ayudante y secretario del señor L. Q. Finnerty, uno de los mejores abogados del país, y le quedaba tiempo de sobra para dedicarse a sus múltiples novias engañadas y a las timbas nocturnas de los barrios bajos.

Fue Milton quien agravó la situación familiar de cara a la sociedad cuando decidió que él era un hombre listo, y que, por tanto, debía ganarse la vida sin el menor esfuerzo. Ideó un plan y escogió a su víctima.

A pesar del hundimiento por que pasaban los Taeger, aún se les invitaba a algunas fiestas, y en marzo de 1923 se celebró una en casa de los Kerr, en honor de su hijo, Max, que acababa de regresar a Pittsburgh tras haber dado la vuelta al mundo en una pequeña balsa. Cuando entraron fueron conducidos, en primer lugar, a un pequeño cuarto tapizado con recortes de casi todos los periódicos de los Estados Unidos en los que se podía leer, en grandes titulares: Max Kerr llega a San Francisco, Max Kerr termina su vuelta al mundo en balsa, o Gran triunfo de Max Kerr y de su balsa «Fiona». Davison y Grace Taeger, así como Elaine y el abuelo Rudolph, envidiosos, se limitaron a hacer algún comentario despectivo que llegara a los oídos de Fiona Kerr, la madre de Max, que era la que estaba más orgullosa de todos. Milton, por el contrario, se acercó, muy amable, y felicitó a Max y a sus padres. Luego se llevó a Max a un rincón y le dijo:

—Oye, Max, en confianza, en la confianza que tienen dos excompañeros de la Universidad, dime, ¿cuánto te ha pagado la casa que fabrica las balsas por toda esta publicidad?

Max era un joven fuerte y atlético, pero no muy inteligente. Tenía seis años más que Milton y había terminado la carrera al mismo tiempo que él. Contestó muy satisfecho y sin ningún reparo:

—No lo creerás, Milt, pero han sido nada menos que diez mil dólares. No está mal, ¿eh? De verdad, todo el riesgo ha valido la pena por esa cantidad, y además, al fin y al cabo, el riesgo pasa y se olvida, mientras que los billetes no se pueden olvidar.

Milton hizo un mohín desdeñoso y dijo:

—¿Sólo diez mil? Max, eres un ingenuo. Te has dejado estafar inocentemente. ¿Sabes cuánto le pagó la casa de bañadores a aquel inglés que cruzó a nado diez veces seguidas un lago famoso de Inglaterra, hace dos años?

—No —respondió Max empezando a sentirse desencantado.

—El doble, veinte mil, en libras —dijo Milt, y al observar la desilusión de Max añadió—: Y tú no puedes hacer nada ya, ¿verdad? Supongo que por desgracia ya habrás firmado todos los papeles y contratos con la casa.

—Sí —contestó Max muy apenado. De repente toda su alegría había desaparecido y se mostraba completamente abatido. Milton calló durante unos segundos para darle tiempo a que se diera bien cuenta de que le habían engañado y de que debía haber ganado mucho más dinero. Entonces sonrió, le dio una amistosa palmadita en un hombro, y dijo:

—Bueno, Max, no te entristezcas por eso. Puedes invertir los diez mil en algún negocio y sacar una fortuna.

—Pero —le interrumpió Max con desolación—, ¿en qué? Yo no sé nada de negocios, no sabría cómo emplearlos.

Milton esperó un rato para hablar de nuevo mientras se mesaba la barbilla como si estuviera dudando. Por fin se decidió:

—Max —dijo—, tal vez luego me arrepienta de esto, pero somos buenos amigos y no quiero verte así después de lo que has hecho. Te voy a hacer un favor. Tengo una información de última hora que aún no ha llegado ni siquiera a la bolsa. Seguramente lo sabrán allí el lunes por la mañana. Hoy es viernes, así que aún hay tiempo para invertir tu dinero antes de que todo el mundo lo sepa. Verás, las acciones de la compañía de ferrocarriles del noreste van a cotizarse en un doscientos por ciento más de lo que se cotizan ahora. ¿Qué te parece?

La cara de Max se iluminó.

—¿Es cierto, Milt? ¿Nadie lo sabe aún? ¿Cómo lo sabes tú?

—Eso no se pregunta, Max, pero es cierto. Y nadie lo sabe todavía. Pero debes comprar las acciones en Nueva York, en la casa central. Es mejor y más seguro. Y debes darte prisa, salir ahora mismo en un tren. Cierran los sábados por la tarde y ya no abren hasta el lunes.

Max volvió a su cara de tristeza y dijo:

—Oh, no puedo, Milt. ¿Cómo voy a dejar ahora la fiesta en mi honor? Mis padres no me lo perdonarían.

—Haz que vaya alguien —le cortó Milton.

—¿Pero quién? —dijo Max mirando a su alrededor. No encontró a nadie y añadió—: ¿Podrías ir tú? Por favor. Además, tú eres abogado y conoces bien estos asuntos. Recuerda que yo era muy torpe en la Universidad.

—Está bien, Max. Iré, pero ni una palabra de todo esto a nadie, ni a tus padres. En cuanto alguien rico se entere, se acabó el negocio. ¿Entendido? Dame el dinero. Hay un tren dentro de hora y media y voy a intentar cogerlo.

—Sí, ven —dijo Max radiante.

Subieron al cuarto de éste sin atender a la madre de Max, que reclamaba su presencia ante los invitados para que les narrase sus aventuras. Max abrió un cajón y sacó diez mil dólares sorprendentemente en efectivo. Se los dio a Milton, éste los guardó en su chaqueta, y bajaron. Milton dijo:

—Bueno, Max, volveré el domingo por la noche.

—Bien. Gracias por todo, Milt. No lo olvidaré.

—No tiene importancia. Adiós.

—Adiós, Milt.

Milton se acercó a su madre, le dijo que regresaba a casa porque estaba muy cansado y salió a la calle. Fue a su habitación, hizo las maletas rápidamente llevándose cuanto tenía y algunas cosas de Edward y pidió un taxi. Cuando éste llegó él ya estaba en la puerta. Se dirigió a la estación y sacó un billete para Chicago. Esperó el tren durante una hora y se fue.

Por supuesto, al día siguiente, cuando la señora Taeger vio que Milton no estaba y que faltaban todas sus ropas, fue a ver a Max y le preguntó si él sabía algo y sobre qué habían estado hablando la noche anterior. Max, extrañado al saber que Milton se había llevado todas sus cosas, lo contó. Inmediatamente, su padre se informó acerca de la marcha de las acciones de la compañía de ferrocarriles del noreste y averiguó que no se habían producido alzas y que no se producirían en mucho tiempo.

Aquel episodio contribuyó en gran manera a que la familia Taeger fuera rechazada casi definitivamente por la alta sociedad de Pittsburgh. La situación dentro de la casa era igualmente deplorable: el señor Taeger pasaba los días enteros trabajando en su oficina, de muy mal humor, y por las noches trataba de encontrar alguna pista que lo condujera hacia Arthur o Milton, siempre sin éxito; su esposa no sabía qué hacer, pues no había tenido más remedio que darse de baja en la asociación de damas, cuyas actividades habían llenado su vida desde hacía muchos años; el abuelo Rudolph no hacía más que beber y fumar sentado en una mecedora al tiempo que murmuraba cosas acerca del empeoramiento y envilecimiento de las personas según transcurría el tiempo, estableciendo comparaciones entre sus nietos, su hijo, y él mismo; Elaine intentó suicidarse dos veces, y a la segunda lo logró. Dejó una carta muy parecida las dos veces, por lo que su muerte no hizo ningún efecto entre sus amistades, que era, en definitiva, lo que ella deseaba. Fue torpe, pues.

Tan sólo les visitaba, de vez en cuando, el señor L. Q. Finnerty, antiguo jefe de Milton. Era el único amigo que les quedaba y agradecían sus visitas sinceramente.

Edward, que no se había visto afectado por ninguna de las desgracias familiares, ni siquiera por el suicidio de su hermana, que le era muy antipática, fue suspendido en los exámenes finales, se vio obligado a repetir curso y dejó a su novia, Kathie Lonergan, por otra mujer.

A la salida de las clases, Kathie esperaba todos los días a Edward y los dos daban un paseo por la ciudad o se sentaban en un banco. Edward trataba de conseguir de ella algo más que besos, pero Kathie no se lo permitía. Casi todos los amigos de Edward se burlaban de él, pues Kathie debía de ser, probablemente, la chica más pudorosa de la Universidad. Edward lo sabía, y aunque le molestaba, lo aceptaba, porque Kathie era la primera chica que había conquistado en su vida y no quería perderla de ninguna forma. Así como Milton y Arthur eran atractivos y bien parecidos, como su madre, Elaine y Edward eran francamente vulgares, como su padre. Por eso habían estado acomplejados durante su vida, y en cuanto habían tenido novios, los habían cuidado y guardado con enorme celo. Edward no estaba dispuesto a que le sucediera lo mismo que a su hermana y aguantaba las mofas de sus compañeros, que le llamaban virgen, con tal de que Kathie siguiera a su lado.

En mayo de 1923, cuando faltaba poco tiempo para los exámenes, Kathie Lonergan cayó enferma con hepatitis y el médico le prohibió visitas. Edward la llamaba por teléfono con frecuencia, pero no podía verla. Pasaba todo el día trabajando y cuando salía de clase necesitaba distraerse un rato. Fue por ello por lo que conoció a Rosanna, una camarera italiana de un bar de perros calientes que solían frecuentar los demás estudiantes. Larry Lane, su mejor amigo, le llevó una vez.

Cuando entraron y pidieron cerveza y un sandwich, Rossanna, la camarera, se quedó mirando a Edward con descaro y dijo:

—Este es nuevo, ¿no, Larry?

—Sí —dijo éste—. Rosanna, te presento a mi amigo Edward Taeger. Eddie, ésta es Rosanna.

Rosanna tendría unos diecinueve años. Era flaca, pero tenía una bonita figura y era muy graciosa. Hablaba y coqueteaba con todos los estudiantes. Había sido medio novia de Luke Sanford, el atleta más popular de la Universidad, y lo había dejado porque dedicaba más tiempo al rugby y al baloncesto que a ella, y ahora salía con unos y con otros, pero no tenía acompañante fijo. Edward y Larry estuvieron con ella hasta la hora de cenar, y cuando se iban, Rosanna se acercó a Edward y le dijo:

—Por ser nuevo, un beso y algo más. —Y le pasó una uña a lo largo de la espina dorsal.

Edward sintió un ligero escalofrío y le gustó. Cuando regresaba a su casa en el coche pensó que Kathie Lonergan nunca le había hecho algo parecido y que probablemente ni siquiera sabría hacerlo.

A partir de aquel día fue a ver a Rosanna muy a menudo, e incluso la llevó al cine o a pasear alguna vez. Descubrió que, a pesar de Luke Sanford y de los besuqueos con los demás estudiantes, era muy pudorosa, que le encantaban las flores y que quería aprender todo lo que pudiera. Edward, cuando supo esto último, empezó a explicarle cosas de historia y arte. Ella se interesaba y gustaba de estar con Edward.

Llegó un momento en que salían todas las noches, y Kathie Lonergan lo supo. Llamó a Edward por teléfono y le dijo:

—Eddie, quiero que me digas claramente lo que significa esa italiana para ti, No me gusta que vayas tanto con ella, no por ti, sino porque sería muy desagradable que dijeran que me habías abandonado por una camarera. No quiero que eso pase, así que pon las cosas en claro. Si te gusta mucho de verdad debes decírmelo para que sea yo la que rompa nuestro compromiso y para que mi reputación quede intacta. No quiero que la basura que lleva ya tu familia consigo me arrastre a mí también. Lo único que faltaría para acabar con tus padres sería que tú te casaras con una camarera de origen italiano. Así que dime lo que piensas hacer para saber a qué atenerme y poder tomar la decisión que menos me perjudique, aunque creo que con seguir contigo después de lo de tus hermanos ya estoy lo suficientemente perjudicada como para que ningún chico quiera hablarme más. Nunca te lo he dicho, Eddie, pero si no te he dejado después de lo de Art y Milt ha sido porque me daba pena que te quedaras solo, pero veo que no eres tan tímido e indefenso como yo creía y que puedes conseguir a otras mujeres, así que comunícame ahora mismo tus planes en cuanto a esa chica.

A Edward le sentaron muy mal estas palabras. Pensó que Kathie era una estúpida que no valía la pena y que Rosanna era mil veces mejor en todo, por lo que mintió y contestó:

—¡Sí! Me voy a casar con ella, Kathie; ya lo sabes. Se lo he pedido hoy y me ha dicho que sí, y pensaba llamarte esta noche para decírtelo y para hacértelo comprender y que no me guardaras rencor, pero te has adelantado y me da igual lo que pienses de mí. La quiero y me voy a casar, ¿lo entiendes?

—¡Ooh! —dijo Kathie, y colgó.

Edward se quedó sentado en la silla muy tranquilo y sosegado intentando darse cuenta de lo que acababa de hacer y pensando cómo podría remediarlo. Sabía que sus amigos estarían enterados al día siguiente de que se iba a casar con Rosanna, y debía pedírselo antes de que ella lo supiera y lo desmintiera. Montó en su coche y fue al bar de perros calientes. Rosanna estaba sirviendo en las mesas. Cuando le vio entrar le saludó con la mano alegre. Edward se la cogió, sacó fuera a la chica y la metió corriendo en el automóvil.

—¿Qué pasa, Eddie? Déjame, tengo que estar allí —dijo ella ya dentro.

—Calla —dijo Eddie poniéndole su dedo índice en los labios—. Contéstame sí o no. ¿Quieres casarte conmigo?

Ella le miró sin sorpresa y dijo con voz tenue y muy calmada:

—Sí.

Eddie suspiró con alivio y dijo:

—Vamos dentro a decírselo a todo el mundo.

Edward y Rosanna anunciaron oficialmente su compromiso en aquel bar y se casaron un mes después, a pesar de que Edward no había terminado aún su carrera. Decidió repetir el curso y empezar a trabajar fuera de la ciudad, y se marchó a la Universidad de Delaware con su esposa.

Esta boda significó el golpe de gracia definitivo para los Taeger. La desaparición de los cuatro hijos de la familia en el plazo de seis meses era algo que nadie habría podido imaginar un día antes de que empezaran esos seis meses. Davison Taeger siguió en Pittsburgh tres años más, hasta que Ramsay Gilman perdió las elecciones y dejó de ser gobernador. Durante este tiempo trabajaba en la sombra, procurando no dar ningún motivo para que se recordara que existía. Su mujer, Grace, al no tener nada que hacer en todo el día, se dedicó a ir al cine sola y a beber en los bares de los barrios bajos, donde ninguno de sus conocidos pudiera verla. Empezó a ir con todos los hombres que se le acercaban cuando estaba bebida y a no ir a dormir a casa. Al principio Davison intentaba comprenderlo y pensaba que era lógico que una mujer que ha perdido a sus cuatro hijos de repente y de manera anormal estuviera trastornada y no se diera cuenta de lo que hacía. Pero esto era sólo la excusa que se ponía a sí mismo para no tomar una decisión. No hizo falta que la tomara, pues una noche Grace no regresó a casa ni a la otra tampoco. Esto no había sucedido nunca: Grace no había faltado jamás más de una noche, y Davison, preocupado y resentido, hizo indagaciones por los bares del barrio sur, que eran los que ella frecuentaba. Averiguó que había salido del café Foster con un hombre que se llamaba Joe Buchanan y que era levantador de pesas. Le dieron la dirección de Buchanan y fue a verle. Lo encontró tumbado en la cama con una gran resaca. Era un tipo calvo, de unos cincuenta años, enorme y lleno de grasa. Cuando Davison le preguntó por su mujer, aquél contestó:

—Estuvimos aquí los dos hasta las tres de la mañana. Entonces vino un amigo mío, Tom Baron, y ella dijo que le gustaba más que yo. A mí no me importó nada y dejé que se la quedara. Ella dijo que quería marcharse para siempre de la ciudad y Tom dijo que bueno. Les llevé en mi furgoneta hasta la estación y allí cogieron un tren hacia no sé qué ciudad, al oeste, pero no me acuerdo de cuál era. Ella habló de usted. Dijo que no quería verle más, porque se pasaba todo el día censurándola con la mirada y sin decirle nada, y eso ella no lo toleraba. Dijo que no podía vivir con un hombre que la censurara, y que no pensaba volver jamás. Pero ya sabe cómo son las mujeres. Dicen una cosa y hacen otra. Volverá, ya lo verá, amigo, no se preocupe.

Pero Davison estaba cansado y a pesar de las palabras de Joe Buchanan sabía que su mujer no regresaría, y si lo hacía le daba igual, porque no la aceptaría y pediría el divorcio.

La marcha de Grace Taeger no llegó a oídos de la ciudad gracias al aislamiento en que había vivido la familia desde que Edward se casó. Davison se dedicó a su trabajo con más afán que nunca, e intentaba que la arquitectura le absorbiera por completo. Los viernes por la noche iba a cenar el señor Finnerty, y él y el abuelo lo pasaban muy bien. Eran unas veladas bastante agradables y el señor Finnerty les narraba con detalle sus últimas intervenciones ante el estrado. A causa de estas charlas el abuelo Rudolph empezó a aficionarse a las novelas policiacas y a la criminología. Compraba todos los periódicos de la mañana y de la tarde y leía y recortaba con minuciosidad las páginas de sucesos. Recopilaba la mayor cantidad posible de datos del caso más interesante de la semana y trataba de hallar la solución. Difícilmente lo conseguía, pero cuando alguno de sus sospechosos era detenido su alegría era infinita y pasaba varios días de muy buen humor. Cada vez se apasionaba más con los crímenes y llegó el día en que decidió cometer uno y retar a la policía y a los criminologistas a que lo descubrieran. Eligió como víctima a la dueña de una tienda de pasteles que había cerca de su casa. Esto ocurría en la Navidad del año 1925 y fue lo que motivó, aparte de la derrota de Gilman en las elecciones, la salida de Pittsburgh de Davison Taeger.

    El abuelo Rudolph sabía que la señorita Curzon, la pastelera, vivía sola en una pequeña habitación cerca de la tienda y que estaba despierta hasta la una de la noche, leyendo. Hasta esta hora seguía atendiendo a los clientes, que no solían abundar de madrugada. Preparó su plan concienzudamente y decidió llevarlo a cabo el veintitrés de diciembre. Aquel día le dijo a Davison que saldría con unos amigos a jugar a las cartas y que no dormiría en casa. Cuando llegó a la pastelería llamó al timbre. Esperó unos minutos y la señorita Curzon apareció en bata y con la cabeza llena de rulos.

—Ah, es usted, señor Taeger —dijo—. ¿Qué desea?

—Buenas noches, señorita Curzon —dijo el abuelo con voz pomposa—. Me he permitido el atrevimiento de traerle un obsequio navideño. Es poca cosa. Para que tomemos unas copas juntos. —Y sacó de debajo del abrigo una botella de champagne.

—Oh, no debió haberse molestado, es usted demasiado amable, señor Taeger —dijo la señorita Curzon, y añadió haciéndose a un lado para dejarle entrar—: Pase, por favor.

—¿No tendría algo para comer? ¿Algo como... un pastel? —preguntó el abuelo Rudolph pícaramente, y se echó a reír. La señorita Curzon rió también de buena gana, contestó que quizá, siguiendo la broma, y bajó a buscarlos. Cuando subió, el abuelo Rudolph se había instalado ya cómodamente en un sillón. Había descorchado la botella y estaba sirviendo el licor en unas tacitas de porcelana blanca.

—Alcohol en taza —comentó—. Dicen que se saborea mucho mejor.

Ofreció una de ellas a la anciana y se bebió la otra de un tirón.

—¿Cómo le va el negocio, señorita Curzon? —dijo.

—Bastante bien, como siempre. Ya sabe que en estas cosas las ventas no aumentan ni disminuyen —contestó ella. Hizo una pausa y añadió—: Los niños son mis mejores clientes. Siempre compran diez centavos de caramelos de frambuesa.

—Ajá. Beba otra taza, señorita Curzon —dijo el abuelo, y le sirvió más champagne—. Probemos estos pasteles de manzana que hace usted tan bien, porque los de manzana los hace usted en persona, ¿no es verdad?

La señorita Curzon se sonrojó un poco y asintió.

—Señor Taeger, es usted demasiado gentil.

—Bah, no es nada, tan sólo la verdad —dijo el abuelo tomando aires de superioridad y condescendencia, y añadió—: ¿Quiere que juguemos a algo, señorita Curzon, por ejemplo a representar una escena de una obra de teatro?

—Si usted quiere, señor Taeger. Pero yo no conozco ninguna, esa es la verdad.

—No se preocupe. Yo le digo lo que tiene que hacer. Ya verá cómo le gusta. A ver, siéntese en este butacón y haga como que está dormida. Yo haré lo demás. En la obra yo soy su marido y voy a darle una sorpresa. Usted ha trabajado durante todo el día y está muy cansada, incluso se ha dormido. Yo llego de la oficina. Ha sido el día de paga y traigo un regalo para usted. Le dejo libertad para que actúe como quiera cuando se lo dé. Vamos a ver qué tal actriz es usted. Siéntese. Eso es. ¿Preparada? No diga usted nada hasta que yo le hable, ¿entendido?

—Sí —contestó la señorita Curzon ya sentada con los ojos cerrados.

—Bueno, adelante entonces.

El abuelo Rudolph fue hasta la puerta. Sacó un cuchillo del bolsillo de su chaqueta y se acercó a ella por la espalda. Le tapó los ojos con la mano y de repente la bajó hasta la boca al tiempo que le hundía el puñal en el pecho izquierdo. La señorita Curzon emitió un sonido muy apagado y abrió los ojos. El abuelo Rudolph sacó el arma y comprobó si estaba muerta. Entonces fue a la cocina y cogió cuchillos de diferentes tamaños. Volvió a la salita y se los clavó, uno tras otro, en el hueco que había dejado su puñal a fin de que no se supiera con qué tipo de arma había sido asesinada. Luego recogió las tazas y los platos, los lavó y secó, y limpió con un pañuelo todos los objetos que había tocado. Puso todo en orden como si nadie hubiera estado allí. Cogió la botella de champagne y en pocos minutos estuvo en la calle. Nadie le vio salir. En menos de media hora lo había hecho todo.

Regresó a su casa muy contento y le dijo a su hijo que había perdido todo el dinero que llevaba para apostar en cinco jugadas y que lo que no le gustaba era estar de mirón. Eran las doce menos cuarto de la noche.

Dos días después vino la noticia en los periódicos. El abuelo Rudolph compró todos como de costumbre. No se encontraba una explicación a aquel asesinato. Se pensaba en un loco homicida y en Ford Curzon, el sobrino de la pastelera, pero pronto se averiguó que éste había partido rumbo a Australia tres meses antes, por lo que no existían sospechosos. Se decía que el asesino era un sádico y que se había ensañado con su víctima clavándole el arma multitud de veces. No se sabía qué clase de instrumento se había empleado para cometer el crimen: se hablaba de un hacha, de un puñal, de un clavo, de un picahielos. El abuelo Rudolph no cabía en sí de gozo. Se sentía feliz y más inteligente que nadie. En cuanto vio al señor Finnerty le pidió su opinión del caso, y éste le dijo que estaba verdaderamente desconcertado. Tan sólo veía la posibilidad de un asesino perturbado. No encontraba personas con motivos para matar a la señorita Curzon y pensaba que sería uno de esos crímenes que nunca se solucionan. Aquello halagó mucho al abuelo Rudolph y pasó dos semanas de muy buen humor. Pero la gente y los periódicos se cansaron del asunto, y la muerte de la señorita Curzon no se volvió a mencionar. Esto le sentó muy mal al abuelo, y por otra parte ardía en deseos de contárselo a alguien, de que alguien le admirara por su astucia. Un día ya no aguantó más y se lo contó al señor Finnerty con todo detalle. Este mostró admiración y le alabó, pero al día siguiente la policía se presentó en la casa con una orden de arresto. El señor Finnerty, que era el único testigo de cargo, no pudo encargarse de su defensa, pero lo hizo su discípulo más aventajado, bajo su dirección, y logró que se le condenara a veinte años de cárcel nada más, pero que en este caso significaban cadena perpetua, pues el abuelo tenía ya más de ochenta años.

    La noticia causó sensación en la ciudad y salió a la luz la huida de la señora Taeger. Davison, agobiado y expulsado de su trabajo por temor a que el asesinato fuera una manía familiar y para que no se viera manchado el nombre de la empresa de construcciones, hizo sus maletas y se marchó a Saint Louis. Nunca más se supo en Pittsburgh de los miembros de la familia Taeger, excepto de Arthur, Edward y Milton, que lograrían la fama.

Cuando Osgood Perkins se quedó sin trabajo por undécima vez en menos de un mes, decidió que para vivir en el estado de Mississippi no era necesario trabajar, y menos aún cuando todos los empleos posibles eran tan fastidiosos, con horarios, puntualidad y jefes que ordenan cosas en los momentos más inoportunos.

Había estado en todas las estaciones de gasolina cercanas a Mendenhall, en la mayoría de las tiendas de ultramarinos de la ciudad y en todas las iglesias donde no había quien barriese los suelos, tocara el órgano o cantara los salmos con una voz clara y potente que dirigiese a todo el coro. Pero ninguno de estos puestos le había gustado, y siempre los había dejado a los pocos días.

Entonces volvió a vagabundear, como había hecho durante toda su vida, cerca del río, alimentándose con lo que robaba en las granjas más próximas, hasta que un día le cogieron en la de la señora Woodthorpe llevándose todos los neumáticos de su coche para venderlos pintados, como adornos modernos, y tuvo que pasar un mes en la cárcel.

Aquel episodio fue trascendental para él y cambió su vida:

Cuando le metieron de un empujón en una celda general cayó directamente sobre un viejo de barbas blancas y abundantes, vestido con plumas y harapos, y con un enorme sombrero de alas muy anchas sobre su cabeza, que le dijo inmediatamente:

—¡Ajá! Al fin llegaste, estúpido. Has tardado mucho. ¿Dónde has estado? ¿Te han retenido acaso las mujeres dicharacheras y voluptuosas, imbécil?

Osgood estaba algo sorprendido, pero no se atrevía a insultarle o a pegarle a su vez por si acaso aquel anciano era su abuelo, a quien estuvo buscando por toda la región desde los catorce a los dieciséis años, tras la muerte de su padre, un popular pionero de la canción que había investigado las baladas del sur con su amigo Jason O'Hara por espacio de veinte años, y que había muerto por insultar, un día que estaba de mal humor, a una anciana que le impedía el paso con su sillita de ruedas conducida por un robusto negro, en una pequeña ciudad cerca de Savannah. La vieja, que era la abuela Gladstone, en aquellos tiempos la primogénita de una de las familias más importantes, aristocráticas e influyentes del estado de Georgia, lo acusó de intento de asesinato, y Nehemiah Perkins fue linchado. Entonces Osgood se quedó a vivir con Jason y con su hijo Templeton, hasta que pensó que debía buscar a su abuelo Emil por todo el país para estar con él y acompañarle hasta que muriera. No sabía nada de él, excepto que había vivido en Arkansas con su mujer durante algún tiempo, que luego había desaparecido sin decir nada, y que se le había visto una vez en Louisville. Aun así, salió en su búsqueda, y cada vez que veía a un viejo le preguntaba si se llamaba Emil Perkins el Atrevido. Pero ninguno se llamaba así y cuando cumplió dieciséis años se cansó y dejó de preguntarlo, aunque siempre lo pensaba cada vez que se topaba con un anciano con barbas o levita. Por ello no contestó al viejo de la cárcel y esperó a que hablara de nuevo.

—Te he estado esperando durante treinta años —le dijo mirándole fijamente. De repente se encolerizó—: ¿Por qué creciste tan despacio? ¿No tuviste leche? Cuando una persona sabe que le están esperando se da prisa en llegar. Bueno, la verdad es que tú no lo sabías; al fin y al cabo tú no tienes la culpa. —Calló durante un rato mientras respiraba hondamente, y añadió, quitándose el sombrero con gracioso ademán—: Me llamo Owen MacPherson y soy de Baton Rouge. También soy conocido como Owen el Gamo. Fui profeta e investigador durante una época, hasta que me cansé. Luego bombero, violinista, corredor y erudito, que es lo que soy en la actualidad. Sin embargo, cuando era profeta llegué a la conclusión de que sólo podría ser mi heredero, y mi paje mientras viviera, un joven de pelo negro y de ojos castaños que cayera sobre mí haciéndome daño en las rodillas. He esperado que eso ocurriera durante este tiempo, e incluso a veces intenté yo mismo que ocurriera, pero nada. Nada nunca, hasta hoy. Me alegro de que ya estés aquí, estúpido.

Osgood estaba encantado. Se levantó y se presentó:

—Yo soy Osgood Perkins, de Mendenhall, Mississippi. He viajado mucho por Arkansas, Tennessee, Georgia, Texas y Louisiana. Tuve padre y abuelo, pero nunca supe de mi madre o de mi abuela. Me alegra conocerle, me agrada.

Así fue como Owen MacPherson entró en la vida de Osgood Perkins.

A partir de aquel día siempre estuvieron juntos en la cárcel. Osgood salió a las tres semanas por buena conducta, y el viejo un mes después. Osgood le esperó en una barcaza abandonada a las orillas del río. El viejo, que le obligaba a llamarle doctor, le contó todo lo que sabía. Osgood se limitaba a escucharle entusiasmado y nunca discutía con él.

—Nunca verás un hombre bueno o un hombre malo, Os. Pero sí verás una mujer buena o mala. La única división que podrás hacer para los hombres es la de eruditos y no eruditos. Los eruditos son mejores. Para serlo sólo hace falta saber ver, observar, escuchar y asimilar. No es necesario saber leer, ni escribir, ni estudiar. Hay hombres que leen casi toda su vida, y cuando mueren, han de ser clasificados entre los no eruditos. Pero no te estoy diciendo tampoco que no se deba leer. En cuanto a las mujeres, no tendrás otro remedio que dividirlas entre buenas o malas, y también entre feas y hermosas, pero eso ya es secundario. Pero, en definitiva, sólo son cosas buenas o malas, nada más. Nunca he encontrado una mujer con la que pudiera estar tan a gusto como con un hombre. Sólo se puede estar a gusto con una mujer en la intimidad, y si no habla. Son muy estúpidas, y si además de estúpidas son malas, entonces ya no hay nada que hacer. En realidad, las odio. Siempre te quitan todo, lo consiguen todo de ti, te retienen en contra de tu voluntad, y todo ¿por qué? Sólo porque tienen pechos. Son maravillosos los pechos, ¿sabes? Pero es absurdo que esto ocurra. Cuando al fin has llegado a librarte de la influencia de sus pechos, te das cuenta de que has perdido media vida entre ellos y de que en realidad no ha valido la pena. Has perdido un tiempo precioso por culpa de algo estúpido, y lo peor no es eso, sino que, aun sabiéndolo, vuelves a caer entre pechos y pechos acogedores. ¿Sabes cuánto tiempo estuve cautivo una vez? Dos años. Era una mujer que vivía en San Francisco. Se llamaba Cicely Willingham y era morena. Tenía los ojos verdes, se parecía a alguna actriz. Había nacido en Inglaterra y hablaba muy mal, casi no se la entendía. Aquello fue una ventaja, pero estaba llena de manías. Sí, exactamente, era una maniaca. Sólo comía tomate y helados, y exigía, exigía todo el rato, cosas y cosas imposibles para mí. Pero me gustaba lo que hacía. Sabía juegos malabares, hacía el pino, sostenía cuatro platos con dos palillos y los hacía girar, tragaba cigarrillos encendidos, hacía de todo y me ofrecía sesiones especiales y privadas. Trabajaba en una sala de fiestas, y también cantaba y se movía al ritmo del mambo. La anunciaban como Embaucadora Cicely. Y lo era; me embaucó durante dos años, con sus pechos y sus habilidades. Lo pasaba bien, pero cada vez que intentaba hablar con ella sobre algo, sobre cualquier cosa, sobre gatos o flores o cunas, no podía. Ella no quería. Sólo quería fiesta y tomate y helados. E incluso se cansó de mí. Lo hizo, créelo, se cansó de Owen MacPherson el Gamo, y me echó de su casa por un tipo de Chicago que se llamaba Milt Taeger, un gángster rico y famoso. Puh, dos años para eso. Me fui y me di cuenta de que las mujeres no valían la pena, de que eran una pérdida de tiempo, pero luego siempre volvía a ellas. Es inevitable. Hay que ser muy erudito para evitarlo, y quiero que tú lo seas pronto, desde ahora que eres joven. Tú vas a heredarme, Os. Ya lo verás, ya verás todo lo que haremos cuando salgamos de aquí. Vamos a ser felices. Viviremos junto al río, hablando y pescando durante todo el día, evitando a las mujeres, buenas o malas, modeladas o no, a todas las evitaremos.

Le enseñó largas listas de palabras nuevas que él desconocía y numerosos insultos que sonaban muy bien. De vez en cuando montaba en cólera y chillaba increpando a los policías y a los demás presos, e incluso a Osgood, que no se enfadaba. Les acusaba de no comprender, de no ser eruditos, y de aprovecharse de la confianza que les tenía. A Osgood le gustaba mucho todo aquello y admiraba al viejo considerándole su maestro y su protector. A cambio de sus enseñanzas, le permitió que tocara el banjo de su padre Nehemiah, que siempre llevaba consigo, y le enseñó muchas canciones que trataban sobre Moisés, los negros de las plantaciones y desgracias amorosas.

Un día, estando aún en la cárcel, murió un preso a quien en contadas ocasiones el viejo había dirigido la palabra ordenándole alguna cosa. Era un negro mayor que se llamaba Josh y que estaba condenado a dos años de prisión por agredir a un policía estando borracho. Este negro siempre estaba solo en la celda y nunca hablaba con nadie, excepto con el viejo, a quien parecía profesar una gran admiración, cuando éste le requería para algo. No se supo exactamente de qué había muerto, o al menos no se lo dijeron a los demás presos, pero, además de que tenía aspecto enfermizo, un par de días antes de su muerte un policía lo había sacado de la celda general y le había dado una paliza. Josh había regresado con la cara hinchada, rajas y heridas recientes pero curadas, y dos dientes menos. Todos los presos se habían reído y alegrado mucho, menos Osgood, que era bastante bondadoso y que, con el permiso del Gamo, lo había llevado a un rincón y lo había consolado. El negro, a partir de entonces, aunque seguía sin hablar y cada día que pasaba estaba más débil y taciturno, miraba con frecuencia hacia el lugar donde se hallaban siempre Osgood y MacPherson y les sonreía, de una forma casi imperceptible, con cariño y agradecimiento.

El día que murió, cuando empezaba a ponerse muy congestionado y a tener espasmos, les llamó haciendo gestos de impotencia y desolación y les contó, con mucha dificultad, una interesante historia. Les dijo que en el siglo XIX, en Louisiana, había vivido un santo varón negro, conocido como San Patrick el Rural, que luego había sido olvidado en poco tiempo por las gentes que lo conocieron, por lo que no constaba en ningún sitio su existencia. Aquel hombre había vivido durante ciento dos años dedicado a hacer el bien, a predicar en los márgenes de los ríos y en las plantaciones de tabaco y algodón, y a investigar el porqué de las malas acciones de los hombres. Como premio a estas actividades había recibido, de manos de San Patricio en persona, diez mil dólares en oro que él había rechazado, pese a venir directamente del santo enviado por el señor, por creer que alguien, alguna vez, los merecería más que él y podría utilizarlos más adecuadamente y en beneficio de más personas. Por ello, los había escondido dentro de un enorme roble a doce millas de una ciudad llamada Houma, cerca de Morgan City, yendo en la dirección de la Isla Dernière y bastante cerca de la costa. El negro Josh los había encontrado, pero no pudo cargar con el oro al instante, pues pesaba mucho y no tenía dónde llevarlo, así que lo había dejado en su lugar y había regresado a Houma en busca de una carreta o algo en donde trasladarlo, pensando regresar al día siguiente muy temprano. Pero estaba tan contento aquella noche que compró unas botellas y se emborrachó. Corría por las calles abrazando a las mujeres y diciendo cosas absurdas. Fue entonces cuando un policía le increpó, y Josh le dio con una botella. Aquella misma noche lo trasladaron a la cárcel en que se hallaba y en que murió.

Osgood quedó muy impresionado por el relato y empezó a hacer planes para dirigirse a Houma en busca del tesoro de San Patrick el Rural en cuanto saliera de la cárcel, pero el viejo, cuando Osgood le contó su idea, le reprendió insultándole:

—¡Osgood, estúpido! No me digas que has creído todo lo que ha contado ese negro moribundo. Esas cosas no existen, son leyendas, o simplemente mentiras de estos negros fanáticos y supersticiosos. Nunca oí hablar de ese Rural, y recuerda, ¿o acaso lo has olvidado ya?, que soy un erudito. Yo lo sabría si hubiera existido.

—Pero —balbuceó Osgood— lo decía muy seguro.

—Oh, son muy listos esos negros, saben engañar muy bien. Pero no les creas nunca. Siempre mienten, y la mayoría de las veces lo hacen por placer, porque les gusta. ¡Bah!

—Pero no perdemos nada con probar, doctor —insistió Osgood—. Podemos ir a Houma cuando salgamos, y si no hay nada, volvemos y ya está.

El viejo se encolerizó aún más.

—¡Osgood, me estás decepcionando! ¿De qué te ha servido todo lo que te he enseñado? Yo me mato trabajando para hacerte un erudito y tú no aprendes nada. Eres mi discípulo y a estas alturas ya deberías distinguir la verdad de la mentira. Y además, habíamos decidido ir a vivir junto al río, a completar tu instrucción y a pescar. Estoy pensando que quizá no seas tú el elegido, y si es así, tendré que abandonarte, estúpido. ¿Qué creíste? Si quieres seguir conmigo, tendrás que prometerme que no volverás a mencionar este asunto y lo olvidarás.

Osgood, atemorizado ante la amenaza de perder a su maestro, accedió y pidió perdón al viejo, asegurándole que de ahora en adelante no volvería a fallarle.

Fue así como la historia de Josh fue momentáneamente olvidada.

Cuando Owen MacPherson salió de la cárcel se dirigió hacia la barcaza anclada en las orillas del río Mississippi entre Baton Rouge y Hammond, que él ya conocía, y donde Osgood le estaba esperando.

Encontró la barcaza muy cambiada y limpia y a Osgood con la cara bronceada y lleno de felicidad.

Y así comenzaron a vivir juntos. Osgood se levantaba temprano, pescaba un poco para el desayuno del Gamo sentado en el porche mirando el río, y daba un breve paseo, para estar de vuelta cuando el viejo se despertara. Éste le hablaba de todo lo que sabía y le relataba historias de personas que había conocido. Una de las que más le gustó fue la de un pequeño monstruo neoyorquino que se llamaba Gospel. El viejo se la contó en un día de lluvia:

—Gospel era un sádico, pero se divertía mucho. Lo cierto es que era bastante monstruoso: un término medio entre el hombre lobo y Quasimodo, de quien ya te hablé.

Había sido recogido a las puertas de un orfanato excesivamente caritativo cuando contaba dos años aproximadamente, pues era muy difícil determinar su edad, ya que desde los cinco años tenía bastante bigote, lo cual le hacía parecer un enano. Cuando llegó a los veinte años había crecido mucho y medía uno cincuenta. Desde pequeño gustó de maltratar a la gente, sobre todo a las viejas y a las monjas que lo cuidaban en el orfanato.

Entre sus mejores hazañas de aquellos tiempos se cuentan el incendio de una granja y el derribo de un muro en construcción sobre otro de los niños del orfanato, el cual no ha vuelto a levantarse de una cama en la que se halla atado con unas correas, ya que, de vez en cuando, le dan ataques de rabia producidos por el golpe que recibió en su infancia. Aclararé que Gospel, nombre que le dieron en el orfanato bastante poco acertadamente, poseía una enorme fuerza, por lo que se concibe que pudiera derribar un pequeño muro.

Gospel era inteligente y astuto; nadie supo que él era el autor de estos atentados; parecían accidentes. Los profesores y médicos le consideraban, simplemente, un pobre diablo tonto y cerrado. Le enseñaron a usar el hacha y a cortar leña con gran destreza para que tuviera un empleo cuando saliese de su tutela. Pero lo que le gustaba a Gospel era bailar. Le gustaban las películas de Fred Astaire y lo imitaba.

No tuvo más que un amigo en su vida: un muchacho fofo, gordo y retrasado mental al que dominaba, que lo llevaba a caballo hasta un día en que Gospel trajo unas espuelas y se las clavó. Desde aquel día ya no volvió a montar a caballo y se sintió muy solo.

Lo cierto es que en el orfanato pudo hacer casi siempre su voluntad, y así, cuando a los veinte años salió de allí para trabajar en una empresa maderera donde no estaba permitido derribar árboles sobre las cabezas de sus compañeros, se sintió oprimido y enjaulado. Por esta causa su empleo no le duró; se escapó y fue a vivir a un hotel. Fue en aquel momento cuando verdaderamente comenzó su vida criminal.

El primer día de libertad salió a la calle con un látigo de los de su numerosa colección y azotó a un niño vestido de marinero, produciéndole heridas muy graves. Cuando se le persiguió subió a un tejado y derribó una chimenea sobre sus perseguidores ocasionando un muerto y varios heridos.

En este punto de la historia hay que advertir que, en el fondo, Gospel era bueno, y que hacía el mal en provecho suyo, pues se divertía, pero nunca se daba cuenta de que hacía daño a los demás; más bien al contrario.

Solía bailar por las calles con un bastón como Fred Astaire. Sin embargo, este bastón le sirvió para matar a una gorda y fea mujer que tomaba el sol en un banco, en uno de sus ratos de ocio de domingo por la tarde.

Gospel se enamoró sólo una vez en su vida, e intentó violar a la mujer en cuestión, pero no lo consiguió.

Gospel fue atrapado y muerto en diciembre, en Navidad, cuando contaba veinticuatro años, por culpa de una monja que lo delató. Murió acribillado a balazos al pie de un árbol de Navidad, y su única frase, pues siempre fue mudo, aunque entendía y oía, fue, acariciando una bola verde del árbol: «¡Qué agradable!» Y luego gritó algo ininteligible, para morir más tarde.

El Gamo le contó otras muchas historias, entre las que estaba la de Christopher Fox, un marino irlandés que llegó a San Francisco en el siglo XIX a bordo del John Forbes-Richardson y que se enamoró tanto de la ciudad que, cuando tuvo que abandonarla, se convirtió en un pequeño ornitorrinco cuya aparición en el barco nadie se explicaba y al que, más tarde, nombraron mascota oficial y protectora, que ahuyentaba las tormentas y los escollos. Parece ser que el ornitorrinco cumplió su cometido mientras vivió. O la del diminuto Richard Francis Gemmell, que era de Minnesota, y que una vez comió doscientos albaricoques seguidos sin beber agua, y aún vivió. O la de Duffy Orbison, según el viejo el hombre más bello que nunca existió y que acabó suicidándose, pues a cualquier lugar que llegaba, las mujeres, jóvenes, niñas o ancianas, le intentaban besar y abrazar. Recorrió casi todo el país huyendo de un pueblo a otro y en ninguno estuvo tranquilo, tal era su belleza. Se mató en una pequeña playa de Florida, a la que llegó por la noche, sin que nadie le viera. Se arrojó al mar y a la mañana siguiente apareció, semidesnudo, sobre la arena. Muchas personas creyeron que era la reencarnación de algún dios mitológico y lo incineraron.

Todas estas historias constituían la pasión favorita del viejo, que aseguraba una y otra vez que eran verídicas, pero, al mismo tiempo, se reía de una forma que indicaba que no lo eran. Osgood se desconcertaba mucho y no sabía qué pensar. Le parecían demasiado fantasiosas, pero negaba la posibilidad de que su maestro mintiera. En cualquier caso, lo cierto es que le encantaban y que gozaba con ellas como con pocas cosas.

No se limitaban a estar en la barcaza, y de vez en cuando salían a la carretera y llegaban hasta Baton Rouge, donde visitaban alguna tienda en la que robaban, siempre que podían, alimentos, ropas e incluso dinero, con el cual el viejo iba a pasar la noche a un prostíbulo bastante barato. No dejaba que Osgood fuera, alegando que él, aunque era erudito, era demasiado viejo como para que perderse entre pechos una vez más le fuera perjudicial, mientras que para Osgood aquello representaba un enorme peligro, pues no era aún lo suficientemente erudito como para no caer definitivamente y para siempre entre ellos, si los probaba.

Así pues, Osgood regresaba solo a la barcaza, y el viejo llegaba al día siguiente más feliz que de costumbre.

También iban de vez en cuando a la granja de la señora Humberstone, una anciana que vivía sola con sus perros y una especie de capataz, llamado Rad, que la hacía disfrutar con su habilidad en el manejo del látigo y que cuidaba de la granja con una gran pericia y esmero. Esta anciana tenía gran cariño a Osgood, que, con sus diecisiete años, le inspiraba casi toda la ternura del mundo. Le invitaba con frecuencia a tomar té con pastas, y le leía libros o representaba obras de teatro para él, interpretando a todos los personajes. Fue así como Osgood conoció a los clásicos. El viejo, que al principio no le acompañaba, empezó a hacerlo después de la quinta visita de Osgood a la señora Humberstone, cuando ya no pudo soportar los celos, que le atormentaban día y noche.

Vivían bastante felices, pero empezó a escasearles el dinero. Ya no podían robar, pues eran conocidos en todas las tiendas del condado, y, aunque no les faltaba comida, el viejo tenía caprichos con frecuencia, tales como un arpa, o una manga de riego, o helados en el desayuno. Así que, tras mucho pensarlo, Owen decidió que debían trabajar durante algún tiempo en un campamento granjero que había en las cercanías.

Nada más llegar les entregaron un papel con instrucciones que decía:

*Introducción al Campamento Granjero
de Donaldsonville*

Querido campero: El presente es para darte la bienvenida al campamento. Esperamos que tendrás la más deleitable estancia aquí. Abajo hay alguna información que encontrarás útil.

La dirección completa de este campamento es:
Campamento Granjero Nacional
Donaldsonville, La.

Este es uno de los más grandes y modernos campamentos del estado de Louisiana, y su realización ha sido posible gracias a los esfuerzos de los señores W. G. Masterson, el capataz, y de Albert Claxton, el preparador de la granja, que han logrado para este campamento la mejor forma de vida, lavado, y comodidades posibles.

Después seguían una serie de reglamentos y amenazas, que el viejo omitió en su lectura, hasta que llegó al apartado de diversiones, que decía así:

Habrá sesión de cine todos los martes por la noche, costando la entrada cincuenta centavos. Habrá bailes los viernes por la noche, con tocadiscos, pero los camperos habrán de traer sus propios discos.

El siguiente apartado en el que se detuvo fue el que decía Paga:

El trabajo comenzará normalmente a las ocho de la mañana. El transporte llegará al campamento a las siete cincuenta. Durante la época de la recolección de fresas las horas de trabajo podrán ser levemente alteradas. El trabajo terminará normalmente a las seis de la tarde, aunque podrás ser requerido ocasionalmente para trabajar hasta más tarde. Normalmente no se trabaja en sábado, y nunca en domingo. Las tarifas serán pagadas cuando hayas recogido frutas en cantidad que te haga merecer tu paga. Serás pagado por la Secretaría del Trabajo. Cada viernes se te darán vales con los que podrás recoger tu dinero en la oficina de la Secretaría que esté más cerca, y que es la de Baton Rouge. Nosotros determinaremos cuándo has recogido suficientes frutas como para merecer tu paga. Cuando termine el periodo concedido a cada campero o campera, se le pagará la última semana, pero antes nosotros habremos de inspeccionar su tienda o litera, y repasar su hoja de conducta. Por favor, no te lleves la manta que hayas utilizado durante tu estancia cuando abandones el campamento. Lávala, dóblala y entrégala a alguno de los capataces o vigilantes.

El silencio en el campamento será absoluto a las once de la noche. No habrá ninguna luz encendida.

Finalmente, queremos dejar constancia de que en ninguno de los campamentos granjeros de la Organización Thaler y de la posesión de Ilford Farms ha habido nunca hasta ahora un verdadero problema o desmán. Así pues, te rogamos, sobre todo por tu propio bien, que no hagas nada que pueda estropear este récord. Gracias.

Osgood, al escuchar esto de labios del viejo, cayó en una profunda depresión y le dijo:

—Doctor, creo que son demasiados horarios, amenazas y obligaciones para mí y no creo que pueda soportarlo. Propongo que nos vayamos ahora mismo, que nos demos de baja. Si aún fuera una semana... Pero un mes es demasiado tiempo. E incluso puede que no nos paguen. No sabemos qué es lo que considerarán merecedor de una paga.

Pero el viejo, que en aquella época estaba muy empeñado en comprar una cara cajita de música que tocaba un vals austriaco del siglo XIX y que había visto en una tienda de Baton Rouge, le amenazó de nuevo con abandonarlo si no cumplía sus órdenes o razonaba estúpidamente ante cosas que estaban claras y que eran indiscutibles. Le preguntó qué era más importante, su felicidad al conseguir la cajita musical, o sacrificarse durante un mes trabajando al aire libre y en compañía de gente agradable que, además, constituiría una nueva experiencia para él y contribuiría a mejorar su erudición.

Osgood estuvo a punto de recordarle que había un tesoro cerca de Houma, pero no se atrevió, pues temía que el viejo le dejara si quebrantaba su promesa de no volver a mencionar aquel asunto.

Así que, como siempre, hicieron la voluntad del viejo, y entraron a trabajar en el campamento granjero de Donaldsonville.

Allí había hombres y mujeres de casi todos los estados del sur, desde Arizona hasta Florida, que hacían un total de ochenta y dos camperos, más dos capataces, el señor Masterson y el señor Claxton, y diez vigilantes.

La granja era muy extensa, y además de los campos de fruta, tenía dos bloques de barracones, uno destinado al personal masculino y otro al femenino, y una pequeña explanada con tiendas para los matrimonios camperos.

Las literas de los barracones estaban puestas de tres en tres, y a Osgood y al viejo les tocó con un gordo miserable y ambicioso que siempre era puntual en las comidas, recogía más fresas que nadie y se prestaba voluntario para cualquier clase de trabajo extraordinario. A pesar de su gordura era ágil, fuerte, diligente y ordenado. Tenía un contrato por toda la primavera y todo el verano, y nunca cobraba los vales semanales, sino que los guardaba cuidadosamente para, al final, recibir junto todo el dinero que hubiera ganado. Por su buena conducta en años anteriores había sido nombrado jefe de barracón y su misión consistía en vigilar que nadie saliera de éste después de las once, que no entrara ninguna mujer, y que hubiera silencio total y ninguna luz encendida durante la noche. Le encantaba su papel, era pulcro y aseado y en absoluto pernitán.

    La vida del campamento durante los primeros días fue muy desagradable. El Gamo no despertaba nunca a la hora indicada y Osgood tenía que luchar todas las mañanas con Fred, el gordo de Alabama, para que no le quitara las sábanas de golpe o le hiciera cosquillas en los pies, prometiéndole que él cuidaría de que el invenerable anciano, como le llamaba el gordo creyéndose muy listo e ingenioso, estuviera preparado y dispuesto a la hora del desayuno; Osgood, en vez de recoger fresas, se tumbaba en la hierba y miraba revolotear a los insectos, e incluso atrapaba alguno de vez en cuando y le arrancaba las alas con gran parsimonia. El viejo lo reprendía y le hacía levantarse. Osgood recogía unas pocas fresas sin entusiasmo y cinco minutos después estaba echado sobre la hierba de nuevo.

Sólo lo pasaban bien después de la cena. Había cinco hombres bastante viejos ya, que, en el porche de su barracón, cantaban y tocaban. Osgood conocía la mayoría de las canciones y le permitieron que les acompañase con su banjo. Había una canción que cantaban frecuentemente y que gustaba mucho a los demás camperos. Cuando cantaban esta canción todo el campamento guardaba silencio, menos el viejo, que, molesto por no ser él quien llamara la atención, gritaba denuestos cada vez que acababa una estrofa. Osgood no comprendía muy bien por qué hacía esto, aunque suponía que habría algún motivo justo y no se enfadaba.

Esperaba con ansia la llegada de la noche para reunirse con los músicos y cantar baladas sureñas que le recordaban los tiempos en que iba con su padre y Jason O'Hara por los pueblos en un carromato, haciendo que los habitantes de cada ciudad les enseñaran todas las canciones que sabían.

A partir del sexto día la situación en el campamento mejoró, al menos para Osgood. Se decidió a hablar por primera vez con una joven que le gustaba. Se llamaba Adele Jones y era frágil. Tenía veinte años y era huérfana. Había estado trabajando de camarera en un puesto de refrescos en medio de la carretera hasta que la echaron por tomarse las bebidas del puesto sin pagarlas de su bolsillo. Entonces había venido al campamento granjero sin saber que el trabajo era muy duro y cansado. Tenía contrato para la primavera y el verano y estaba muy desalentada. Aquel día Osgood, cuando estaba tumbado en la hierba tomando el fresco, vio que se desmayaba. Corrió hacia ella, la llevó hasta un árbol y empezó a recoger fresas a toda velocidad. Cuando ella despertó Osgood la tranquilizó diciéndole que no se preocupara por su trabajo y que descansara, pues él estaba cogiendo frutas para ella. Ella le miró tiernamente y le dio las gracias. A partir de aquel día, en cuanto terminaba la jornada y el viejo se iba a su litera desfallecido, estaban siempre juntos y hablaban mucho. Adele le contaba cosas de su infancia y de sus padres, cuando aún vivían.

—Mi padre era rico, pero se arruinó en los años de la depresión y yo nunca conocí su riqueza. Murió poco después de que yo naciera. Mi madre y yo nos fuimos al sur y ella cosía y planchaba en un hotel de Nueva Orleans. Yo iba a la escuela, pero no estuve más que dos años, porque luego dijeron los profesores que estaba incapacitada, que era tonta y débil y que tenía poca fuerza de voluntad, así que empecé a trabajar haciendo el pino en la calle. Así, mira. —Y Adele se levantó e hizo el pino durante un par de minutos. Se le subieron las faldas y Osgood pudo ver tranquilamente sus piernas blancas de ave y sus bragas gastadas. Luego ella continuó—: Siempre supe hacerlo, y me echaban bastantes monedas, aunque cuando terminaba el día tenía la cabeza hecha un bombo y estaba roja y agotada. Luego tuve una larga enfermedad, no sé cuál, y se la contagié a mi madre. Yo me puse bien, pero ella se murió y me quedé sola. Entonces trabajé como bailarina en una sala de fiestas de un barrio bajo hasta que me despidieron por negarme a salir tan ligera de ropas como quería el empresario. Estuve de camarera, limpiacristales, cuidadora de perros, e intenté ser azafata, pero hacía falta saber idiomas. Fui entonces al puesto de la carretera y luego aquí. Cuando acabe el verano iré a California. Allí vive un señor amigo mío que se llama Vince Wilcoxon y que me dará trabajo como especialista y doble en el cine. Sé hacer muchas cosas, saltar, piruetas y cosas difíciles y creo que peligrosas que las actrices no se atreven a hacer por si se matan. Pero yo no tengo miedo porque he hecho esas cosas durante toda mi vida y nunca me he hecho daño.

—¿Y por qué no trabajas en el circo? —le preguntó Osgood.

—Porque hay que viajar y no me gusta. Prefiero estar en un sitio fijo para poder tener amigos.

—Pero puedes hacerte amiga de los que están en el circo, ¿no?

—Sí.

Aquella noche, cuando Osgood volvió a su barracón, vio que el viejo no estaba en su litera. Sorprendido e inquieto, empezó a buscarlo por todo el campamento, pero sin resultado. Al fin encontró a Fred, el gordo de Alabama, y le preguntó si sabía algo de MacPherson. Fred sonrió condescendientemente y le dijo:

—Se largó, por suerte.

—¿Se largó? —preguntó Osgood estupefacto.

—Sí, me dio esto para ti —contestó Fred alargándole un papel doblado.

Osgood volvió a su barracón y allí, echado sobre su litera, leyó el papel:

Osgood —decía—, os he estado observando esta noche y las anteriores a ti y a ese mosquito moreno y legañoso que deambula por el campamento sin sentido, y he llegado a la conclusión de que no has aprendido nada. Te perderás entre sus pechos, que además son fláccidos y pequeños y ni siquiera valen la pena, y no quiero verlo. Me equivoqué al creer que eras tú el elegido para ser mi discípulo y heredero. Seguiré buscándolo hasta que lo encuentre. Tú tuviste la oportunidad de llegar a ser el sucesor del erudito más grande de la historia, Owen MacPherson el Gamo, y no la aprovechaste. Allá tú. La has perdido y yo no tengo la culpa. Olvídame si puedes. No trates de seguirme o de pedirme perdón, pues no lo conseguirás. Adiós, Osgood.

OWEN

Cuando Terence Barr llegó a San Francisco, dispuesto a trabajar como nunca y a componer más de cien canciones en seis meses, no sabía que sólo iba a hacer dos, y a duras penas. La casa de discos que generalmente le compraba sus obras había accedido a su petición de darle dinero para pasar medio año en San Francisco y dejarle completa libertad allí con el fin de que pudiera acabar su educación e investigación musical, que había comenzado tres años antes en Nueva York, Detroit y Nueva Orleans, y de que lograra una inspiración que le permitiera realizar variaciones en su estilo, de manera que éste quedara formado, consistente y claramente personal, pero no cerrado, dejando un amplio margen de salidas diferentes que permitieran nuevos avances y posteriores evoluciones. Esto era lo que él había pedido, alegando que notaba que sus fuentes de creación se estaban agotando y que veía el peligro de quedarse encasillado por mucho tiempo en un mismo estilo del que le sería muy difícil salir si no cambiaba en seguida de aires, de ambiente y de figuras musicales a quienes observar. La casa grabadora, y concretamente el encargado de la sección de compositores, el señor Graham D. Nelson, lo había pensado durante dos semanas, había calculado un presupuesto para la estancia de Barr en San Francisco, no demasiado elevado pero que le permitiera vivir en una pensión tranquila y con desahogo, y había accedido, con la condición de que aquello que Barr les prometía se convirtiese en una realidad a su regreso, que escribiese cien canciones durante su estancia, setenta y cinco de las cuales debían ser para el cantante más cotizado de la casa en aquel momento, Buddy Sloper, y que no pidiera ni un centavo más desde San Francisco.

Así pues, había salido de Nueva York, donde tenía un lujoso apartamento, con cinco mil dólares en efectivo en sus maletas, pases gratis para todas las salas de fiestas, clubs de jazz y espectáculos musicales de San Francisco, y quizá una de las más grandes oportunidades de su vida para convertirse en uno de los mejores y más cotizados compositores de canciones de todo el país.

Nada más llegar, Terence Barr se dirigió a los barrios cercanos al puerto, en busca de una habitación en una pensión lo más barata posible, con el fin de ahorrar todo lo que pudiera y quedarse con el dinero que le sobrara. Era necesario que la habitación tuviera un piano, cualquier clase de piano; no le importaba que fuera uno malo o antiguo que no se hubiera tocado en mucho tiempo. Bastaba con que fuera un piano que se pudiera afinar y que no sonara catastróficamente. Le fue muy difícil encontrar lo que quería, pero al fin lo consiguió. Era una pensión en un barrio próximo al puerto, en una de esas calles que suben y bajan y por las que pasan tranvías constantemente. El cuarto estaba en un tercer piso, no era minúsculo aunque tampoco espacioso, estaba bien amueblado con una cama, una mesa, cuatro sillas, un butacón raído, una estantería y un piano viejo y muy usado que sonaba aceptablemente después de ser afinado. Compartía el cuarto de baño con el ocupante de la habitación contigua, había suficiente luz, buenas vistas y lámparas de mesa con la pantalla en forma de mosaico de colores. En definitiva, la habitación era acogedora y se podía trabajar a gusto, que era, al fin y al cabo, lo importante para Barr. Al lado había un bar-prostíbulo que era propiedad de la dueña de la pensión, la señora Burnham. Esta era una mujer grande, rubia pajiza, de senos prominentes y muy tímida, hasta el punto de que Barr había conseguido, nada más llegar y ver la habitación, que le rebajase el precio, que no le obligara a pagar un mes por adelantado, como era costumbre, y que le dejara tocar el piano sin cobrarle un centavo de suplemento. A pesar de su aspecto putesco y decidido, parecía muy ingenua y bondadosa al hablar, y en cuanto vio a Barr, joven, y pidiendo un piano con su sonrisa que dejaba ver unos dientes perfectamente uniformes y blanquísimos, su actitud hacia él fue la de una madre que está enamorada de su hijo y que no se atreve casi a hablarle por temor a que él le grite, la insulte o deje de quererla si ella dice alguna estupidez o se pasa de solícita. Al entrar los dos en el cuarto que Barr iba a alquilar, que estaba muy limpio, ella opinó lo contrario e inmediatamente llamó a una criada para que lo ventilase y asease, alegando que un pianista debía tener una habitación agradable y ordenada. Le trajo varios cuadros que tenía ella en su cuarto, bastante malos y firmados por Eileen Meredith. Eran paisajes, interiores y algún desnudo. Barr le dio las gracias, la echó fuera, pues sus atenciones empezaban ya a agobiarle, y se dispuso a descansar.

 Al día siguiente se levantó temprano, se vistió, salió a desayunar a una cafetería cercana y fue a visitar al señor Philip Lowell, el representante de su casa grabadora en San Francisco. Este era un hombre pequeño, con muy poco pelo rubio y enormes dientes. Le hizo pasar a una confortable salita y le habló en los siguientes términos:

—La empresa, como usted sabe, ha realizado un gran esfuerzo para que se cumplieran sus deseos de pasar seis meses aquí. Ha arriesgado una gran cantidad de dinero, tanto el que se le ha dado a usted como el que se pierde diariamente en Nueva York a causa de su ausencia. Se le han impuesto unas condiciones, usted ha prometido cumplirlas, ha puesto otras a su vez, nosotros ya las hemos cumplido. Bien. Quizá le moleste esto que voy a decirle, pero le aseguro que no es asunto mío, sino del señor Nelson, que no se fía de usted. Créame que yo no tengo nada personal en contra suya, acabo de conocerle; pero son ya sabidos sus pequeños escándalos, sus devaneos y su vida agitada y sin orden de Nueva York. Creemos que ninguna de estas cosas sería beneficiosa para usted y para su trabajo mientras esté aquí. Usted pidió tranquilidad, sosiego y libertad de acción, y crea que los va a tener, aunque sea por la fuerza. Para evitar que su vida transcurra íntegramente entre clubs, tugurios y borracheras, le vamos a poner a su lado a un vigilante que vivirá, a ser posible, en su misma pensión, que le acompañará a todos los lugares que visite y que cuidará de que trabaje diariamente ante el piano. Lo siento mucho, Barr, pero son órdenes del señor Nelson, no mías.

Barr, tras escuchar esto, se puso en pie indignado y dijo:

—¡Eso es absurdo! Escúcheme, señor Lowell. Como usted ha dicho hace un momento, una de las cosas que pedí fue libertad de acción, algo absolutamente necesario para que yo pueda desarrollar mis actividades musicales. Y ahora viene usted diciéndome que me van a colocar un moscón que me vigile. ¿Cree que así voy a poder componer una sola canción, sabiendo que hay un tipo acechándome, esperando a que salga o haga cualquier cosa para ponerse a mi lado? Esté seguro de que no. De esta forma no me sirve de nada estar en San Francisco. Mejor me voy, vuelvo a Nueva York y sigo haciendo canciones una igual a la otra hasta que el público se harte de escuchar siempre lo mismo y el ídolo Buddy Sloper deje de serlo para siempre. Consúltelo con el señor Nelson de nuevo, haga lo que le plazca, pero o me quitan a ese guardaespaldas o adiós innovaciones y seguramente adiós Terence Barr, compositor. ¡Eso es! O me dejan en paz o no volveré a componer ni una sola canción para Buddy, y lo sentiré por él. Ahora está muy alto, pero ya se le está acercando Russ Hackathorne en las ventas, y si le dejo, se hundirá. Sólo necesita renovarse para seguir en la cumbre. Así que elijan, el vigilante o yo.

Lowell sacó un cigarro del cajón más cercano, lo encendió y dijo:

—Mire, Barr, ya le he dicho que esto no es asunto mío y que Nelson me llamó anoche urgentemente diciéndome que se lo advirtiera en cuanto usted se presentase ante mí. Él quiere que tenga un vigilante por encima de todo. Pero yo, personalmente, creo que tiene usted razón y voy a hacer algo que quizá luego me pese. No le pondré vigilante, es decir, nadie le acompañará a donde vaya ni estará pendiente de usted a cada instante. Pero lo menos que puedo hacer es enviarle al vigilante una vez cada dos semanas para que compruebe que trabaja usted y que progresa. Le aviso que no se le comunicará el día exacto en que se le hará la inspección. Por ello le aconsejo que procure no estar con resaca por las mañanas. Si la señorita Maxwell, que será quien le visite, encuentra alguna anormalidad, tendrá que vivir junto a usted y acompañarle a dondequiera que vaya. No quiero que luego Nelson me despida por su culpa. ¿De acuerdo?

—Está bien —aceptó Barr—. Y no se preocupe; no perderá su empleo ni yo estaré con resaca por las mañanas. Adiós y gracias, señor Lowell.

—Un momento, Barr. ¿Ha encontrado ya hotel? Dígame su dirección para cuando vaya la señorita Maxwell, por favor.

Barr se la dio. Lowell frunció el ceño.

—Ese es un barrio bajo —dijo—. La pensión será muy barata, supongo.

—Sí —contestó Barr—, pero al final resulta muy cara. Me cobran un enorme suplemento por el piano. Adiós, señor Lowell.

Salió del despacho y fue a dar un paseo. Era el día quince de mayo de 1962. Había sol, aunque hacía un poco de frío. Compró una guía de espectáculos, entró en una cafetería, y allí tuvo mucha suerte; había un hombre gordo y muy bien vestido en la mesa de al lado, que esperaba a alguien. Después de aguardar un rato, apareció otro hombre que se sentó junto a él y dijo:

—Buenos días, señor Keefer. Malas noticias para usted. Lo siento, pero no he encontrado ningún pianista de categoría que no estuviera ya comprometido para toda la semana. Ya le dije que era demasiado tarde para conseguirlo. Frank Waite se fue ayer a Las Vegas, Ralph McLeod va a estar un mes en Reeves, e Ian Lamont está enfermo. Eran los tres únicos posibles, y nada. No puedo hacer más. Tendrá que ir a Oakland a ver si Lindsay Winwood no está borracho, o contratar a alguno de segunda fila. Llevo tres días llamando a Winwood y su teléfono no contesta. No sé siquiera si estará en Oakland, y si está será muy difícil encontrarle. Le aconsejo que coja a uno de segunda ahora que todavía puede.

—Pero ya le advertí —dijo el señor Keefer— que el señor Elwood sólo quiere un pianista famoso en su yate. Va a ser una semana de fiestas, con muchos invitados, con la mejor gente de San

Francisco, y no puede permitirse, dada su categoría y su posición, el desliz de tener a un pianista mediocre. No sé qué voy a hacer. El señor Elwood me dijo que si no traía a un buen pianista podía despedirme de mi empleo.

El señor Keefer parecía muy abatido. Se mordía las uñas nerviosamente y repetía una y otra vez que no sabía qué hacer. Su estado era tan lamentable que Barr sintió pena. Aunque su plan era estar en San Francisco, pensó que aquel señor Elwood debía de ser millonario y que por lo tanto pagaría muy bien una semana de actuación en su yate. Por ello, y por la lástima que le inspiraba el señor Keefer, se levantó y les dijo:

—Perdonen mi intromisión, señores. Sin querer, he escuchado lo que decían. Da la casualidad de que yo soy pianista y compositor. Mi nombre es Terence Barr. He compuesto casi todas las canciones de Buddy Sloper. Creo que usted, al menos, habrá oído hablar de mí. —Y miró al hombre que no era el señor Keefer.

Éste le miró asombrado y su cara se iluminó.

—¡Terence Barr! Claro que he oído hablar de usted. Pero siéntese, por favor. No sabía que estuviera usted en San Francisco. No sabe cuánto me alegra conocerlo. Soy Harvey W. Roberts, contratista de músicos. Este es el señor Keefer, secretario del señor Coleman Elwood, uno de los hombres más ricos de la ciudad.

Todos se dieron la mano y Barr se sentó, diciendo:

—Bueno, por lo que he escuchado, y les ruego de nuevo que me disculpen, necesitan un pianista con nombre. Pensaba pasar aquí una semana de vacaciones, pero estoy dispuesto a hacerles un favor, si está bien pagado. Ustedes dirán.

El señor Keefer tomó la palabra:

—Señor Barr, se trata de lo siguiente: el señor Elwood va a dar una fiesta que durará toda la semana en su yate. Tenemos la orquesta privada del señor Elwood, pero nos falta un pianista con categoría.

—Eso ya lo sé —le interrumpió Barr—. ¿Cuánto?

—El sueldo que cobrará, si acepta, es de cinco mil dólares. ¿Qué le parece?

Barr vio la posibilidad de sacar más y dijo:

—No es suficiente. Comprendan que yo venía a descansar, sin la más mínima intención de tocar el piano. Debe existir una buena compensación económica para que acepte. ¿Qué le parece diez mil?

El señor Keefer empezó a morderse de nuevo las uñas.

—Tendría que consultarlo con el señor Elwood —dijo.

—Pues llámele por teléfono —contestó Barr—. Allí hay uno. Pero dese prisa. No puedo perder mi tiempo para nada.

—Pero es muy temprano. El señor Elwood no estará aún despierto.

—Pues despiértelo —dijo Barr, cada vez más seguro de sí mismo—. Eso no es asunto mío.

El señor Keefer, tras dudarlo un instante, fue a llamar. Al cabo de diez minutos volvió y dijo:

—Señor Barr, todo está arreglado. Se le pagarán sus diez mil. Preséntese en el muelle esta tarde a las ocho. Lleve un traje de etiqueta, por si acaso. Normalmente no es obligatorio en las fiestas del señor Elwood, pero a veces se excita y exige cosas extrañas. Nunca se sabe lo que va a ocurrir. Le advierto que, de vez en cuando, tiene muy mal genio y arranques de ira. No quiero decir nada, pero, por si acaso, tenga usted cuidado en no estropearle ninguna de sus conquistas. Eso no le gustaría. El yate es el Colwood. Partiremos a las nueve, pero conviene que esté a las ocho para que conozca al señor Elwood y a su familia, y para que se instale. Bueno, eso es todo, señor Barr. Muchas gracias y adiós.

—Un momento, señor —dijo Barr—. No pretenderá usted que vaya solo al muelle. Alguien tendrá que venir a recogerme en coche, por supuesto. Estaré en el vestíbulo del hotel Cleveland a las ocho menos cuarto. ¿Es suficiente?

—Está bien —dijo Keefer muy colorado—. Perdone que no se lo haya ofrecido antes. A las ocho menos veinte. Adiós, señores.

El señor Keefer salió con aire muy digno, y Barr empezó a arrepentirse de haber sentido compasión por él. Roberts se fue unos minutos después y Barr se quedó solo. Pasó el resto de la mañana vagando por la ciudad. Luego volvió a la pensión de la señora Burnham para recoger su traje de etiqueta, y más tarde se metió en un cine próximo al hotel Cleveland, el más importante y lujoso de todo San

Francisco. Salió del cine a las siete y media, entró en el hotel y sobornó a un botones para que recogiera el recado, si alguien preguntaba por el señor Barr, antes de que en la conserjería contestaran que ningún señor Barr se hospedaba allí. Esperó tan sólo un par de minutos. El botones vino acompañado por un chófer corpulento que lo condujo hasta un elegante coche. Durante el trayecto hasta el muelle el chófer se mostró muy amable, ofreciéndole cigarrillos y bebidas constantemente, y Barr empezó a sentirse importante, rico y considerado. No le gustaba demasiado aquel tipo de vida, pero reconoció que estaba muy bien si se practicaba de vez en cuando y por poco tiempo.

El yate era muy grande y por todas partes había letreros en los que se leía Colwood: en los camarotes, en los salvavidas, en la piscina, en los ceniceros, en los pasillos. El chófer lo llevó hasta un camarote limpio y bien amueblado y le dijo que esperara allí unos minutos. Barr abrió su maleta, guardó lo poco que llevaba en un fino armario de caoba y se sentó sobre la cama, que era blanda y mullida. Estaba mirando el mar por la escotilla cuando llamaron a la puerta. Él dijo Adelante y entró una joven agradable, con falda corta de tenis y blusa amarilla.

—Hola —dijo—, soy Chris Elwood. Usted es el pianista, ¿no? Mi padre no está, vendrá con todos los invitados, en una caravana de coches, así que yo le enseñaré el barco.

Barr estrechó su mano, dio las gracias y se presentó. Ella continuó:

—Éste es su camarote. Espero que le guste. Y ésta es su cama. Es blanda. —Y se sentó en ella.

Barr estaba perplejo. Todo aquello ya lo sabía, era obvio, y aquella jovencita quinceañera no tenía por qué explicárselo. Ella añadió:

—Siéntese aquí, a mi lado.

Barr seguía atónito, no comprendía bien lo que quería aquella chica, pero como tenía todo el aspecto de ser una niña mimada, no se atrevió a negarse y se sentó.

Al oírse un enorme griterío de gente que llegaba, Barr se incorporó. Luego el ruido se alejó hacia otra parte del yate. Unos segundos más tarde la puerta de su camarote se abrió de golpe y apareció un hombre alto, ancho, con mucho pelo blanco y un inmenso bigote del mismo color. Iba vestido con una elegante chaqueta de sport y pantalones blancos de marino. Cuando vio a Barr y a Chris Elwood, dio un grito, saltó sobre la joven y la abofeteó. La hizo vestir y le ordenó que se fuera a su cuarto y que no volviera a salir sin su permiso. Cuando ella lo hubo hecho, su rostro se calmó y se volvió hacia Barr, que ya se había vestido. El hombre carraspeó y le dijo:

—Señor Barr, soy Coleman Elwood. Primero, quiero agradecerle su amabilidad al ofrecerse para tocar en mi yate. Después, quiero hablarle con franqueza. Esa joven, como habrá supuesto, es mi hija. Tiene dieciséis años y desde los trece se nos ha revelado como ninfómana. La hemos llevado a los mejores médicos del país, a los más caros, y parece que no tiene arreglo. Es cosa de familia, por parte de mi esposa, que también lo es. Yo no lo supe hasta que llevaba casado dos años. La quiero mucho, a pesar de todo, y ella hace lo posible por reprimirse. Mi hija, en cambio, no hace el más mínimo esfuerzo. La tenemos muy vigilada, nunca sale sola, pero a veces se escapa, como ha ocurrido ahora. Ya sé, por tanto, que usted no ha tenido nada de culpa, y no le guardo rencor. Bien, eso es todo. La orquesta empezará a tocar a las nueve. Si no es demasiado pedir, le agradecería que no saliera de su camarote hasta que se le avise. Quiero que mis invitados tengan una sorpresa. ¿Le importa?

—En absoluto, señor Elwood, en absoluto —contestó Barr amablemente. Le era muy simpático y le inspiraba gran lástima aquel hombre tan paciente y tolerante.

—Gracias de nuevo por todo, señor Barr. —Elwood le miró como si notara que él comprendía, y añadió—: Buenas noches. El señor Keefer vendrá a avisarle. —Y tras sonreír levemente, salió.

El señor Keefer apareció a las nueve y veinte. Lo condujo a través de un interminable corredor hasta un enorme salón donde había unas cuarenta personas en las más diversas actitudes. La orquesta estaba saliendo ya a un pequeño estrado. Cuando los músicos estuvieron colocados en sus respectivos asientos, el señor Elwood subió a la tarima, pidió silencio y comenzó a hablar. Su aspecto era totalmente distinto del que tenía cuando habló con Barr; estaba alegre, jovial y despreocupado. Tras pronunciar unas frases de rigor en las que daba las gracias a todos los presentes por su asistencia, procedió a la presentación de Barr.

—Señoras y caballeros —dijo—, tengo finalmente el placer de brindarles una sorpresa. Les presento con orgullo a un ídolo de la música ligera, al hombre que ha dado vida al gran Buddy Sloper. Señoras y caballeros, he aquí a Terence Barr.

En aquel instante Keefer le dio un empujón y Barr avanzó, abriéndose paso, hacia la tarima. Mientras lo hacía oyó algunos comentarios, tales como ¿Quién es? o No le conozco, o Si fuera Buddy sería mejor, o ¿Ídolo? Aquello le molestó, aunque estaba acostumbrado (pues, como en casi todo, el verdadero autor de algo pasa inadvertido o es el que recibe menos dinero). Sonaron algunos aplausos poco entusiastas, él saludó y se sentó ante un gran piano de cola. Interpretó unas veinte canciones que estaban ya programadas por el señor Roberts, hasta las once de la noche, hora en la que el señor Elwood hizo una seña a la orquesta, que se retiró inmediatamente. Luego se acercó a Barr y le dijo que era la hora de dejar de bailar y de hacer cosas más provechosas. Le guiñó un ojo, sonrió y desapareció. Barr se levantó y salió a tomar el aire. Por todas partes había parejas besándose. Vio al señor Elwood con una sinuosa pelirroja, y al chófer con una joven infantil y de ojos azules. Se sentó en una hamaca junto a la popa y esperó durante media hora a que alguien viniera a hacerle compañía. Nadie vino, y cansado por el ajetreo del día, se dirigió a su camarote. Fue entonces cuando vio algo que atrajo su atención; el señor Keefer iba con un joven bastante agraciado por un pasillo y le daba instrucciones para que el señor Elwood no se enterara de lo que iban a hacer. Barr, intrigado, les siguió sin que le vieran hasta un camarote lateral. Keefer llamó suavemente. La puerta se abrió y Barr pudo escuchar la voz de Chris Elwood que decía:

—¡Cuánto has tardado, Keefer! ¿A quién me traes esta vez? Déjamelo ver.

Keefer se hizo a un lado y dejó que el joven entrara. Ella dijo:

—Está bien, Keefer, pero hubiera preferido al pianista. A ver si lo consigues para mañana. Toma y lárgate. —Y le entregó dinero.

Cerró la puerta, Keefer se embolsó los billetes y echó a andar en dirección al lugar donde se hallaba escondido Barr. Cuando estuvo a dos metros de él, Barr salió de la sombra y le dijo:

—Buenas noches, Keefer.

Éste dio un respingo y balbuceó:

—Ah, hola, señor Barr, buenas noches. ¿Qué tal lo pasa?

—Muy bien —respondió Barr—, pero lo pasaré mejor si es usted tan amable de concederme unos minutos. ¿Quiere venir a mi habitación, por favor?

—Cómo no, señor Bart, encantado.

Se dirigieron hacia el cuarto de Barr. Cuando llegaron se sirvieron unas copas y se sentaron.

—Dígame —empezó Keefer—, ¿qué sucede?

Barr guardó silencio durante unos segundos antes de hablar. Por fin se decidió:

—Señor Keefer, a mí me trae sin cuidado lo que usted haga. Me da igual que el señor Elwood le despida o que usted suministre amantes a su hija, con lo cual ella no se cura nunca de su enfermedad y usted puede seguir haciendo su trabajo y cobrando unas buenas pagas extras aparte de su bonito sueldo de secretario. ¿Cuánto le da la señorita Elwood cada noche? Creo que eran veinte dólares lo que vi, luego recibe de ella seiscientos dólares al mes. Si quisiera, podría estropearle todo en este mismo instante. Sólo tendría que contarle al señor Elwood lo que acabo de ver. Pero quiero darle una oportunidad, Keefer. Le haré ese favor, si usted me corresponde con otro.

Keefer se removió nervioso en su asiento y preguntó:

—¿Cuánto quiere?

A Barr le encantó aquella pregunta. Se sentía importante y jamescagney. Intentó poner cara de duro y contestó secamente:

—Quinientos ahora y quinientos cuando termine la semana.

Keefer empezó a sudar. Iba a hablar cuando Barr se le adelantó:

—Nada de regateos. Ya le conozco. Quinientos ahora y quinientos después, o nada. No hay trato. Y no se preocupe, no le volveré a pedir más en toda mi vida. No soy un profesional. Si paga no volverá a saber de mí, se lo aseguro, y podrá seguir con el señor Elwood y con su hija. Eso me trae sin cuidado. Bueno, ¿qué dice?

—Está bien —contestó Keefer—. Ahora le traeré el dinero.

Salió, y volvió a los cinco minutos con quinientos dólares en billetes pequeños que le entregó a Barr. Éste los contó, le dejó ir y se acostó completamente feliz.

Al día siguiente se despertó a las diez. Estaba vistiéndose cuando sonó el teléfono que había en la mesita de noche. Era el señor Elwood, que le llamaba para felicitarle por su actuación de la noche anterior y para preguntarle si deseaba el desayuno en su camarote. Se mostraba muy amable y solícito. Barr le dio las gracias y contestó que prefería desayunar en el comedor. Acabó de vestirse, le preguntó a un camarero que pasaba dónde se servía el café, y le siguió hasta una sala donde había muy pocas personas todavía. Se sentó a una confortable mesa en una esquina y pidió tostadas con mantequilla y mermelada, un huevo y café solo. Los tomó con apetito y fue a dar una vuelta por el yate. Llegó hasta la piscina, entró en una cabina cercana, se puso su traje de baño, aunque casi ninguna de las personas que estaban allí lo llevaba, y se tumbó sobre una toalla a tomar el sol.

—Hola.

Barr levantó la cabeza y vio a una mujer de unos treinta y cinco años, o quizá más, morena, alta, y que sujetaba un enorme balón de plástico.

—Hola —dijo Barr.

Ella se sentó a su lado.

—Soy Marcia Elwood. ¿Cómo está, señor Barr?

—Bien, gracias, encantado de conocerla —respondió él.

—No le vi anoche, después de las canciones. Incluso estuve buscándole. ¿Dónde se metió?

—Por ahí —dijo Barr no muy cortés. No sabía por qué las únicas personas que le dirigían la palabra eran los componentes de la familia Elwood, repleta de ninfómanas activas. No le hacía ninguna gracia que de repente la señora Elwood se abalanzara sobre él o cosa equivalente, arriesgándose a que apareciera el marido y los viera, adquiriendo un concepto equivocado de él. Pero esto no ocurrió, la señora Elwood le hizo algunas preguntas sobre música y se metió en el agua. Barr se quedó dormido. Encontró a Keefer cuando iba hacia el comedor y le saludó muy amablemente. Keefer parecía haber envejecido cuatro años y su cara estaba muy blanca. Barr pensó, muy satisfecho, que no tendría problemas para conseguir los otros quinientos dólares.

Aquella noche, mientras estaba tocando en la sala de baile, se le ocurrió una nueva idea. No le quitó a Keefer el ojo de encima en toda la velada, y en cuanto el señor Elwood hizo la señal para que dejasen de tocar, se precipitó hacia él y le dijo:

—Oiga, Keefer, voy a tener que pedirle otro favor.

—Pero usted dijo anoche que no me pediría más dinero —protestó Keefer con voz implorante.

—No se preocupe, esta vez no se trata de dinero —le cortó Barr—. Escuche: ayer le oí decir a Chris Elwood que le gustaría que yo fuera esta noche. Pues bien, ¿quiere que le ayude a pagarme los quinientos que aún me debe?

Keefer estaba sorprendido.

—No le entiendo, Barr.

—Es muy sencillo. Creo que ella le dará una buena propina si logra que yo vaya.

—¿Qué se propone? No le llevaré. No sé lo que quiere, pero no lo haré.

Barr empezó a impacientarse.

—Oiga, Keefer, no sea estúpido. Haga lo que le digo y sin preguntar o me veré obligado a decírselo todo al señor Elwood ahora mismo. Le advierto que si no me obedece, no me importa en absoluto renunciar a los quinientos que me debe. Usted, de todas formas, saldría perdiendo.

Keefer le miró con irritación y por fin dijo:

—Está bien, Barr. Ahora estoy en sus manos, pero veremos si algún día no se arrepiente usted de todo esto.

Barr sonrió abiertamente y respondió:

—Lo dudo. Usted no es capaz de nada. Vamos.

Salieron del salón. Nadie se fijaba en ellos y no había ni un alma en la parte del barco donde se encontraba el camarote de Chris Elwood. Durante el camino Keefer le explicó de dónde salía el dinero que la hija de Elwood tenía personalmente: ya que no la dejaban salir sola ni divertirse, se le entregaba una fuerte cantidad mensual para ropa, discos y revistas. Chris abundaba en estas cosas desde hacía más de dos años, por lo que el señor

Elwood no notaba las novedades, y creía que seguía gastando su dinero en ello. La mujer que acompañaba a Chris cada vez que salía de compras, Evelyn Pennick, y Sterne, el chófer, estaban sobornados por Keefer, por lo que no hablaban. De esta forma Chris tenía mucho dinero en su cuarto, con el que pagaba a Keefer, y éste a los amantes.

  Cuando llegaron al camarote de la chica, Keefer dio tres golpecitos leves en la puerta, que se abrió inmediatamente. La hija de Elwood apareció en bata. Al ver a Barr su rostro se iluminó. Lo cogió del brazo y lo metió dentro tras darle cincuenta dólares a Keefer. Barr estaba con la conciencia muy tranquila, pues pensaba que, al fin y al cabo, la muchacha no tenía remedio, por lo que, en el plano de su curación, él no podía hacerle ningún daño.

  Cuando hubieron terminado, Barr se sentó en un butacón y empezó a hablar:

  —Escúchame, Chris —dijo—. Te voy a hablar claramente y sin rodeos. Ya sé que tanto tu madre como tú digamos que sentís una pasión fuera de lo normal por los hombres. Pero también sé que no estáis lo suficientemente enfermas como para no comprender las cosas. Tu padre me habló concretamente de tu caso. Me explicó que te ha llevado, desde hace tres años, a los mejores médicos de la nación, pero que nada se ha solucionado. Desde luego, es lógico si tienes un hombre todas las noches. Sé también que para ti sería muy duro no tenerlos de repente y sé también que tu padre se pondría muy contento si no los tuvieras y pensaría que quizá aún habría solución para ti. Así, me veo en el dilema de elegir entre tu padre y tú, entre tu felicidad y la de él. Lo he pensado mucho y al final he llegado a la conclusión de que es más importante la tuya, y es que creo que la felicidad de una persona joven es mucho más importante que la de una persona adulta. Por eso he decidido estar de tu parte. Sin embargo, temo que mi conciencia no se quede tranquila del todo, pues esta decisión es subjetiva y arbitraria. Creo, por tanto, que tú debes darme algún dinero por elegirte a ti. Así pensaré que lo he hecho por algo sólido y material y estaré más tranquilo. ¿Comprendes bien lo que quiero decir, Chris? ¿Comprendes el problema que se me plantea?

Al salir del camarote de Chris, Barr se encontró a Keefer, muy nervioso.

—¿Qué ha pasado, Barr? ¿Qué ha hecho usted? —preguntó éste.

—Nada de particular —contestó Barr—. Ella lo ha pasado muy bien y es cariñosa y comprensiva. Me ha hecho prometer que iré todas las noches y me ha regalado cien dólares. Eso es todo, no se preocupe, buen Keefer. —Y le dio unas palmaditas en el cogote, para seguir hacia su habitación.

Al día siguiente, Barr se levantó de muy buen humor y muy temprano. Pensaba que, si no había ningún contratiempo, saldría del yate del señor Elwood con doce mil dólares o más en efectivo, lo cual constituía para él una cantidad fabulosa que nunca había imaginado ganar con tan poco esfuerzo. Estaba tan contento que se le ocurrió la posibilidad de ganar más dinero aún, esta vez por medio del señor Elwood. Nada más despertarse hizo que le dieran comunicación con su camarote y le dijo:

—Señor Elwood, quiero verle y hablar con usted de algo muy importante que creo que le interesará. ¿Cuándo podríamos hacerlo?

—Cuando quiera, Barr —respondió Elwood—. Pero dígame de qué se trata.

—No, prefiero decírselo todo cuando le vea. ¿Le parece bien dentro de media hora en las hamacas de popa?

Elwood contestó que sí y colgó. Barr se vistió rápidamente, fue a desayunar y se presentó en el sitio convenido a las diez y media en punto. El señor Elwood ya estaba allí. Se dieron los buenos días y Barr empezó:

—Señor Elwood, ¿se acuerda del día de mi llegada, cuando usted me habló de lo de su esposa y su hija? Pues bien, he estado pensando en ello, he conocido a su mujer y he charlado un rato con ella, y he llegado a la conclusión de que quizá yo pudiera curarla, siempre y cuando usted me diera libertad absoluta para actuar hasta el fin de la semana y para seguir mi método sin ninguna clase de impedimentos.

El señor Elwood permaneció impasible y preguntó:

—¿Cómo?

—Eso es asunto mío, señor Elwood. Tal vez si se lo dijera, usted no daría su consentimiento. Yo sólo le digo que creo que puedo curar a su mujer definitivamente. Usted debe arriesgarse. Si lo consigo, usted me pagará tres mil dólares. Si no, yo cobraré sólo cinco mil por mis actuaciones. Es una apuesta. ¿Sí o no?

El señor Elwood no dijo nada durante unos minutos y al fin contestó que aceptaba, tras exigirle a Barr que, para que el trato se consumase, su esposa no sólo debía quedar curada, sino que también tenía que volver a él. Barr accedió y le hizo firmar un acuerdo.

Durante el resto del día y el siguiente, Barr se dedicó a preparar su plan. Su cerebro funcionaba muy lúcidamente y a gran velocidad, y la apatía y obturación mental que había tenido en Nueva York, antes de salir hacia San Francisco, habían desaparecido por completo para ser reemplazadas por una agilidad mental desconocida en él.

En estos días Barr buscó con frecuencia la compañía de la señora Elwood, pero siempre en lugares donde estuvieran los demás invitados y donde no hubiera posibilidad de conversaciones o situaciones íntimas. La señora Elwood era curiosa, y hablaban de cine, de música, de política, de deportes, sin pasar jamás a temas personales. Después del baile, cuando había más oportunidades de llegar a ello, Barr se mostraba cansado, pedía disculpas por retirarse tan pronto y se marchaba a su camarote. Él notaba que Marcia, la señora Elwood, deseaba llegar a una relación más íntima con él y, para alimentar su esperanza, Barr se atrevía a tocar temas amorosos, pero siempre con un contexto de libros, arte o problemas raciales, de forma que ella viera agudizado su deseo, pero sin la más mínima posibilidad de expresarlo, insinuarlo o realizarlo.

Al tercer día de su conversación con el señor Elwood, es decir, al quinto de su llegada al barco, por la noche, tras terminar su actuación, Barr fue, sin decir nada pero procurando que Marcia le viese, a las hamacas de popa, lugar del yate en el que nunca había nadie. Una vez instalado, se dispuso a esperarla. Ella llegó a los pocos minutos y se sentó a su lado. Empezaron a hablar sobre los invitados y la orquesta. Barr, en dos días, se había ganado por completo la confianza y la admiración de Marcia, que era muy ingenua, hasta el punto de que ella acababa siempre por darle la razón cuando discutían, aceptar todos los consejos que él le daba y pensar que era uno de los hombres más inteligentes del país. Barr, por su parte, estaba verdaderamente asombrado de su capacidad para inventar teorías extrañas, parecer un pedante y hablar con el mayor cinismo de cosas absolutamente desconocidas para él.

Aquella noche, tras charlar durante un cuarto de hora, ella le pidió que fueran a su camarote. Barr dijo:

—No, no sería conveniente, no te gustaría.

—¿Por qué? —preguntó ella—. ¿No te gusto? ¿No quieres?

Barr parecía muy nervioso y azorado.

—Claro que sí —contestó—. Pero te llevarías una desilusión.

—No lo creo, no puedo creerlo, tú me gustas mucho. Vamos, por favor.

—No. Lo hago por tu bien, te lo aseguro. No quiero darte un disgusto.

Marcia, entonces, se acercó aún más a él y empezó a besarle. Barr parecía molesto y desasosegado y trató de frenarla, pero ella, cada vez más excitada, siguió. Entonces Barr, vibrante y sudoroso, le dio un empujón, tirándola al suelo, y saltó sobre ella, gritando:

—¡Déjame en paz, estúpida! ¿No ves que no puedo hacerlo?

Y se puso a darle golpes violentos y mal dirigidos por todo el cuerpo. Ella gritó y Barr le tapó la boca al tiempo que empezó a apretar con sus rodillas los pechos de ella. Ella consiguió desasirse y gritó de nuevo. Barr, al oír sus voces, pareció enfadarse aún más y se ensañó en sus golpes. La abofeteaba con la palma y el dorso de la mano, le clavaba los dedos en los costados y le mordía la nariz. Ella forcejeaba y chillaba diciendo:

—¡Suéltame, monstruo! ¡Suéltame!

Barr, a medida que ella sentía más dolor, aumentaba la paliza y su exaltación le llevaba a extremos insospechados. Se levantó un segundo, cogió un duro flotador que había a mano y la golpeó con él de manera seguida y con gran violencia, hasta que ella perdió el sentido. Entonces Barr paró, se puso en pie, cogió el vaso de whisky que había llevado consigo a las hamacas de popa y se lo echó a Marcia por la cara, al tiempo que intentaba reanimarla con palmaditas. Marcia fue recobrando el conocimiento poco a poco, y cuando le vio se puso a gritar de nuevo. Barr le tapó la boca y le dijo:

—Shs. Ya no voy a hacerte nada. Todo ha pasado. Perdóname. Lo siento, no lo hice conscientemente. Si quieres ahora te explicaré por qué lo he hecho. Pero no grites, cálmate, se acabó, todo ha terminado, nadie va a pegarte más.

Marcia, al ver que ahora Barr se mostraba cariñoso y tranquilizador, calló. Él la ayudó a levantarse y la echó sobre una hamaca. Le limpió con su pañuelo las heridas y contusiones que le había producido. Ella se calmó. Barr, entonces, se sentó a su lado y empezó a hablar con la mirada perdida en el vacío y voz lejana.

—Marcia —dijo—, no sabes cómo siento esta escena, pero yo te avisé y tú lo has querido. La fidelidad es para mí lo más importante en este mundo y soy incapaz de estar con una mujer desde que murió mi esposa. Soy viudo, sí. Nunca hablo de ella, porque recordarla me hace sufrir. Era un ser maravilloso, como nunca lo ha habido en este mundo. Nos casamos muy jóvenes y ella murió un año después de nuestro matrimonio. Desde entonces, siempre que he estado con una mujer, me ha ocurrido esto o algo parecido. No es posible. No puedo tolerar ver a una mujer que trata de suplantar a Joan. En ese instante la odio. Yo te aprecio mucho y lo siento. Lo hablé con tu marido, con Coleman, con quien he hecho una buena amistad estos días. Él lo comprendió muy bien, es un hombre maravilloso. Tienes mucha suerte, Marcia, de estar casada con él, y haces mal en no estar más cerca de él. Cole me comprendió porque hasta cierto punto él está en mi misma situación. Ha perdido a su mujer, te ha perdido a ti, aunque no estés muerta, y es infeliz por eso. Yo sé lo que se sufre cuando se está muy enamorado, y veo que él sufre porque te quiere y tú ya no le correspondes. Creo que deberías volver con él y permanecer siempre a su lado. Él te quiere.

—Ya —dijo Marcia muy pensativa.

Al día siguiente, el sexto y último de crucero, Barr tardó mucho en aparecer en cubierta. Estaba agotado por la noche pasada y se levantó a la hora de comer. Había terminado su almuerzo cuando el señor Elwood vino hacia él con la sonrisa en los labios. Le estrechó la mano y le dijo:

—Señor Barr, gracias, gracias por lo que ha hecho. No sé cómo lo ha conseguido, no me importa si los golpes que tiene Marcia se los ha producido usted o la caída por una escalera, como me ha dicho ella. Me da igual, absolutamente igual. Sólo le diré que anoche, ya muy tarde, Marcia entró en mi cuarto después de dos años de no hacerlo y me dijo que me quería ella también, que siempre me había querido, que la perdonase, que había estado ciega, que los hombres que pierden a sus mujeres sufren, y no sé cuántas cosas más. No comprendo nada, no sé qué ha hecho usted, pero soy muy feliz. Aquí tiene su dinero: trece mil dólares. —Y le entregó un cheque firmado por esa cantidad. Barr le miró despectivamente y se lo devolvió, diciendo:

—Señor Elwood, habíamos quedado en que mi paga sería en efectivo y creo que me tendrá que dar veinte mil si quiere una información que quizá sirva para que se cure también su hija.

Elwood le miró sorprendido.

—¿Qué quiere decir, Barr?

—Eso exactamente. Veinte mil —contestó Barr con indiferencia.

—Sí, bien, de acuerdo, veinte mil, pero dígame de qué se trata —dijo Elwood muy impaciente.

—Primero el dinero, y en efectivo —respondió Barr—. Y una condición: le diga lo que le diga, tiene usted que prometerme que no se dejará llevar por la ira y que no tomará medidas hasta dentro de tres días a esta misma hora, es decir, hasta el día veinticuatro de mayo de 1962 a las dos de la tarde.

—¿Por qué? ¿Qué es lo que tiene que decirme?

—Eso no le importa, por ahora. Aún no quiero preguntas. Diga antes si acepta o no.

—¡Sí! —estalló Elwood, y salió dando un portazo en busca del dinero.

Barr se levantó, salió del comedor y fue a las hamacas de popa.

Media hora más tarde apareció Elwood con un pequeño maletín.

—¿Dónde se había metido? Le he estado buscando por todas partes. No me canse, Barr —dijo.

Barr no le hizo caso. Cogió la maleta, la abrió y contó los billetes.

—Está bien —dijo—. Ahora firme un papel con el siguiente texto: Si algo malo le sucede al señor Terence Barr, de Nueva York, con domicilio tal que ahora le diré, antes del día veinticuatro de mayo de 1962, juro que entregaré el cincuenta por ciento de mi fortuna y de mis propiedades al señor Philip Lowell, de San Francisco. Haga copia y llame a un notario y a dos testigos.

Elwood estaba atónito e indignado.

—¿Qué se propone usted, Barr? ¿Quién es ese Lowell? ¿Qué culpa tendré yo si tiene usted un accidente? Me está hartando, Barr.

Barr hizo un gesto displicente y contestó:

—Nadie le obliga a firmar eso, Elwood. Pero tampoco nadie me obliga a mí a decirle lo que sé. Déjelo si no le gusta. Puede, sin embargo, especificar que usted hará eso si alguien me mata, pero no si tengo un accidente. No creo que, en ningún caso, tenga que entregar su dinero si no toma medidas antes de esa fecha. ¿Qué dice? ¿Desea la curación de su hija o no?

—Sí, la deseo —dijo Elwood completamente agotado y fuera de quicio. Desapareció a grandes zancadas y volvió a los pocos minutos con un notario invitado y dos camareros. Se escribió el documento y los tres hombres se marcharon, dejando de nuevo solos a Barr y a Elwood. Éste dijo:

—¿Y bien?

Barr, llevando hasta el máximo su papel de poderoso dominador de la situación, bostezó indolente.

—¿Y bien? —repitió Elwood.

Barr sonrió y dijo:

—No se impaciente, señor Elwood. Todo llegará. Lo que he de decirle es tan sólo que su secretario, su hombre de confianza, el señor Keefer, proporciona amantes a su hija por una pequeña cantidad de dinero. Todas las noches. También están complicados en ello Sterne, el chófer, y una mujer llamada Evelyn Pennick. Creo que si los despide y pone a Chris en tratamiento, estará curada en poco tiempo.

Elwood apretó los dientes con fuerza y dijo:
—Estoy seguro.

Después se fue y Barr se quedó solo, con su maletín repleto de billetes y su papel que ataba las manos a Elwood.

Estaban llegando a San Francisco cuando fue en busca de Keefer, que le entregó los quinientos que le debía.

Se despidió de todos en el puerto. El señor Elwood pasaba un brazo por encima del hombro de su esposa. Estaba más calmado, e incluso le dio las gracias por todo. Marcia le besó tímidamente en la mejilla y Keefer no se dignó decirle adiós. Chris no salió de su camarote, pues estaba encerrada bajo llave. Sterne le dejó en el vestíbulo del hotel Cleveland y Barr se dirigió, después, a la pensión de la señora Burnham. Logró entrar y salir sin que ésta le viera, tras recoger sus cosas y los cinco mil dólares absolutamente intactos con que había salido de Nueva York.

Bajó a la calle, anduvo unas manzanas, se detuvo ante una cabina telefónica y pidió una conferencia con el señor Graham D. Nelson, de Nueva York. Cuando oyó la pastosa voz de éste, dijo:

—Nelson, soy Terry. Presento mi dimisión como compositor de la compañía. No he hecho más que dos canciones, pero no se las daré y creo que no haré nunca ni una más. Adiós, Nelson.
—Y colgó sin dar tiempo a que su jefe dijera una palabra.

Tenía mucha prisa por salir de la ciudad, así que cogió un taxi y con sus veintiséis mil cien dólares libres de impuestos se dirigió al aeropuerto de San Francisco y sacó un pasaje. Ocho horas después, consumidas entre la espera y el vuelo, Barr se encontraba en Tampa, Florida.

En 1934, en Chicago, existían dos cadenas de salas de fiestas que se hacían la competencia en la venta de alcohol. Los demás lugares en que se despachaba licor a pesar de la prohibición pertenecían a propietarios aislados y no molestaban a estas dos cadenas. Una de ellas estaba regentada por Vincenzo Ruta, el jefe de la mafia desde 1929, cuando la depresión, y era, en realidad, la que controlaba la mayor parte de los negocios sucios de la nación. La otra era muy reciente. Había sido fundada en 1923 y había llegado a tener verdadera importancia hacia 1931. Tan sólo habían ocupado el puesto de jefe de la organización cinco hombres, Mark Farr, Robinson Lummis, Dayton Hawkins, Clifford Vance, y el último y actual, Zydmunt Grabowski, un hombre de ascendencia polaca. Estos cinco hombres, junto con otros tres, Woodrow Silvers, Addison Parfrey y Jim O'Connell, que habían muerto durante las refriegas con la gente de Don Marchetti en 1932, habían sido los fundadores de la organización. Ninguno era de procedencia italiana, y nunca se había aceptado a un elemento de dicha ascendencia hasta que Zydmunt Grabowski se había hecho con el poder. Lo tomó a la muerte de Cliff Vance, cuyo asesinato estaba aún por aclarar, y había dado un nuevo impulso a las actividades del organismo. En contra de la opinión de la mayoría de los miembros del consejo, había decidido que en esta clase de negocios la discriminación era absurda, pues lo que importaba en un nuevo elemento era su inteligencia y su habilidad, y no su procedencia racial, y había empezado a aceptar hombres italianos de gran valía en el sindicato. Para lograrlo había tenido que eliminar a buena parte de los más viejos y antiguos miembros. Tras violentas batallas y crímenes que se produjeron en la Navidad de 1932, justo después de que la banda de Don Marchetti fuera eliminada y de la muerte de Cliff Vance, Sid Grabowski había conseguido sus propósitos de regentar una organización a su gusto y de la manera que él creyera más conveniente. Este sindicato nunca se había inmiscuido en los asuntos de Vincenzo Ruta y de su lugarteniente Al Donnelly, según muchos también su amante. Se había limitado a hacerse fuerte poco a poco y a apropiarse de los barrios que pertenecían a asociaciones de la misma o inferior amplitud y poder que la suya, como la de Roberto Martorelli o la de Don Marchetti, pero siempre habían respetado a la mafia. Sin embargo, cuando Sid Grabowski se hizo cargo de la jefatura pensó que la única forma de perder el miedo a Ruta y de poder alcanzar su mismo nivel para más tarde liquidarlo, era tratándole de tú a tú y metiéndose en los negocios de bebidas y juego, de los que Vince Ruta había sido dueño absoluto durante muchos años. Así pues, se había apoderado de las salas de fiestas y de las refinerías de alcohol de Marchetti y Martorelli, las había enriquecido, renovado y puesto en marcha en poco tiempo, y ahora era el segundo vendedor más importante de la ciudad. A Vincenzo Ruta no le había gustado esto y había tratado de comprárselas, pero Sid Grabowski tenía otros planes que los de entregarle la ciudad entera en bandeja, y se había negado. Aquello había motivado constantes soplos a la policía y asaltos a sus bares, pero Grabowski no se dio por vencido y siguió adelante con las bebidas, al tiempo que respondía a Ruta con la destrucción de algunas de sus salas de fiestas. Éste, ya mayor y por tanto conservador, había dejado hacer a los hombres de Grabowski sin decidirse a entablar una lucha abierta y definitiva. Pensaba que si Grabowski se atrevía a responderle era porque tenía confianza en sí mismo y en su fuerza, y aunque sabía que no era tan poderoso como él, no quería arriesgarse a quedar muy mermado de elementos y posesiones cuando terminara la pugna. Entre unas cosas y otras, Zydmunt Grabowski se había colocado casi a la misma altura que Ruta y decidió que ya podía intentar acabar con él y echarle de Chicago. Tras múltiples conversaciones para llegar a un arreglo primero, y numerosas provocaciones que indignaran a Ruta y le hicieran luchar después, Zydmunt Grabowski, viendo que los resultados de todos sus golpes habían sido nulos, decidió llevar a cabo un plan que seguramente haría que Vince Ruta en persona dirigiese una tremenda y definitiva ofensiva contra él.

Un hombre al que no se había visto prácticamente nunca en la ciudad estaba paseando por Colman St, en el barrio sur, hacia las nueve y media de la noche, el doce de diciembre de 1934. Miró los escaparates de varias tiendas, y cuando llegó a una de zapatos de caballero que se encontraba justamente enfrente del salón de té y recreo Lonesome Road, se quitó su sombrero de ala ancha, se observó detenidamente en el cristal y se atusó el pelo bien planchado. Luego se caló de nuevo el sombrero y cruzó la calle. Era un tipo alto, rubio y delgado. Su cara era muy blanca y llevaba la raya en medio. Iba impecablemente vestido con un traje oscuro, corbata con alfiler de platino, camisa muy limpia, un abrigo claro que le llegaba hasta más abajo de las rodillas y botines. Se paró de nuevo ante la puerta del Lonesome Road, sacó de su bolsillo un largo cigarrillo turco y lo encendió. Dio un par de chupadas y empujó la puerta. El Lonesome Road era una sala pequeña y confortable, decorada en madera y con tan sólo un par de clientes. Se sentó a una mesa y al instante se le acercó una camarera que le sonrió.

—¿Qué desea, señor?

—¿Qué tienen?

—Sobre todo, té.

—El té no quita el frío como el whisky. ¿Tienen whisky?

—Está prohibido, señor.

—No pregunto si está prohibido o no. Pregunto si lo hay. —La camarera pareció azorarse.

—¿Acaso conoce a alguien que le haya dicho que se vende aquí? —preguntó con voz inocente.

—Sí, señorita. Un amigo mío que se llama Dick Lovelock, o Lovelacci, si lo prefiere.

—¿Dick Lovelock? Creo que el barman lo conoce. Espere un momento, por favor.

La camarera fue hasta la barra y le dijo algo al barman. Éste, al oírlo, miró descaradamente al hombre del abrigo claro y desapareció por una puerta. La camarera se quedó junto al mostrador sonriendo desde allí con aire embarazoso. A los pocos minutos el barman entró de nuevo y le habló a la camarera. Ésta hizo una señal de asentimiento y fue hasta el hombre del abrigo claro.

—Creo que nos queda una botella —dijo—. Venga por aquí, por favor.

El hombre apagó su cigarrillo y se levantó. La camarera lo condujo hasta una especie de cocina. Descorrió unas cortinas tras las cuales había una estantería sin libros. Dio unos golpecitos y uno de los estantes se abrió dejando ver el rostro de un joven que llevaba un lunar postizo en una mejilla.

—Es el que dice que conoce a Dick —dijo la camarera.

El joven cerró el estante y dejó que la estantería entera se deslizase hacia la derecha y desapareciera, dando paso a una sala repleta de gente y de humo. Unas jóvenes bailaban un fox-trot en ropa ligera y más al fondo se podían ver mesas de ruleta y naipes. El hombre del abrigo claro dio las gracias a la camarera, pasó y se sentó en una mesa pegada a la pared, de espaldas a ella, y muy cerca de la puerta por la que había entrado. Pidió whisky escocés al camarero que se le acercó, y cuando se lo hubo traído empezó a beberlo a pequeños sorbos.

—Hola, amigo.

—Hola, amigo —contestó el hombre del abrigo claro al hombre que se había sentado frente a él, y añadió—: No recuerdo que hayamos sido presentados.

—No importa —dijo el otro hombre, que sonreía—. Me presentaré yo mismo. Me llamo Sandro Scarfini, ¿y usted?

—Milt Taeger.

—¿Milt Taeger?

—Sí, ¿le suena?

—Al contrario, no me suena en absoluto. Pero no importa, Milt. Me han dicho que conocía usted a Dick Lovelock. ¿Sabe que ha muerto?

—No, no lo sabía. Y le han mentido si le han dicho que era amigo mío. Tan sólo he oído hablar de él, pero no le he visto en mi vida.

Sandro Scarfini hizo un gesto de sorpresa.

—Pero usted se lo ha dicho a Nell, la camarera —dijo—. ¿Por qué?

—Eso es cierto. Se lo dije, pero es mentira. Quería entrar aquí, eso es todo.

—¿Para qué?

—Para beber buen whisky escocés y para hablar con Al Donnelly.

—¿Para hablar con Al? ¿Lo conoce?

—No —respondió Milt. Hablaba muy calmadamente y su voz era suave y segura.

Scarfini frunció el ceño y preguntó:

—¿Cómo dijo que se llamaba?

—Milt Taeger. Quizá le diga más si le hablo de Peter Riessen.

—¿Peter Riessen? Sí, lo conozco. ¿Qué tiene usted que ver con él?

—Trabajé para él, pero me cansé. Pagaba poco y no me gustaba Nueva York. Quisiera ver a Al Donnelly. Sé que está aquí. ¿Sería tan amable de avisarle? No estoy seguro, pero me parece que es aquel joven rubio que está cerca de la orquesta —dijo Taeger sin mirar hacia donde decía.

Scarfini sí lo hizo y respondió:

—Sí, él es. Pero lo que tenga que hablar con él me lo puede contar a mí. No vale la pena molestarle.

—Para mí sí vale la pena. Dígale que estoy aquí —dijo Milt Taeger con voz muy firme.

Scarfini le miró a los ojos, luego a Al Donnelly, y se levantó. Fue hasta la mesa en que se hallaba Al Donnelly y le habló. Éste se puso en pie y los dos fueron hasta Milt. Se sentaron y Donnelly dijo:

—Me ha dicho Sandro que quiere hablar conmigo, señor...

—Taeger, Milt Taeger, pero quisiera hacerlo a solas, si no le importa, señor Scarfini.

Scarfini miró a Al Donnelly y éste le hizo un ademán indicándole que se retirara. Cuando lo hubo hecho Donnelly dijo:

—Bien. Ya estamos solos. ¿Qué es lo que tiene que decirme? ¿Le ha enviado Peter Riessen?

—No, señor Donnelly. Ya no trabajo para él. Pero no me gusta que hablemos aquí. ¿Qué le parece si salimos a tomar el aire?

—No —dijo Donnelly—. Dígame de una vez lo que sea aquí mismo. No hace falta que salgamos a la calle. Hable de una vez.

Milt tenía una mano agarrando su vaso y la otra metida en un bolsillo del abrigo. Suspiró y dijo en el mismo tono calmado y monótono que había empleado hasta entonces:

—Señor Donnelly, vamos a salir fuera a charlar. En este instante estoy apuntando a su estómago con una pistola que está en el bolsillo derecho de mi abrigo. Si hace un solo movimiento en falso o llama a alguno de sus secuaces le vacío el cargador en el vientre. Y no me importa en absoluto que después sus hombres me acribillen, pero antes acabo con usted, ¿entendido? Así que pague esta cuenta, dele una voz a Scarfini diciéndole que sale un minuto, y salgamos. Procure estar natural y hacer que no sospechen. Recuerde que estoy a su lado y que al menor truco se acabó Al Donnelly. Vamos, haga lo que le digo.

Al Donnelly había empalidecido. Tomó un trago de alcohol y le volvieron los colores. Luego se puso en pie, hizo lo que Milt le había ordenado, y salieron los dos. Pasaron por la cocina y el salón de té y llegaron a la calle. Echaron a andar los dos muy juntos sin decir una palabra. Recorrieron dos manzanas y a la tercera pararon. Un coche negro estaba aparcado allí.

—Sube —dijo Milt.

Donnelly así lo hizo, al lado del conductor. Milt subió detrás y sacó la pistola del bolsillo. Puso el cañón en la nuca de Donnelly y le dijo al chófer:

—Vámonos, Jamie.

Al oír esto, Donnelly miró al conductor, y al comprobar que éste era Jamie Duvalle, se puso muy nervioso.

—¿Qué ocurre? ¿Qué queréis? —preguntó—. ¿Qué me vais a hacer?

—Calla la boca o te irá mal —contestó Jamie.

Donnelly calló. El coche atravesó toda la ciudad y cogió la carretera del oeste. Durante todo el trayecto ninguno de los tres habló. Al fin se detuvieron junto a una vieja cabaña que estaba en medio del campo, Milt dijo:

—Ahora puedes quitarle la pistola, Jamie.

Jamie Duvalle le cacheó y sacó un gran pistolón de la chaqueta de Donnelly.

—Sal —le ordenó Milt.

Donnelly bajó del coche y luego Jamie y Milt. Entraron en la cabaña, saludaron a un anciano que estaba sentado en una mecedora, y Jamie dijo:

—Espera un momento, Milt. Voy a llamar por teléfono.

Salió de la habitación, cerró la puerta y marcó un número.

—¿Grabowski? —dijo—. Soy Jamie. Ya lo tenemos aquí, pero he pensado que quizá fuera mejor hacerle chantaje a Ruta, exigirle que se vaya de la ciudad con toda su troupe.

—No —sonó la voz del otro lado del teléfono—. Quizá se marchara, pero volvería. Es mejor acabar ahora con él. Es la única solución. Haced lo que os dije.

—Está bien —dijo Jamie, y colgó.

Entró de nuevo en la habitación. Al Donnelly estaba sentado en un sillón y Milt, apuntándole a la nuca, en el brazo del sillón. Donnelly estaba muy pálido.

—Vamos —dijo Jamie.

Los tres salieron por la puerta de atrás, a un patio jardín muy pobre. Era también una especie de huerto y había verduras y coliflores. Jamie sacó su pistola también y encendió un cigarrillo.

—¿Qué vais a hacerme? —preguntó Al Donnelly muy nervioso, a punto de desmayarse.

Milt le dio una bofetada que lo tiró al suelo y dijo:

—Te hemos dicho que te calles. ¿A quién has llamado, Jamie?

—A Grabowski. Que sigamos.

Entonces Milt se agachó hasta ponerse a la altura de Donnelly. Le puso el cañón de la pistola en la sien y disparó. Donnelly se estremeció, saltaron algunos huesos pequeños y se desplomó.

—Vacíale el cargador en la cara —dijo Jamie—. Que esté bien feo para cuando lo encuentre Ruta.

Milt lo hizo lentamente, mirando cómo quedaba el rostro de Donnelly después de cada disparo. Cuando terminó, Al Donnelly estaba irreconocible, lleno de sangre, sin ojos, y completamente desfigurado. Su pelo rubio presentaba numerosas calvas.

—Vamos a llevarlo al coche —dijo Jamie.

Lo cogieron entre los dos y lo pusieron tumbado en el asiento de detrás. Jamie puso el coche en marcha y se encaminaron hacia la ciudad. Cuando estaban casi llegando a los suburbios del barrio oeste Milt abrió la portezuela del coche y empujó el cadáver de Donnelly a la cuneta. Luego prosiguieron hasta una cabina telefónica. Jamie bajó, echó unas monedas y marcó.

—El señor Ruta, por favor —dijo cuando contestaron.

—¿Quién le llama? —preguntó la voz.

—Jamie Duvalle, y dígale que le interesa ponerse.

—Un momento.

Ruta tardó varios minutos en ponerse.

—¿Qué quieres, Duvalle? No tengo nada que hablar contigo?

—No se preocupe, no voy a proponerle ningún trato. Sólo quería comunicarle una desagradable noticia. Un muchacho amigo mío que se llama Milt acaba de matar a Al Donnelly. Podrá encontrar su cadáver en la cuneta de la milla seis de la carretera oeste, la que conduce a Oak Park —contestó Jamie, y colgó.

Unas horas después comenzaría la batalla del doce de diciembre de 1934, conocida como la noche de San Constantino, en la que Vincenzo Ruta y la mayor parte de sus hombres perderían la vida.

Osgood Perkins estaba en Nueva Orleans cuando murió Adele Jones, con quien había vivido durante poco más de un año. El día del entierro, después de haberla dejado en el cementerio, fue a un lugar en el que Kevin Baldwin y sus amigos tocaban el saxo.

—Hola, Kevin —le dijo al entrar.

Kevin estaba ensayando. Era un negro flaco, alto y con gafas. Le saludó levantando un pie del suelo y Osgood se sentó a una mesita. El lugar era una especie de club de ínfima categoría en el que tan sólo servían refrescos. Las paredes eran rojas y las mesitas negras y diminutas.

Osgood parecía cansado, pero no triste. Pidió distraído una cocacola y cuando se la trajeron empezó a beberla a pequeños sorbos. Kevin y su orquesta empezaron a tocar y fue entonces cuando Osgood se fijó en un joven aproximadamente de su misma edad que estaba sentado entre dos chicas, cerca de él. Le miró atentamente durante un rato. El joven se dio cuenta y le observó a su vez con curiosidad. Osgood apartó la vista pero notó que el joven se levantaba y se dirigía hacia él. Levantó la mirada y lo vio de pie, sonriendo y ofreciéndole su mano. Osgood se la estrechó y entonces el joven dijo:

—¿Cómo estás, Osgood? Me alegro de verte.

Osgood se mordió un labio como si intentara recordar y contestó:

—Sí, te conozco, pero no...

—Soy Templeton, Templeton O'Hara. Vivimos juntos durante varios años, con Jason, mi padre. ¿No te acuerdas?

El rostro de Osgood se iluminó. Se puso en pie y le estrechó la mano de nuevo, esta vez con gran efusión, al tiempo que exclamaba:

—¡Templeton! ¡Claro! ¡Mi viejo amigo Templeton! ¿Cómo estás? ¿Qué haces, a qué te dedicas? ¿Y tu padre? ¿Dónde está?

Templeton O'Hara se sentó a su lado y respondió:

—Jason murió hace cuatro años. Lo enterré junto al tío Nehemiah y me largué. Vendí la casa y empecé a trabajar. Vivo aquí desde hace seis meses. Soy mecánico en un garaje. Por cierto, ¿encontraste a tu abuelo Emil?

—No —contestó Osgood sonriendo—. La búsqueda no duró mucho, pero no quise volver con vosotros. Me aburría, esa es la verdad.

—¿Y ahora te diviertes? —le preguntó Templeton no sin mala intención.

—Más o menos —contestó Osgood—, y además tengo un proyecto.

—¿Ah, sí? ¿Cuál es?

—Es un proyecto importante del que no puedo hablar ni siquiera contigo a menos que...

—¿A menos qué?

—A menos que tengas dinero.

—¿A menos que tenga dinero? ¿De qué se trata? ¿Es algún negocio?

—Se lo puede llamar así. ¿Tienes dinero?

—Tengo. Algo. ¿Para qué lo necesitas? ¿Para invertirlo?

Osgood esbozó una sonrisa y contestó:

—No. Es algo mucho más seguro. Algo que no fallará, que no puede fallar. Pero antes de hablar contigo he de saber si estás dispuesto a financiar el proyecto.

—No lo sé, Osgood. Hasta que me digas de qué se trata no podré saberlo. ¿Cuánto necesitas?

—No lo sé. Para alquilar una furgoneta, o un coche, por un par de días. ¿Cuánto cuesta?

Templeton le miró atónito y respondió:

—Muy poco. ¿Es sólo eso? ¿No tienes dinero para eso?

—En este instante —contestó Osgood hurgándose en un bolsillo y sacando unas monedas— sólo tengo dos dólares cincuenta y cinco. Desde hace algo más de un año tengo algo así en el bolsillo. Y desde hace más de un año quiero llevar a cabo este proyecto.

—¿Y de qué vives?

—Bueno, una chica me mantenía y me administraba el dinero. Murió ayer.

—Lo siento.

—No lo sientas, Templeton. ¿Qué más da?

—Nada —respondió éste. Calló durante unos instantes y añadió—: Bueno, estoy dispuesto a financiar tu asunto. ¿De qué se trata?

Osgood iba a contestar cuando una de las chicas que estaban con Templeton se acercó hasta ellos y dijo:

—¿Vas a venir o no, Tem? Trae a tu amigo si quieres, pero no nos dejes solas.

—Sue Ann, éste es un viejo amigo mío, Osgood Perkins —dijo Templeton, y añadió dirigiéndose a Osgood—: Vamos con ellas y luego me lo cuentas.

—De acuerdo.

Se levantaron, pasaron a la mesa que había ocupado Templeton al principio, Osgood saludó a la otra chica, Molly Ann, y todos pidieron más cocacola.

Al día siguiente Osgood y Templeton se encontraron junto al garaje de éste. Se estrecharon la mano y Osgood dijo:

—¿Te han concedido permiso?

—Sí.

—¿Tienes el dinero?

—Ajá.

—Vamos.

Se dirigieron a Shaw & Lomax, alquiler de coches, y eligieron un descapotable cuyo maletero era alto y grande. Pagaron al contado, firmaron un recibo y se pusieron en marcha. Salieron por la carretera del suroeste. Hacía buen tiempo y los dos estaban muy contentos. Osgood llevaba su banjo de siempre y canturreaba una vieja tonada.

—Casi como antes —dijo Templeton.
—Sí.

Osgood siguió cantando y ya no volvieron a hablar hasta que llegaron a Houma. Allí tomaron un desayuno abundante y dieron un paseo por la ciudad. Luego subieron al coche de nuevo y llegaron hasta la milla doce de la carretera sur. Allí había un bosque de robles. Aparcaron el coche en la cuneta y bajaron, muy excitados.

—Mira en los más adentrados —dijo Osgood—. Yo miraré en los de aquí.

Varios de aquellos robles tenían agujeros. Templeton y Osgood empezaron a mirarlos detenidamente, pero no encontraron nada. Repitieron la operación tres veces más, cuidando de que no se les olvidara ningún árbol, pero el resultado fue el mismo. Osgood, cansado, se metió dentro del coche y dijo:

—Aquel maldito negro debió de gastarnos una broma. ¡San Patrick el Rural! ¿Quién lo creería? Sólo un estúpido como yo. Tenía razón el viejo, tenía toda la razón del mundo.

—La verdad es que anoche no te creí demasiado, Osgood —dijo Templeton—. Me pareció una historia demasiado fantástica. Lo siento.

—Más lo siento yo. He vivido durante todo un año esperando encontrar a alguien que me pudiera ayudar y de quien me pudiera fiar. Estaba absolutamente convencido de que este tesoro existía, No es agradable encontrarte con el chasco de que lo que te ha alimentado e ilusionado durante todo un año es tan sólo la broma de un condenado negro moribundo. Estas cosas me enferman.

—En fin, ¿qué se puede hacer? —dijo Templeton.

—Sí, ya sé que no puedo hacer nada, y que lamentarme no sirve de nada, pero es que me enferma que haya ocurrido esto. ¿Seguro que no nos hemos dejado ningún roble?

—Seguro, Osgood. No está. No está. San Patrick el Rural nunca existió. Hazte a la idea. Te engañaron. Lo hemos mirado cuatro veces. Lo siento.

—Esá bien, Tem. Vámonos. No tenemos nada que hacer aquí.

Aquello significó un duro golpe para Osgood, que se negaba a admitir de manera consciente que el negro Josh le había mentido en todo. Se separó de Templeton y fue a ver a Kevin a su casa, un apartamento pequeño, pulcro y ordenado del barrio francés.

—Hola, Kevin —le dijo cuando éste le abrió la puerta—. Vengo a despedirme.

—¿Te vas de aquí? —preguntó el saxo.

—Sí.

—Estaba aquí porque tenía que hacer una cosa en Houma. Ahora ya lo he hecho y me largo.

—¿A dónde vas?

—No lo sé aún —contestó Osgood. Abrió y cerró los ojos un par de veces y añadió—: ¿Por qué no vienes conmigo? Apuesto a que McKee te paga muy mal.

—Sí, me paga mal. Pero ¿qué piensas hacer?

—No sé, pero intentaré enriquecerme.

—¿Enriquecerte? ¿Cómo?

—Te digo que no sé. Ya veré. Podemos pasarlo muy bien.

—Tal vez.

Hubo una pausa y entonces Osgood dijo:

—Bueno, ¿vienes o no?

—Sí —contestó Kevin.

Osgood Perkins y Kevin Baldwin salieron de Nueva Orleans un par de horas después en un coche robado. Salieron de Louisiana y entraron en Mississippi. Atravesaron el estado y llegaron a Alabama. Se detuvieron en Citronelle, una pequeña ciudad, donde buscaron alojamiento. Kevin tenía algún dinero ahorrado, el suficiente para que vivieran sin trabajar durante cinco días. Sin embargo, a la mañana siguiente los dos salieron en busca de trabajo por separado. Osgood tuvo suerte. Se dirigió a un salón de billar y preguntó por el dueño. Este era un hombre gordo y rubicundo, con ojos diminutos e inescrutables. Se llamaba Carl Finch.

—¿Qué desea? —preguntó.

—Trabajo —respondió Osgood.

—¿Sabe jugar al billar?

—Sí.

—¿Bien?

—Sí.

—Vamos —dijo Carl Finch entregándole un taco y cogiendo otro para él.

—¿Vamos a jugar usted y yo?

—Sí.

Osgood le ganó y de manera muy brillante. Siempre le había gustado el billar y en Nueva Orleans lo había practicado durante tres horas diarias.

—Bueno —dijo entonces Finch—. No será un profesional, ¿verdad?

—No —contestó Osgood.

—Entonces tiene trabajo. Setenta y cinco semanales.

—De acuerdo. ¿Cuándo empiezo?

—Ahora mismo.

—Bien. ¿Qué tengo que hacer?

—¿Ve usted aquella mesa? —Y señaló una que tenía un cartel que decía: Apueste contra la casa.

—Sí —respondió Osgood.

—Bueno, pues usted será la casa.

—Ya. ¿Quién era la casa hasta hoy?

—Yo. Y siempre pierdo con los que son buenos aficionados. Así no hago negocio. Me parece que ahí tiene a su primer adversario.

Un joven patilludo, moreno, con camisa negra, corbata blanca y sombrero acababa de entrar.

—Hola, Carl —dijo—. Vamos a jugar un poco.

Carl sonrió y dijo:

—No conmigo. Ya no más. Él es la casa ahora. —Y señaló a Osgood.

—Es un poco joven, ¿no? —dijo el tipo patilludo.

Osgood no contestó nada y Finch dijo:

—Eso no importa. Lo que importa es que juegue bien.

—Bueno. Vamos.

El joven cogió un taco y empezó. Jugaba bastante bien al billar americano y repitió cuatro veces seguidas sin dejar intervenir a Osgood. Pero cuando le tocó el turno a éste ya no paró hasta el final. El joven echó cinco dólares sobre el tapete verde y dijo:

—Está bien, chico, está bien. Esto era un calentamiento. Vamos de nuevo.

Finch recogió los cinco dólares, se los guardó en un bolsillo y colocó las bolas en orden. Osgood empezó esta vez y no dejó jugar apenas al joven patilludo, que sólo lo hizo dos veces seguidas. Volvió a echar cinco dólares, que Finch se apresuró a guardar, y dijo:

—Vamos a cambiar de mesa.

—Eso no puede ser, George —dijo Finch—. Esta es la mesa para apostar contra la casa.

—Vamos a cambiar —le contestó el joven—. No me fío de la mesa.

—Está bien —dijo Finch.

Se cambiaron a otro tablero y George empezó a jugar. La partida fue como la primera, quizá un poco más competida, y Osgood ganó una vez más. George empezó a ponerse nervioso y a murmurar:

—Tengo que ganarle, tengo que ganarle.

A las ocho de la tarde George llevaba perdidos cincuenta y cinco dólares y el salón de billar estaba lleno de hombres que no jugaban entre sí, sino que esperaban su turno para hacerlo frente a Osgood, a quien ya llamaban el jovencito. El aspecto de George era muy lamentable. Sudaba por todo el cuerpo y tenía la lengua fuera, lo cual le hacía más torpe y le impedía precisar sus golpes de taco. Osgood, por el contrario, estaba muy sereno, aunque algo cansado. Llegaron hasta los setenta y cinco dólares y entonces George, sin decir nada, se puso su chaqueta y salió. Osgood dejó su taco y se dispuso a hacer lo mismo. Entonces los hombres que estaban esperando empezaron a protestar y Finch le dijo:

—¿A dónde crees que vas, muchacho?

—Me voy —contestó Osgood—. En una tarde ya he ganado mi paga de una semana. Y llevo aquí seis horas. Estoy harto.

—No te irás ahora, muchacho —dijo Finch—. Toda esta gente quiere jugar contigo.

—Ya lo harán mañana —contestó Osgood yendo hacia la puerta.

Un hombre muy alto y con cara de exboxeador se interpuso entre la puerta y él y dijo, señalando las mesas con un dedo peludo:

—Tú y yo vamos a jugar ahora, pequeño.

Osgood no dijo nada. Dio media vuelta y cogió el taco.

A la una y media de la noche Carl Finch cerró. Osgood se sentó en un taburete con la cabeza entre las manos. Finch se acercó a él y le dio unas palmaditas en la espalda.

—Buen trabajo —le dijo.

Osgood levantó la cabeza y contestó:

—Ciento sesenta y cinco dólares son muchos en un día, y los he ganado yo. Setenta y cinco a la semana es muy poco en comparación. Quiero más.

—Vaya, empezamos con exigencias —dijo Finch—. Dijiste que sí a los setenta y cinco y ahora no puedes echarte atrás.

—Ya lo creo que puedo. No estoy dispuesto a que se me explote.

—Tendrás que estarlo —dijo Finch, y gritó—: ¡Kaplan!

Una puerta interior se abrió y el expúgil de boxeo que antes le había impedido salir apareció.

—¿Qué ocurre, jefe? —preguntó.

—El chico quiere dejarnos, Kaplan —dijo Finch.

—¿De veras? —dijo Kaplan haciendo una mueca.

—Sí —respondió Finch, y añadió—: Pero creo que le convenceremos, ¿verdad, Kaplan?

—Desde luego —dijo el tipo grande acercándose a Osgood. Le cogió por la camisa con una sola mano y le dio un puñetazo. Osgood cayó al suelo atontado. Finch sacó un papel viejo de un bolsillo y le dijo:

—Firma aquí.

Osgood se puso en pie con dificultad y leyó el papel. Estaba impreso y decía: Me comprometo a trabajar para el señor Carl Finch en su salón de billar hasta que él decida que mis servicios no le son necesarios, por la cantidad de cincuenta dólares semanales.

—Si cree que voy a firmar eso, está usted loco —dijo.

Finch le hizo una seña a Kaplan y éste volvió a golpearle, esta vez en el bajo estómago. Osgood quedó doblado.

—¿Firmarás? —dijo Finch.

Osgood se recuperó un poco, cogió el bolígrafo que Finch le tendía y firmó.

—¿Puedo irme? —preguntó.

—Sí —contestó Finch—. Pero cuidado con largarte del pueblo.

—Descuide —dijo Osgood, y salió renqueando.

—¡Espera! —oyó la voz de Finch. Dio media vuelta y abrió la puerta del salón—. ¿Dónde te alojas?

—Vermilion Inn.

—Mañana a las nueve iremos a despertarte.

Cuando Osgood entró en su habitación se encontró a Kevin tocando el saxo sin que saliera una sola nota de él. Kevin le sonrió y dijo:

—¿Encontraste trabajo? Yo no.

Osgood se echó en la cama y contestó:

—Sí, pero ahora estoy muy cansado. Apaga la luz.

A las nueve de la mañana golpearon en la puerta y Kevin abrió. Allí estaba Kaplan.

—¿Qué desea? —le preguntó Kevin.

Kaplan le apartó de un empellón, entró, fue hasta Osgood, que dormía plácidamente, y empezó a sacudirle. Kevin intentó apartarle, pero recibió un codazo que lo derribó al suelo. Osgood se despertó y Kaplan le dijo:

—Vamos, tú. Son las nueve.

—¿Quién es, Osgood? —preguntó Kevin.

—Ya te lo explicaré —respondió Osgood—. ¿Puedo lavarme? —añadió dirigiéndose a Kaplan.

—No hace falta estar limpio para jugar —respondió Kaplan.

Cuando, a las diez, llegaron al salón de billar, Osgood se quedó muy sorprendido. Había ya once hombres esperándole.

—¿No trabaja nadie aquí? —le preguntó a Kaplan.

—Algunos, los más listos, no —contestó éste.

—Hola, chico —dijo Finch cuando vio entrar a Osgood—. ¿Preparado para derrotar a todo el mundo?

Osgood no contestó y cogió un taco.

—El primero —dijo Finch.

Un hombre rubio y escuálido que tenía ya un taco en su mano se plantó ante Osgood.

—¿Quién empieza? —preguntó Osgood.

—El señor Patterson —dijo Finch.

El señor Patterson jugó tres veces seguidas. Entonces le tocó a Osgood, que falló. Patterson cogió su turno y terminó la partida. Todo el público gritó alborozado.

—Bueno —dijo Patterson sonriendo—, suelte los cinco dólares, Finch. Y vamos de nuevo.

Finch soltó el dinero y le preguntó a Osgood en voz baja:

—¿Qué pasa?

—El tipo es bueno, mejor que yo —respondió Osgood.

—Pero ayer le ganaste dos veces.

—Pero hoy no he dormido apenas, ¿no lo comprende?

—Bueno. No vuelvas a perder, de todas formas.

—Lo intentaré, no puedo hacer más —dijo Osgood.

Esta vez empezó él. Jugó dos veces. Patterson falló y le tocó de nuevo a Osgood, que volvió a fallar. Patterson acabó la partida. De nuevo el júbilo llenó la sala y Osgood sonrió complacido. Entonces Finch le cogió de un brazo y dijo:

—Amigos, esto es inusitado. —Y sonrió—. Tengo que charlar con mi representante. Ven, Kaplan.

Arrastró a Osgood hasta una habitación y entonces, nada más entrar, Kaplan le golpeó con el codo.

—¿Qué pasa? —dijo Finch—. ¿Es un truco? Escúchame bien. Ahora vas a salir ahí de nuevo y vas a jugar bien si no quieres que Kaplan te destroce. Si crees que me vas a engañar estás muy equivocado. Vas a ganarles a todos. Son muy malos, siempre lo han sido. Y tú puedes y vas a sacarles su dinero. Y aún te diré más: lo vas a hacer dándoles esperanzas de vencerte alguna vez para que jueguen más y más. ¿Entendido?

Osgood le miró fijamente y contestó:
—Está bien.
—Me alegro de que seas razonable, muchacho —dijo Finch.

Los dos con Kaplan volvieron a la sala de billar y Osgood cogió su taco. Patterson empezó. Falló al tercer tiro. Osgood acabó la partida con facilidad.

A las nueve de la noche Finch cerró el salón y Osgood regresó al Vermilion Inn. Kevin no estaba y él se tumbó en la cama, agotado. Se estaba quedando dormido cuando Kevin irrumpió en la habitación. Al verle le levantó y empezó a gritar:

—¡Soy rico, soy rico! ¡Tengo una fortuna, Osgood! —Y sacó un fajo de billetes de veinte dólares que le enseñó a éste.

Osgood no estaba muy despierto aún. Cogió los billetes de las manos de Kevin, los miró con atención y dijo:

—Seguro que son falsos. ¿De dónde los has sacado?

—Los he ganado en una apuesta. En un bar —respondió Kevin—. Son mil dólares.

—¿Cómo?

—Había un tipo muy rico en el bar. Se llamaba Elwood. La verdad es que estaba medio borracho, pero el caso es que me retó.

—¿A qué?

—Había unos tipos que hablaban de estar sin respirar.

—¿Qué? —preguntó Osgood sin comprender nada.

—Bueno, decían que nadie podía estar más de dos minutos y medio sin respirar, bajo el agua. Este Elwood dijo que no y yo le dije que sí podía. Se echó a reír y me dijo que me daba mil dólares si lo hacía. Buscaron una piscina y lo hice. Y me dio el dinero. Ya podemos largarnos de este lugar, Osgood, ¿te das cuenta?

Osgood se sentó en la cama y le miró con desolación. —Tú sí puedes. Yo no.

—¿Por qué?

—Por Finch, ¿por qué va a ser?

Kevin le miró sin entender y dijo:

—¿Quién es Finch? ¿De qué estás hablando? Osgood frunció las cejas y respondió:

—Es cierto, no te lo he contado.

Le relató lo que sucedía. Kevin sonrió y dijo:

—Pero es muy sencillo. Mañana yo te ganaré.

—¿Tú?

—Sí. Soy mejor que tú. Ya lo verás.

Al día siguiente Kevin entró en el salón de billar cuando Osgood había jugado tres partidas. Tuvo que esperar más de una hora para poder intervenir. Cuando lo logró, Osgood respiró con alivio. Pero en aquel instante Kaplan cogió a Kevin de un brazo.

—¿Crees que vas a jugar, negro?
—¿Por qué no? —preguntó Osgood.
—Porque no —intervino Finch.
—Son amigos —añadió Kaplan.
—Razón de más —dijo Finch, y dirigiéndose a Kevin agregó—: Lárgate si no quieres recibir una paliza.

Kevin parecía indeciso. Osgood suspiró con resignación y le hizo una seña para que obedeciera. Kevin salió y él volvió a su trabajo.

Después de aquello Osgood no tuvo más ideas para escapar de Finch. Trabajaba desde las diez de la mañana hasta las nueve de la noche con media hora de descanso para comer. Cuando llegaba la noche estaba tan cansado que no podía pensar o elaborar algún plan de huida. Kevin no hacía nada más que tocar el saxo y apenas salía. No quería tocar los mil dólares, y vivían con lo que tenían de antes y con los cincuenta que ya había recibido Osgood de Finch, correspondientes a su primera semana de trabajo. La gente del pueblo, en vez de darse por vencida, se había empeñado en ganar a Osgood y cada vez jugaba más. La situación de Osgood era cada vez más desesperada.

A la segunda semana Osgood se presentó en el salón de billar más temprano que de costumbre.

—Todavía no es la hora —le dijo Finch cuando le vio entrar.

—Ya lo sé —respondió Osgood—. Necesito el dinero de esta semana para pagar el albergue. Si no, me echarán. Págueme.

—Te toca mañana —dijo Finch—. Nada de adelantos.

—Pero es que lo necesito, ¿no lo comprende? Tengo que comer.

—¿Y el negro? ¿Él no trabaja?

—Sí —mintió Osgood—. Trabaja mucho, pero su paga se ha evaporado ya y necesito la mía. No tenemos ni un dólar y tenemos que pagar el alojamiento esta mañana, y también tenemos que comer.

—Bah —dijo Finch, y se puso a limpiar los tapetes de las mesas de billar.

—Si no me paga, me iré —dijo Osgood.

Finch levantó la cabeza y sonrió.

—Parece que ya no te acuerdas de este papel —dijo, y sacó de un bolsillo la hoja que Osgood había firmado.

Éste, al verla, se abalanzó sobre Finch para quitársela. Pero el dueño del billar se la metió dentro de la camisa antes de que Osgood pudiera arrebatársela, y dijo:

—¡Quieto, muchacho!

Osgood le miró con furia y le dio un puñetazo. Finch cayó al suelo y empezó a gritar:

—¡Kaplan, Kaplan! ¡Ayúdame!

Antes de que Osgood pudiera lanzarse sobre Finch o volver a golpearle, la puerta se abrió y Kaplan entró. Estaba en camiseta y calzoncillos. Al ver a su patrón en el suelo fue hacia Osgood y le golpeó. Éste se tambaleó pero logró recobrar el equilibrio y cogió un taco de billar que puso entre él y Kaplan. Finch se había puesto ya en pie, estaba muy excitado y decía:

—¡Anda, Kaplan! ¡Dale una lección! ¡Dale lo que se merece!

Kaplan seguía avanzando hacia Osgood, que hacía amagos con el taco y retrocedía. Por fin se topó con la pared y no pudo retroceder más. Kaplan seguía acercándose con los puños muy apretados. Iba a lanzar uno de ellos contra la cara de Osgood cuando éste le clavó el taco en un ojo. Kaplan se llevó la mano a la cara, que se cubrió de sangre.

—¡No veo, no veo! —gritó.

Finch, muy asustado, se echó hacia atrás. Kaplan logró reponerse un poco y con un rápido movimiento arrebató a Osgood el taco y lo rompió. Éste echó a correr y cogió bolas de billar que empezó a tirar con fuerza y puntería a la cara y a los pies descalzos de Kaplan, que intentaba pararlas con las manos. Una de ellas le pegó en la frente y Kaplan se cayó al suelo. Entonces Osgood fue corriendo hasta él. Lo cogió por debajo de los hombros y lo arrastró junto a una mesa de billar. Le levantó la cabeza y se la golpeó contra un pico de la mesa. Kaplan estaba ya semiinconsciente y Osgood siguió golpeándole contra el tablero una y otra vez hasta que ya no notó ningún signo de vida en Kaplan. Entonces paró y se volvió hacia Finch. Éste se protegía detrás de una mesa y gritó con voz aguda y fuera de sí:

—¡Lo has matado, lo has matado!

Osgood pareció calmarse. Se agachó junto a Kaplan, cuya cabeza estaba deshecha, y le puso una mano en el corazón.

—¡Te juzgarán y te condenarán! —gritó de nuevo Finch.

Osgood se asustó y salió corriendo del salón de billar. Fue al albergue y despertó a Kevin. Le contó lo ocurrido y terminó:

—Tenemos que largarnos en seguida. He dejado a Finch y estará avisando a la policía.

Kevin, que había escuchado todo el relato impasible, se pasó una mano por la frente y contestó:

—Lo siento, Osgood, pero no.

Osgood le miró asombrado y dijo:

—¿Cómo que no?

—Que no, que no me voy contigo. Somos amigos, pero no quiero verme mezclado en un crimen. Eso es demasiado. Yo tengo mis mil dólares intactos y quiero gastarlos por mi cuenta y libremente. Si deseas escapar, puedes llevarte el coche, pero no me pidas que te acompañe. No pienso ser tu cómplice.

—Dame las llaves —dijo Osgood.

Kevin se las dio y le ofreció la mano.

—Suerte.

Osgood no se la estrechó y salió corriendo.

Glenda Greeves, la estrella de cine más cotizada en 1928, entró en el Royal Palace de Los Angeles rodeada por una masa de admiradores que vociferaban Glenda Glenda sin parar. Glenda se detuvo durante unos minutos a la entrada mientras los fotógrafos hacían funcionar sus flashes, y posó en diez o doce posturas diferentes, siempre con la misma sonrisa y procurando que su cabellera rubia estuviera bien iluminada por algún foco. Luego pasó al vestíbulo del cine ante las protestas de sus fanáticos admiradores. Allí vio al señor Marvin Brophy, su productor, y a Winston Zuckert, el director de sus últimas películas. Paseaban nerviosos y preocupados. No la vieron hasta que ella habló:

—¿Dónde está Arthur? —dijo.

El señor Brophy se volvió y la besó en una mejilla. Era un hombre de unos sesenta años, con el pelo gris y cortado a cepillo.

—Hola, Glenda —dijo—. Eso es lo que quisiéramos saber. Nos dijo que vendría por su cuenta, a las nueve y media, y ya son las diez. ¿No sabes tú nada de él?

—Lo único que sé es que habíamos quedado a las ocho en mi casa para venir juntos hasta aquí. He esperado hasta las nueve y no ha aparecido, así que me he venido yo sola. No sé dónde puede estar.

—Estará borracho, o haciendo propaganda de sus películas en medio de una calle —intervino Winston Zuckert.

Era un hombre bastante joven, de aspecto agradable y ojos muy claros. Iba vestido con elegancia y fumaba un fino cigarrillo. Sobre su labio superior llevaba un bonito bigote rubio pajizo muy bien cuidado, como su pelo, y jugueteaba con un bastoncillo.

—No me extrañaría —dijo Brophy—. Acuérdate del último estreno a que tuvo que asistir. Y eso que esta vez me prometió que vendría y que sería puntual. No puede uno fiarse de Artie. Voy a tener que encargar a alguien del estudio que lo vigile y procure que no falte en ocasiones como ésta, o bien lograr que se case con una mujer que lo domine y le obligue a llevar una vida más ordenada.

Glenda suspiró y dijo:

—Yo estaría más que dispuesta, pero Artie no me hace caso.

En aquel instante entró un hombre pequeño y calvo y dijo:

—Señor Brophy, la película va a empezar. ¿Aún no ha llegado el señor Taeger?

—No, Roarke, no ha llegado aún, y no creo que venga. Vamos a entrar.

Glenda se colocó entre Brophy y Zuckert, los cogió del brazo y, seguidos por Roarke, el diminuto y nervioso encargado de relaciones públicas de la productora, entraron en la sala repleta de gente. Sonaron muchos aplausos correspondidos por gentiles inclinaciones de cabeza de la actriz, el productor y el director, y se sentaron en las últimas filas. Se abrió el telón y en la pantalla se vio proyectado: Producciones Brophy presenta *Pasión ilimitada*, con Glenda Greeves y Arthur Taeger, dirigida por Winston Zuckert.

Cuando terminó la proyección (una película más de las que solía hacer el equipo, con una pareja que vive en el campo y cuyo amor es imposible, lo cual les lleva a cometer incluso crímenes y chantajes), Glenda subió al escenario, expresó su agradecimiento al público y fue vitoreada durante varios minutos. Luego se reunió con Brophy y con Zuckert, y, los tres juntos esperaron a que la sala quedara vacía para salir a su vez a enfrentarse con el gentío que les aguardaba. Winston comentó:

—Es curioso. Siempre pasa lo mismo. El que más trabaja y el verdadero autor de la película, sea un éxito o un fracaso, es el director, pero quien se lleva la gloria y la fama es el actor, sólo porque es a quien el público ve. Creo que es injusto.

—Sí, es injusto —dijo Glenda—, pero déjalo. Siempre va a pasar así. Lo único que puedes hacer es ser el protagonista de tus películas.

—No me disgustaría —contestó Winston.

Protegidos por cordones de policía entraron en un coche que les esperaba.

—¿Vienes a la fiesta, Glenda? —preguntó Brophy.

—No, creo que no. Estoy muy cansada. Dejadme en casa, por favor. Será lo mejor.

—Está bien, Glenda. Sam, vamos a pasar un momento a dejar a la señorita Greeves.

Hasta que llegaron a la enorme mansión blanca de Glenda no volvieron a hablar.

—Buenas noches, señor Brophy. Buenas noches, Winston —dijo ella al descender del coche.

—Que descanses —dijo Brophy.

—Mañana a las siete y media en el estudio, ¿eh, Glenda? —dijo Winston sin mirarla—. Sé puntual.

—Sí, Winston, sí. ¿Qué vais a hacer con Arthur?

—Voy a ver si lo localizo en casa de Millie o en el bar de Wheelwright. Si no, mañana habrá que rodar sólo planos tuyos. Buenas noches, Glenda —contestó Brophy.

—Buenas noches.

Glenda vio cómo el coche se alejaba y atravesó el sendero de hierba y piedras que llegaba hasta la puerta con porche, procurando no pisar el césped. Vivía sola con el servicio, compuesto por un jardinero, un mayordomo, una cocinera y tres doncellas. A sus veintidós años estaba ya cansada de la vida que llevaba. Después de haber sido niña prodigio durante siete años, había atravesado una mala etapa de actriz secundaria en papeles de adolescente que encuentra el amor, y finalmente, hacía dos años, se había unido como partenaire cinematográfica al nuevo ídolo de las juventudes,

Arthur Taeger, y había logrado la fama definitiva. Pero como pareja. En realidad, ninguno de los dos atraía al público por sí solo. Quienes habían alcanzado la celebridad eran Taeger y Greeves como dúo de amantes eternos e inseparables. Y aún había que añadir a un tercero: Winston Zuckert. Y él era también imprescindible para su éxito, desde hacía año y medio, cuando verdaderamente ellos empezaron a destacar y sus películas a durar semanas y semanas en cartel. No había un director que conociera mejor a Glenda y a Arthur y que fuera capaz de llegar al público tan fácilmente con historias de amor y pasión. Bajo su capa de frialdad y resentimiento, producida en gran parte por las constantes evasiones de Glenda ante sus declaraciones amorosas, se escondía una persona hábil, inteligente y sensible que conocía muy bien su trabajo y que gustaba de hacerlo. Ella, por su parte, llevaba más de un año enamorada de Arthur, pero éste no parecía mostrar ningún interés por ella fuera del plató, y Glenda no se había atrevido ni tan siquiera a hacérselo imaginar. Abrió la puerta de la casa, situada en Beverly Hills y vecina de la de Martha Dwyer, actriz cómica de la época, y entró. Encendió las luces del vestíbulo, pues los sirvientes ya se habían acostado y la casa a oscuras le daba miedo, y subió las escaleras hasta el primer piso, donde se encontraban sus habitaciones. Entró en el dormitorio y en la penumbra vio que alguien estaba echado sobre su cama. Dio un respingo y tanteó el botón de la luz. Al encenderse ésta, el hombre que estaba sobre la cama abrió los ojos.

Era un joven muy bien parecido, con el pelo rubio y ojos azules. Estaba completamente vestido, incluso tenía puesta una gabardina blanca sobre su traje de etiqueta. Al ver a Glenda bostezó tapándose la boca con la mano y extendió los brazos hacia ella.

—¿Qué haces aquí, Arthur? —preguntó Glenda—. ¿Cómo has logrado entrar?

—Hola, Glenda —dijo Arthur no muy despierto todavía—. Me he quedado dormido. ¿Qué hora es?

—Las doce y media. ¿Qué haces aquí? ¿Por qué no has ido al estreno? ¿Y por qué no viniste a recogerme a las ocho? ¿Estás borracho?

—No, Glenda, te aseguro que no he bebido ni una gota. ¿Por qué cree todo el mundo siempre que estoy borracho? No bebo casi nunca, y menos solo. Ayúdame a ponerme en pie. Estoy entumecido.

Glenda le cogió por la cintura y le ayudó a levantarse. Art se alisó el traje y se quitó la gabardina, la corbata, el cuello y la chaqueta, quedándose en chaleco blanco.

—¿Tienes algo que comer, Glenda? Estoy hambriento.

Glenda se quitó su abrigo de piel de nutria y los zapatos y salió sin decir una palabra. Al rato volvió con una bandeja de pastelillos y sandwiches.

—¿Quieres café? —le preguntó.

—Sí —contestó Arthur.

Glenda volvió a desaparecer y regresó con otra bandeja, en la que llevaba una cafetera y tazas. Arthur estaba devorando los sandwiches.

—¿Quieres? —le ofreció a Glenda.
—No, gracias, ya he cenado.
Glenda esperó a que Arthur bebiera el café que le había servido para hablar de nuevo.
—¿Quieres ahora explicármelo todo, Art?
Arthur no respondió y preguntó en cambio, al tiempo que se hurgaba en los bolsillos:
—¿No tendrás un cigarrillo por casualidad?
Glenda fue sin decir nada hasta un aparador. Abrió una cajita de plata, sacó un habano y se lo dio a Arthur. Éste lo encendió, dio tres o cuatro chupadas y dijo:
—Gracias. ¿Qué es lo que me preguntabas?
Glenda suspiró y dijo:
—¿Qué haces aquí, cómo has entrado, por qué no fuiste al estreno, por qué no viniste a buscarme, dónde has estado?
—Oh —dijo Arthur—. Pues verás: estaba esperándote y me he quedado dormido; Finn me abrió la puerta; no fui al estreno porque me revientan, y también las fiestas; no vine a buscarte porque se me olvidó; y... ¿qué era lo último? Ah, sí, he estado dando un paseo en coche. Llegué hasta Long Beach y volví. Hacía buena noche y se estaba a gusto con el aire fresco de la carretera. ¿Se ha enfadado mucho el viejo Brophy porque no fui una vez más?
—No más de lo normal. Ya está acostumbrado —respondió Glenda. De repente se había puesto en tensión, y añadió—: Dijiste que me estabas esperando. ¿Para qué?
—Para hablar contigo.

—¿Y no podías haber esperado hasta mañana, en los estudios?

—No.

—Bueno —dijo Glenda, e hizo una pausa—. Si es tan urgente no sé a qué estás esperando. Anda, habla.

Arthur parecía haber recobrado ya toda su lucidez después de la comida y con el cigarro. La miró fijamente a los ojos. Glenda le sostuvo la mirada y dijo:

—Vamos. Mañana hay que levantarse temprano. ¿Tienes algún problema con Millie? ¿Es eso?

—No, no es eso —dijo Arthur sin dejar de observarla.

—Entonces, ¿qué es?

—Glenda, sólo te lo voy a preguntar una vez. Contesta sí o no. ¿Quieres casarte conmigo?

Glenda entreabrió la boca con sorpresa y dijo muy quedamente:

—Sí.

Dos años después, y cuando ya el sonoro funcionaba exclusivamente, Arthur Taeger y Glenda Greeves seguían siendo una de las parejas más admiradas y cotizadas del cine. Winston Zuckert, siempre en la oscuridad, continuaba dirigiendo sus películas.

—Hola, Glenda —dijo Arthur cuando llegó a su casa, después de haber efectuado unas pruebas para el doblaje de su última película, *Amor temerario*.

—Hola. ¿Algo nuevo?
—Sí. Carta de mi hermano.
—¿Milton?
—No, Ted —respondió Arthur sacando un sobre del bolsillo. Lo miró al trasluz, lo rasgó, sacó un sucio papel y empezó a leerlo en voz alta: Querido Art: Cuando leas esta carta vas a quedarte atónito y no vas a creer lo que digo, pero tienes que venir a Baltimore y ayudarme. Sólo puedo recurrir a ti. No sé si lo sabrás, pero dese 1925 el abuelo Rudolph está en la cárcel, papá se ha marchado de Pittsburgh y no tengo idea de dónde está, y mamá lo abandonó unos meses antes. Escribí a Milt, pero no me contestó, así que tú eres el único a quien puedo recurrir. Tienes que venir y ayudarme, sacarme del país, proporcionarme un pasaporte falso. Sé que puedes hacerlo. Tienes dinero y amigos importantes. Sólo te llevaría unos días. Prefiero no decirte por carta lo que ha pasado, pero te aseguro que es muy grave y urgente. Es cuestión de vida o muerte para mí. Si decides venir, y espero que sí, aunque sólo sea por el recuerdo de los buenos tiempos en que aún vivía la querida tía Mansfield, mis señas son: 267 Portland Ave, Baltimore. No le digas nada a nadie de esto. Si alguien se enterara de dónde estoy, sería mortal para mí. Te aseguro que es importante. Ven, por favor. Un abrazo. Ted.

Portland Avenue era la calle principal del barrio este. Hasta el número 100 las casas eran pobres y de barrio bajo, pero a partir del 175, y tras un tramo de edificios caros pero de mal gusto, la calle se convertía en una avenida de lujo y elegancia, llena de cines, grandes almacenes, salas de fiestas, bancos y hoteles. Uno de éstos era el número 267, el hotel Cleveland, un inmenso rascacielos con toldo ante la fachada y aspecto de lugar al que sólo van reyes del petróleo, magnates de la bolsa y artistas de cine.

—Si es aquí donde vive Ted, no veo qué problemas puede tener. Desde luego de dinero no serán —comentó Glenda al ver el vestíbulo del hotel, muy vasto y espacioso, y adornado con cómodos sofás, estatuas de mármol y fuentes de agua.

—No, desde luego que no —respondió Arthur.

Fueron hasta la conserjería y preguntaron a un hombre de aspecto refinado y delicado bigote:

—¿Cuál es la habitación del señor Taeger, por favor?

El conserje les miró de arriba abajo, observando el ridículo efecto que hacía el caladísimo sombrero de Arthur, y contestó con voz altisonante:

—¿Le importaría dar el nombre completo, caballero? Se hospeda mucha gente aquí y...

Arthur le interrumpió:

Edward Taeger, Edward Ellis Taeger.

—Un momento, por favor. —El conserje, el señor Peer según la etiqueta que llevaba prendida en la solapa, sacó el libro de inscripciones y pasó el dedo índice por varias páginas mientras murmuraba—: Taeger, Taeger, Taeger. —Había recorrido cuatro empezando por detrás cuando se detuvo y preguntó—: ¿Hace mucho que se aloja aquí?

—No lo sé. Quizá días, quizá años. No lo sé —contestó Arthur.

El señor Peer no dijo nada y siguió buscando en siete páginas más. Entonces cerró el libro y dijo:

—Aquí no vive ningún señor Taeger.

—Pero el número 267... —protestó Arthur.

—Lo siento, caballero —le cortó Peer—. Señora, buenos días.

Arthur y Glenda se retiraron y se sentaron en uno de los sofás del vestíbulo.

—¡Es un estúpido descuidado! —exclamó Arthur de mal humor—. Se le olvidó darnos su nombre falso, el que habrá utilizado para inscribirse.

—¿Tú crees que es eso? —dijo Glenda—. ¿No habrá otro 267, el antiguo, por ejemplo?

—No. El edificio siguiente es una pastelería con el número 269 y luego se acaba la avenida. Después de Washington Square sigue con el nombre de James Monroe. Tiene que ser aquí, pero no sé cómo vamos a encontrarlo, a menos que salga ahora mismo, y no lo creo, porque en la carta daba la impresión de estar escondido.

—Podemos preguntar por las habitaciones de los que tengan las iniciales E T o E E T

—No creo que, si alguien le está persiguiendo, Ted sea tan tonto, pero todo cabe dentro de lo posible y no perdemos nada. Vamos.

El señor Peer, al verlos aparecer de nuevo, frunció el ceño y contestó ante su petición:

—Señor, en este hotel se hospedan más de dos mil personas. Habrá por lo menos cincuenta cuyas iniciales sean E T, y no puedo dejarles que vayan entrando en todas sus habitaciones.

—¿Y E E T? —preguntó Glenda.

El señor Peer, tras pasar de nuevo hojas y hojas, contestó, con los dientes muy apretados:

—E E T, señora, no hay ninguno. Buenos días.

Arthur y Glenda volvieron al sofá. Estaban sin saber qué hacer cuando de repente Arthur dijo:

—Me parece que ya lo tengo. El personaje favorito de Ted, cuando era joven, era Rowland Mallet. Apuesto a que se ha inscrito con ese nombre.

Esta vez el señor Peer intentó escabullirse, pero Arthur lo llamó por su nombre de pila, Clamson, también grabado en su placa, y éste, desconcertado, no pudo escapar.

—Perdone, Clamson —le dijo—, pero acabamos de recordar que un amigo nuestro, el señor Rowland Mallet, también se hospeda aquí. ¿Haría el favor de decirnos el número de su habitación?

Esta vez Clamson Peer no tuvo que pasar ninguna hoja para encontrar al señor Mallet.

—590 —dijo.

—Gracias, señor Peer, y perdone tanta molestia —dijo Arthur con una de sus mejores sonrisas.

—No hay de qué —respondió el conserje intentando corresponder con otra sonrisa y consiguiendo tan sólo una fea mueca.

Subieron en uno de los ascensores hasta el quinto piso y tuvieron que recorrer varios pasillos antes de dar con el número 590. Arthur dio unos golpecitos en la puerta y oyó la voz de Eddie que preguntó en un tono muy nervioso:

—¿Quién es? ¿Qué desea? No he pedido nada.

—Ted, soy Art.

La puerta se abrió violentamente y Arthur y Glenda fueron introducidos en el cuarto con gran rapidez. Edward estaba bastante más flaco y envejecido que la última vez que Arthur le había visto, unos días después de que muriera la tía Mansfield, pero, aun así, tenía el mismo aspecto blando y enfermizo que hizo que jamás pudiera conquistar a una chica. A sus veintiocho años aparentaba treinta y cinco, y el pelo se le había vuelto grisáceo junto a las orejas, aunque no presentaba indicios de calvicie. Iba vestido correctamente, y los años, si bien no le habían endurecido físicamente, sí le habían hecho más interesante. Estrechó la mano de Arthur con calor y besó a Glenda en una mejilla.

—¡Creí que no vendrías, Art! —exclamó con un suspiro. Luego miró a Glenda y dijo—: Señorita Greeves, me gusta más al natural que en película. Encantado de conocerla.

—Es tu cuñada, Ted. Llámala Glenda —intervino Art, y añadió—: Ahora, ¿quieres explicarme en qué lío te has metido?

El rostro de Ted se ensombreció. Miró a uno y a otro y dijo:

—Art, ¿te importaría que habláramos a solas? La verdad es que me da vergüenza contarlo delante de Glenda.

Glenda se levantó inmediatamente sin aire ofendido y pasó al dormitorio de matrimonio que estaba al lado. Cuando se hubieron quedado solos, Eddie titubeó y no habló.

—Anda, dime —le instó Art.

—Bueno, es muy largo de contar —dijo Eddie—. Todo empezó el año que tú te fuiste de casa. Cuando terminó el curso me casé, pero no con Kathie Lonergan, sino con la camarera italiana del bar de Mallory, ¿te acuerdas? Aquella chica que se llamaba Rosanna. No importa cómo ni por qué, el caso es que, en contra de la opinión de papá y mamá y el abuelo, que eran los que quedaban en casa, me casé con ella y me marché a Delaware. Esto no tiene nada que ver con mi problema, pero luego mamá abandonó a papá, y antes Milton estafó unos miles de dólares a Max Kerr y se largó también. Elaine se suicidó por aquel novio suyo, Murchison III; el abuelo cometió un crimen, y papá se fue de Pittsburgh. Hasta entonces les escribía de vez en cuando, pero luego ya no he sabido nada más de ellos. Terminé la carrera en Delaware, al tiempo que trabajaba en un almacén de latas de conserva, y Rosanna y yo tuvimos un hijo. Vivíamos en Wilmington y éramos bastante felices. Todo empezó hace un año, cuando Davy, nuestro hijo, murió de una insolación. La verdad es que era muy débil y delicado, como Rosanna y como yo. Un fin de semana nos fuimos él y yo al mar, a Cape Henlopen. Yo me quedé dormido y él también. Cuando me desperté, ya casi de noche, Davy estaba ardiendo. Lo llevé a un médico y, parece inexplicable, pero no se pudo hacer nada. Murió, y cuando yo regresé a Wilmington sin el niño Rosanna se puso histérica. Tuve que contárselo todo y entonces ella me insultó, me acusó de haber matado al niño y me dijo que nunca me lo perdonaría. Y eso fue exactamente lo que hizo: nunca me lo perdonó. Durante este último año se pasaba la vida recordándome que era un asesino, negándose a acostarse conmigo y haciéndome la vida imposible. Te podría contar detalles, pero no vienen a cuento, aunque quizá te ayudaran a comprender un poco más por qué hice lo que hice. Hace tres semanas Rosanna vino a casa borracha y con un hombre. Yo había bebido también un poco, esa es la verdad. Bueno, empezaron a besarse y a burlarse de mí. Aquello fue demasiado, Art, te lo aseguro. No pude contenerme y me abalancé sobre ellos. El tipo, al verme tan furioso, se echó a un lado, asustado, pero Rosanna contestó a mis golpes y nos enzarzamos en una verdadera batalla. Hubo un momento en que yo cogí una botella, la rompí, y golpeé a Rosanna muchas veces con el cuello. Se quedó muerta, y el tipo, que lo había visto todo sin intervenir, salió corriendo. Aunque estaba algo bebido pude darme cuenta de que si no me largaba rápido la policía vendría a detenerme en poco tiempo. Así que cogí el poco dinero que tenía y me vine aquí. Cuando llegué no sabía qué hacer, pero tuve la suerte de encontrar a una mujer de Filadelfia que me tomó por amante a sueldo. Vivo aquí, con ella. En vez de darme dinero, me mantiene y me compra esta ropa tan cara. No le he contado nada, simplemente le he dicho que no me gusta salir a la calle. Ella me trae libros y revistas para que me distraiga y me paso el día entero aquí. ¿Has leído algún periódico del Este?

—No —contestó Arthur, que había escuchado toda la historia impasible.

—Pues si compras uno lo más seguro es que veas una foto mía con un pie que diga: La policía sigue buscando al brutal asesino que mató a su esposa de la manera más sádica y horrorosa, ensañándose con la víctima aun después de muerta. Puede que sea cierto, Art, pero te aseguro que casi no me daba cuenta de lo que hacía, y, desde luego, en ningún momento tuve la intención de matarla.

—Pero lo que no entiendo —le interrumpió Art— es el porqué de toda esta huida. Tu caso es de los más sencillos. Marido celoso, mujer infiel ante sus propios ojos, palabras violentas, tensión, lucha y... homicidio involuntario. Un accidente. Un buen abogado lograría tu inocencia o la pena mínima con suma facilidad.

—Ya lo sé, ahora lo sé. Pero entonces no se me ocurrió y ahora es demasiado tarde. Prefiero salir del país que arriesgarme a morir a manos de un verdugo o a pasarme demasiados años encerrado en una celda. Por eso tienes que ayudarme, Art. Como sea. Te aseguro que nunca se me pasó por la cabeza la idea de matarla. Te lo juro.

—Te creo, Ted —dijo Arthur—, te creo. ¿Puede venir ya Glenda? Creo que no habrá más remedio que contárselo.

—Sí.

Arthur llamó a Glenda. Ésta apareció mirándoles inquisitivamente, esperando una explicación. Arthur le contó la historia suavizada y eximiendo de culpa en lo posible a Edward, que estaba sudoroso e incómodo por la presencia de Glenda. Cuando hubo terminado, ésta preguntó:

—¿Y qué vamos a hacer?

—Por lo pronto, salir de aquí —dijo Arthur poniéndose en pie—. Ted, haz tus maletas. Vas a venir al hotel Fortescue, donde estamos alojados nosotros.

—Pero la gente conoce mi cara —protestó Edward—. Si me ven...

—También conoce las nuestras —replicó Arthur—. Vamos.

—¿Y la cuenta? Ruth, la mujer de Filadelfia, salió de compras y no volverá hasta la hora de comer.

—Nosotros la pagaremos. No te preocupes por eso. Vamos.

Cuando entraron en un taxi al fin, ni Glenda ni Arthur ni Edward habían pasado inadvertidos para ninguna de las personas del hotel que los vieron salir con enormes maletas, gabardinas blancas exactas y sombreros que no les dejaban ver. Al llegar al hotel Fortescue, pidieron una habitación lo más cerca posible de la que tenían Art y Glenda. Ellos tenían la 404 y a Edward le fue adjudicada la 408. Tras mucho discutir decidieron que lo mejor era regresar a Hollywood. los tres juntos al día siguiente y ver qué se podía hacer allí, ya que en Baltimore Arthur no tenía amistades que les pudieran ayudar, mientras que en Los Angeles conocía desde a los más ricos banqueros y magnates del petróleo hasta a la gente del hampa, del contrabando y del mercado negro, con quienes había trabajado antes de convertirse en una famosa estrella de cine.

El tren salía a las siete de la mañana, hora en que las calles no estaban apenas concurridas y los que estaban en ellas eran hombres que iban a su oficina con demasiada prisa como para fijarse en dos hombres y una mujer vestidos sobriamente y sin nada especial que pudiera llamar su atención. Por ello Glenda, Arthur y Edward llegaron a la estación sin ningún problema, y en cuanto el tren estuvo en su vía subieron y se instalaron en un compartimiento vacío. No había mucha gente que hiciera un viaje desde Baltimore a Los Angeles, pero sí que lo hiciera hasta Cleveland, Detroit, Chicago, Madison o Des Moines, por lo que unos minutos antes de partir el tren estaba lleno y su compartimiento ocupado por otras tres personas: una joven de unos veinticinco años y dos hombres serios y vestidos con traje oscuro y sombrero de ala ancha, que viajaban juntos. Glenda se había quitado la gabardina y el sombrero, y lo mismo habían hecho Arthur y los dos hombres, pero Edward seguía con ellos. Arthur le hizo un gesto indicándole que se los quitara para no llamar la atención. Edward, con mirada temerosa y furtiva, se desprendió del sombrero y de la gabardina y se volvió a sentar, junto a Glenda. Frente a él estaba la mujer, y los dos hombres junto a ella. Uno de ellos miraba a Arthur y a Glenda con atención, y cuando el tren se puso en marcha, dijo:

—Perdonen mi intromisión, pero, ¿no son ustedes Arthur Taeger y Glenda Greeves?

Glenda sonrió y contestó afirmativamente. El hombre se puso en pie, les ofreció su mano y dijo:

—Encantado de conocerles. Me llamo Elmer Steen. Este es el señor Halsted Langdon. He visto casi todas sus películas. ¿No te acuerdas, Hal?

Hal se puso en pie a su vez y estrechó la mano de los dos.

—¡Claro que me acuerdo! —dijo—. He visto lo menos cinco o seis de sus películas, y me gustan mucho, de veras.

Halsted Langdon era un tipo fornido, más grande que Elmer Steen. Tenía avanzadas entradas en el pelo y una sonrisa agradable. Elmer era más flaco, de cara algo chupada, pelo negro y ojos brillantes y alerta.

—Gracias —dijo Glenda, y añadió—: ¿Son ustedes viajantes de comercio?

Elmer se echó a reír.

—No, señorita Greeves, bueno, señora Taeger. No creo que tengamos pinta de eso. Policía. —Y sacó su chapa.

—Ah —dijo Glenda.

Edward, al oír esto, empalideció y empezó a removerse en su asiento, incómodo. Esto hizo que los dos policías recayeran en su presencia.

—Usted también es actor, ¿verdad? —dijo Elmer—. Su cara me es muy familiar. Estoy seguro de que lo he visto en alguna película, pero no recuerdo su nombre.

En aquel momento la joven, que no había intervenido hasta entonces, dijo:

—Sí, yo también estoy segura de haberlo visto.

Edward les miró muy asustado y no respondió. Los policías y la joven le miraron extrañados, por lo que Arthur dijo rápidamente:

—El señor Lansing es mudo. No es actor. Es uno de nuestros mejores amigos, y también, por qué no decirlo, nuestro guardaespaldas. Siempre viene con nosotros. Siempre está a nuestro lado, protegiéndonos. Seguramente les sonará de las fotos de las revistas. Siempre está a nuestro lado. Nunca se sabe lo que va a pasar.

—Por supuesto —dijo Elmer—. Cuando se es rico y famoso hay que ser precavido.

—Llevará un arma, ¿no? —intervino Halsted.

Edward negó con la cabeza y Arthur le ayudó.

—No, preferimos que no la lleve. En realidad, de lo que nos protege es de los admiradores, y para eso no hace falta pistola. Basta con un poco de astucia, y en último caso un par de puños, cuando la cosa se pone imposible. Ya sabe lo que es la gente.

—Sí, claro —dijo la joven, Era bastante agraciada, de expresión amable. Tenía los ojos grisáceos y el pelo rubio recogido en un moño trenzado. Llevaba un jersey amarillo abierto y una falda escocesa. Añadió—: Mi nombre es Susan Bedford. Encantada.

Todos hicieron inclinaciones de cabeza. Edward procuraba mirar por la ventanilla, intentando que su rostro se viera lo menos posible, pero Halsted Langdon parecía interesarse por él y preguntó:

—Aun así, es un trabajo duro tener que proteger a la gente, ¿no es cierto, señor Lansing?

Edward se sobresaltó. Iba a responder. Tenía abierta la boca cuando se limitó a asentir.

—Sí, es muy duro —dijo Halsted—. Y eso que en Baltimore no hay demasiados problemas. En Chicago debe de ser horrible. Aquí el hampa no se ha desarrollado casi todavía, y nosotros procuramos que no lo haga. Otra cuestión son los crímenes. De eso hay bastante. Hace un par de días un tipo se cargó a su mujer y a sus cuatro hijos con un fusil, y hace unas semanas otro, que por cierto se llamaba como usted, señor Taeger, mató a su esposa con el cuello de una botella. Aún no lo hemos cogido, pero caerá, es seguro. No ha salido del país y no llevaba mucho dinero. No creo que ni siquiera haya salido del estado. Pero hay que tener cuidado con esos tipos, ya lo creo. Éste siguió dándole a la mujer con la botella incluso después de muerta. Hay un testigo que lo vio todo. Y sólo para quitarle unos dólares del bolso. ¡Menudo tipo! Lo estrangularía con mis propias manos si pudiera.

Edward empezó a moverse en el asiento de nuevo.

—Perdone, señor Langdon —dijo Arthur—, pero, si no le importa, le agradecería que no hablase de estas cosas delante de mi esposa. Le resultan muy desagradables.

—Claro, Hal —le apoyó Elmer Steen—. Siempre metiendo la pata. No es agradable que hables de crímenes sádicos, sobre todo habiendo señoras delante.

—Lo siento mucho, señora Taeger. No era mi intención —se excusó Hal.

—No tiene importancia —respondió Glenda, y agregó para cambiar definitivamente de tema—: ¿Hasta dónde van ustedes?

—A Detroit —dijo Elmer—. Perdone que vuelva a mencionarlo, pero vamos siguiéndole la pista al del fusil. Creemos que está allí.

Edward, hizo unos gestos absurdos y Arthur dijo:

—El señor Lansing tiene curiosidad por saber qué es del otro. ¿No saben nada de él?

—Sí, señor Lansing —dijo Hal volviéndose hacia él—. Hay algunos informes que están por comprobar. Parece que alguien lo ha visto en Nueva York, por el puerto, tratando de enrolarse en algún barco que lo lleve lo más lejos posible. Ya está avisada la policía de allí por si acaso es cierta la información. Pero yo, personalmente, creo que sigue en Baltimore. Es una corazonada.

Edward hizo una inclinación de cabeza y suspiró con alivio.

Llegaron a Detroit hacia las once de la mañana, y los dos policías, tras despedirse muy cortésmente, desaparecieron. Edward, sin darse cuenta de que la señorita Bedford seguía allí, dijo:

—¡Menos mal! ¡Ya era hora! Por un momento creí que me habían reconocido.

La señorita Bedford abrió mucho los ojos, le miró fijamente, y se precipitó a la ventana. Pero Arthur fue más rápido que ella. Se abalanzó tapándole la boca con una mano y ordenó:

—¡Cerrad las cortinas!

Glenda lo hizo rápidamente. La señorita Bedford forcejeaba con Arthur e intentaba desasirse de sus brazos. Arthur le dijo:

—La soltaré si se calla. Ni una palabra. Se lo aconsejo por su bien. Cálmese, pórtese bien y no le pasará nada. No forcejee. Soy más fuerte que usted.

La señorita Bedford dejó de moverse y entonces Arthur, con calma, quitó la mano de su boca y la soltó.

—No intente avisar a nadie —le dijo—, y vamos a hablar.

La señorita Bedford jadeaba.

—Usted es... Edward... Taeger —dijo al fin mirando a Eddie—. Ya sabía yo que su cara me era familiar, y no precisamente por haberle visto como actor de cine.

—Le aseguro que fue un accidente —dijo Edward queriendo disculparse—. Fue un accidente. Yo nunca quise matarla, y si me cogen lo más probable es que me lleven a la silla eléctrica. Por favor, no diga nada, le juro que fue un accidente. Yo estaba medio borracho...

—Basta, Ted —le cortó Art—. No tienes por qué dar explicaciones ni disculparte. Escúcheme, señorita Bedford, escuche lo que voy a proponerle. Le daré mil dólares en efectivo si nos acompaña hasta Los Angeles, vive con nosotros durante una semana o dos, hasta que mi hermano haya salido del país, y no nos denuncia a la policía, ni a él por asesinato ni a nosotros por cómplices. Nunca.

—Ah —dijo la señorita Bedford, ya recobrada, con sarcasmo—. Pero yo puedo denunciarles una vez me haya pagado el dinero. O escribir un artículo para una revista, con el que ganaría mucho más de mil dólares. No me conviene, señor Taeger. ¿Se imagina los titulares? Arthur Taeger y Glenda Greeves, los dos astros de la pantalla, convertidos en cómplices de uno de los crímenes más monstruosos del siglo, cometido por el hermano del actor. Sería una verdadera bomba, ¿no cree?

Arthur resopló mirándola con furia y dijo:

—Mire, le voy a hacer otra oferta y será mejor que acepte. Le daré una renta anual de diez mil dólares y vendrá con nosotros hasta que Ted haya abandonado el país. ¿Qué le parece? Con eso puede no volver a trabajar en su vida.

—Está bien, de acuerdo —contestó la señorita Bedford—. Eso me parece mucho más razonable. Pero tendrá que firmarme un papel en el que se comprometa a cumplir este trato. Ahora mismo. Si no, no hay nada.

Glenda estaba muy nerviosa, pero no se atrevía a hablar. Entonces Edward estalló:

—¡Basta de exigencias! —dijo poniéndose en pie—. Art, no tienes por qué darle dinero ni firmar nada. Esto se arregla muy fácilmente con un empujón cuando el tren marche a toda velocidad.

La señorita Bedford y Glenda le miraron aterradas. Estaba muy excitado y sudaba. Su cuerpo temblaba como si tuviera mucho frío. Arthur fue el único que habló.

—Ted, estás muy nervioso. Cálmate y no digas disparates. No podemos hacer eso.

Se sentó a su lado y le pasó un brazo por encima de los hombros. Le dio unas palmadas y un pañuelo para que se secase las gotas de sudor. Edward se tranquilizó bastante y se disculpó:

—Lo siento, Art. Perdóname, Glenda. No sabía lo que decía. Estoy muy cansado y con los nervios destrozados. Esos policías me han sacado de quicio. No he parado ni un instante desde que subieron al tren. Pero es que además me enfurece esa mujer pidiendo cosas por no decir nada, por no hacer de buena ciudadana, como si lo fuera. Me gustaría verla en mi situación.

La señorita Bedford bajó la cabeza y Arthur dijo:

—Bueno, no ha sido nada. Tan sólo la tensión que había. Dejémoslo, y voy a firmarle ese papel, señorita Bedford.

Ésta parecía haber cambiado radicalmente de actitud, y respondió:

—Déjelo, señor Taeger. No quiero cobrarle a usted nada por algo de lo que no tiene culpa. Me doy cuenta de que lo hace todo para ayudar a su hermano. No quiero hacerle un chantaje o algo parecido. Iré con ustedes hasta Los Angeles y aguardaré a que su hermano haya abandonado el país. Les prometo que luego no diré nada en contra de ustedes dos, y además —sonrió—, no está tampoco mal pasar un par de semanas viviendo en Beverly Hills.

Arthur sonrió a su vez y dijo:

—Se lo agradezco mucho, señorita Bedford. Es usted muy comprensiva. No lo olvidaré, y desde luego lo que sí puedo hacerle es un regalo, ¿no?

—Créame que no es necesario, señor Taeger —dijo la señorita Bedford con modosidad.

Arthur sacó un talonario de cheques, extendió uno al portador por valor de mil quinientos dólares, y se lo entregó a la joven.

—Por lo menos debo compensar un poco lo que pierde usted al no escribir su artículo —dijo.

La señorita Bedford lo aceptó y Glenda también le dio las gracias. Edward, desde su rincón, intentó hacer lo mismo, pero finalmente optó por callarse.

El resto del viaje transcurrió sin incidentes de ninguna clase. Nadie entró en el compartimiento, a excepción del revisor, y ninguno de los cuatro volvió a abrir la boca para mencionar el asunto.

Arthur entró en el bar-club de Jerry, un tugurio de ínfima categoría pésimamente adornado. No había más que cinco o seis mesas vacías, la barra y una máquina de discos que en aquellos instantes tocaba una canción pasada de moda. Se sentó a una de las mesas y pidió un café. Aún no se lo habían traído cuando en la puerta apareció un hombre rubio, de ojos pequeños y no muy alto, pero sí bastante atractivo. Vestía con buen gusto; un traje gris muy bien planchado, corbata amarilla pero no chillona y sombrero negro. Al ver a Arthur sonrió mostrando una hilera de dientes muy blancos y uniformes y fue hacia él. Le estrechó la mano con fuerza y dijo:

—Hola, Arthur Taeger. ¿Cómo te va?

Art le devolvió la sonrisa y contestó:

—Bien, ¿y a ti, Michael Robbins?

—No mal —respondió Mike. Luego se dirigió al camarero y le ordenó—: Sonny, tráeme una cerveza.

—Esto no ha cambiado nada —comentó Arthur—. Creí que habría mejorado.

—No, ni creo que cambie nunca. Y lo prefiero. No hay otro lugar mejor en todo Los Angeles para hablar de negocios sucios.

—Sí, eso es cierto. ¿Cómo te va, Mike?

—Bien. Últimamente he tenido una racha muy buena, pero nunca se sabe lo que va a durar eso. Sigo con lo de siempre. Carreras de caballos, boxeo, timbas, información, toda clase de apuestas. Lo de siempre. No creo que nunca lo deje. Aunque hay tiempos malos, el trabajo no es duro, y cuando hay una buena racha, como ahora, entonces la cosa es perfecta. Lo único que hay que hacer es moverse, y saber hacerlo, por supuesto. Tú habías aprendido ya bastante. Fue una lástima que lo dejaras. Tú y yo juntos podríamos haber hecho negocio. Montar una agencia de información, o de detectives. Eso siempre me ha apetecido. Aunque supongo que tú ahora ganarás mucho más de lo que yo pueda en toda mi vida.

—Sí, la verdad es que gano mucho.

—Ya lo imagino. Y además, te has casado con una chica maravillosa.

—Sí, es buena chica, vale mucho. ¿Tú te has casado?

Mike Robbins se echó a reír.

—¡Tú estás loco! —exclamó—. ¿Cómo se te ha ocurrido semejante cosa?

—No sé. Todo puede pasar.

—Sí, desde luego. Pero lo que no pasa jamás es que una mujer con dinero y a ser posible guapa se enamore de mí. Y si no es en esas condiciones, no hay boda.

—Ya. No has cambiado en nada. Estoy seguro de que tendrás algún proyecto con el que te harás rico.

—Ajá, lo has adivinado. Verás:

Arthur le interrumpió.

—No me lo cuentes, sé que no saldrá bien. Y vamos al asunto.

—Es cierto. ¡Se me había olvidado! —dijo—. ¿Qué te ocurre?

Arthur carraspeó y dijo:

—Bueno, la historia y el hombre son lo de menos. Lo que necesito es un pasaporte falso, a ser posible extranjero. Inglés, o australiano, o irlandés. Aquí tengo la foto que debe llevar el pasaporte.

Arthur sacó una fina cartera de cuero y extrajo una foto de Edward. Se la dio a Mike y preguntó:

—¿Cuánto me costará todo?

Mike no contestó. Estaba mirando la foto con mucha atención. Murmuró:

—Este tipo me suena, me suena mucho. ¿Quién es?

—Eso no importa —respondió Arthur—. ¿Cuánto?

Mike dejó de mirar la foto y dijo:

—Bastante. El pasaporte quinientos y...

—¿Y tú?

—Bueno —dijo Mike—, suelo cobrar setecientos por esta clase de trabajo, pero para ti son trescientos cincuenta.

—Ten mil ahora —dijo Arthur sacando el dinero en efectivo—, y los quinientos del pasaporte cuando lo tenga en mis manos.

—¡Vaya, Art! —exclamó Mike—. Eres muy generoso. La verdad es que me vienen muy bien.

—Ya lo sé, Mike. No he creído ni por un momento lo de la buena racha. Pero no tiene importancia. Somos amigos, ¿no?

—Claro. Somos amigos, Art.

Mike se guardó el dinero y cogió de nuevo la foto. La miró durante unos segundos y de pronto exclamó:

—¡Ya lo tengo! Lo vi en un periódico, de Nueva York hace tres semanas. Es el tipo que mató a la mujer a botellazos. Edward ¡Taeger!

Arthur le observaba muy serio. Dijo:

—Sí, Mike. Es mi hermano. Fue un accidente, pero ya es demasiado tarde y tiene que largarse de aquí. ¿Cuánto quieres por no hablar?

Mike sonrió sacando un poco la lengua y contestó:

—Vamos, Art. No me digas eso a mí. Somos amigos, ¿no?

—Sí, somos amigos, Mike. Gracias por todo. ¿Cuándo puedo recoger el pasaporte?

—Pasado mañana, a las nueve, por la mañana. Puedo llevártelo a tu casa si quieres. Además, me gustaría ver y conocer a tu mujer en persona. Me gusta muchísimo.

—De acuerdo, Mike. Ven a las ocho y media y te enseñaré la casa. Hasta luego, y gracias.

Pagó la cuenta al camarero, que llegaba en aquel instante con el café y la cerveza, y salió dejando a Mike sentado ante la mesa y mirando la foto de Edward una vez más.

—Arthur, ¿qué ha pasado? ¿Todo bien?

—Sí, todo bien, Ted. Tendrás el pasaporte el miércoles a las nueve de la mañana.

Edward se sentó en un butacón suspirando con alivio. Estaba en el salón con Glenda y la señorita Bedford.

—¿Seguro que todo bien, Art? —preguntó Glenda con inquietud—. ¿No hay problemas?

—No, por ahora no, Glenda. Estáte tranquila. ¿Qué tal lo pasa, Susan? ¿Le gusta la casa?

La señorita Bedford, durante aquellos dos días, desde la llegada a Hollywood hasta el momento en que Arthur consiguió localizar a Mike, se había comportado muy amable, incluso muy agradablemente. Había ayudado a Glenda a deshacer el equipaje, no había hecho ningún comentario fuera de lugar y se había mostrado muy simpática. Le miró sonriendo y contestó:

—Ya lo creo, señor Taeger. Es magnífica, y me parece increíble estar aquí. La señora Taeger me ha enseñado ya todas las habitaciones y me encantan.

—Llámenos Arthur y Glenda, por favor —dijo ésta.

Edward, que aún parecía algo resentido con la señorita Bedford, intervino acabando con la conversación:

—Bueno, Art, tenemos que ir decidiendo a dónde voy a ir. Y prepararlo todo. Me gustaría coger el primer avión que haya después de las nueve de la mañana.

—Sí —dijo Art.

—Buenas noches, Arthur.

—Oh, buenas noches, Susan. ¿Qué hace usted aquí a estas horas?

—No podía dormir. Tienen una buena biblioteca. Estoy leyendo cosas sobre su vida en estas revistas.

—¿Para qué? Yo puedo contárselas mucho mejor.

La señorita Bedford estaba sentada en un butacón, en camisón, hojeando unas viejas revistas de cuando él y Glenda estaban empezando. El camisón dejaba adivinar una bonita figura, y a Arthur le gustó. Eran las dos de la mañana y hacía tiempo que todos se habían acostado ya. Arthur se sentó en un brazo del sillón.

—¿No podía usted dormir tampoco? —preguntó Susan.

—No muy bien. Iba por un vaso de agua cuando vi la luz encendida —contestó él.

—Ajá —dijo Susan, y siguió pasando las páginas de una de las revistas.

Arthur empezó a reírse al ver algunas de sus fotos en las que estaba con el pelo completamente engomado y corbata de pajarita, y Susan se contagió de su risa.

—¡Qué cursi! —dijo ella.

—¿Sí? Pues fue así como empecé a hacerme famoso y a gustar a las jovencitas de todo el mundo. ¿A usted no?

—No voy casi al cine —dijo ella—. Pero, desde luego, me gusta más ahora.

Arthur le dio las gracias y se fue a la cama.

El miércoles a las ocho y media toda la casa estaba ya levantada, esperando la llegada de Mike Robbins. Éste se presentó un cuarto de hora más tarde. Tras saludar a Arthur y ser presentado a Glenda, Edward y Susan, sacó un pasaporte y se lo entregó a Art. Antes de que éste pudiera abrirlo Edward se lo arrebató de las manos y lo miró. Era inglés, a nombre de Keith Browne, ciudadano británico de treinta años, nacido el dieciséis de marzo de 1900 en Birmingham, Inglaterra. La foto de Edward lo acompañaba.

—Está bien, Art —dijo Edward guardándoselo en su chaqueta.

—Buen trabajo, Mike —dijo Arthur. Sacó su cartera de cuero y le dio quinientos dólares—. Lo has ganado.

—Gracias, Art —respondió Mike y añadió—: ¿Podría ver la casa?

—Si no te importa, creo que será mejor que vengas otro día —dijo Arthur—. Ted se va ahora mismo y he de acompañarle.

—De acuerdo, Art. Llámame un día.

—Sí, yo te llamaré. Hasta pronto, Mike.

Mike se despidió de todos y salió.

—Vámonos, Art —dijo entonces Edward.

Subieron al primer piso y terminaron de hacer las maletas de Edward. Luego fueron hasta el coche con Finn, y se dirigieron al aeropuerto. Edward estaba muy nervioso, tanto que ni siquiera se había despedido de Glenda y Susan. Había salido diciendo simplemente Hasta luego, sin pararse a darles un beso o la mano. Tamborileaba sobre una cartera negra que le había entregado Arthur con algún dinero para que se fuese desenvolviendo en Brasil antes de encontrar un trabajo.

—Estate quieto —le ordenó Art—. No va a pasarte nada. A nadie se le va a ocurrir que tú eres tú ni que estás aquí. Cálmate, porque si no lo haces te cogerán.

Pero Edward no podía calmarse y repetía constantemente:

—Me van a descubrir. Me van a descubrir, sé que me van a descubrir.

Lo único que logró fue poner también nervioso a Arthur, y cuando descendieron del coche eran dos hombres inquietos, temerosos y con demasiada prisa, que andaban por el aeropuerto a gran velocidad sin saber dónde ir y llamando la atención de todo el mundo. Por fin Arthur, al pasar por delante de unos servicios de caballeros, se metió y empujó a Edward dentro. Había un policía de uniforme peinándose. Edward lo miró aterrorizado y el policía se dio cuenta a través del espejo. Le miró con desconfianza y seguramente iba a decir algo cuando Arthur le abordó:

—Perdone, guardia, ¿tiene usted fuego? —le dijo con un cigarrillo en la boca.

—Agente, señor.

Edward, aprovechó el momento y se puso a lavarse las manos, de espaldas al policía. Este sacó un mechero y encendió el pitillo de Arthur. Luego le echó otra mirada a Edward, lo que pudo, pues Arthur ya se había colocado hábil y disimuladamente entre los dos, tapándole, y salió. Edward se volvió y gritó:

—¡Me ha reconocido, Art! Estoy seguro de que me ha reconocido. ¿Qué vamos a hacer?

Arthur, con los dientes apretados, le cogió por las solapas de la gabardina y lo puso contra la pared, sacudiéndole.

—Escúchame, Ted —le dijo—. Los dos estamos nerviosos. Tenemos tiempo de sobra antes de que salga el avión, así que vamos a tratar de calmarnos. O dejas de comportarte como un niño asustado o no podremos salir de aquí. Hemos venido llamando la atención desde que hemos entrado en el aeropuerto.

—¡Pero eso es por tu maldita y famosa cara! —gritó Edward—. Yo no tengo la culpa.

—¡No es por eso y lo sabes muy bien! Es por tu cara de asustado y perseguido. Si ves a un policía y parece que has tenido una horrible aparición, es lógico que el policía, y todos los que te hayan visto, te miren con atención. Tienes que calmarte. Tienes que parecer un inglés en viaje de placer. Un rico y tranquilo inglés, ¿comprendes? Vamos, Ted, si lo hacemos todo bien no habrá ningún problema. Vas a tener que ver aún muchos policías en la aduana, y lo más seguro es que te miren, pero porque miran a todos los que pasan, no porque te vayan a detener. Tú eres un tipo seguro sin motivo para ser perseguido, ¿comprendes? Tienes que mostrar el pasaporte como si estuvieras acostumbrado a hacerlo. Y mirar de frente y con los ojos tranquilos. Así es como no te reconocerán. Las fotos de los periódicos eran muy distintas. Estabas sin afeitar y con una verdadera cara de criminal. Y ahora mírate. —Y le hizo ponerse delante del espejo—. Pareces un hombre de negocios, lleno de dinero y sin problemas. No te van a reconocer. Cálmate, péinate y pon cara normal.

Edward había empezado a respirar más pausadamente y se había serenado mucho. Se quitó el sombrero, se lavó la cara con un pañuelo, se peinó y se lo puso otra vez.

—¿Qué tal ahora? —preguntó, temblándole un poco la voz.

—Mejor —dijo Art observándole con atención—. Pero habla más fuerte y más claro. Vamos a ensayar. Yo soy el que va a mirar tu pasaporte. Entrégamelo abierto y diciendo buenos días.

Edward hizo como que se lo daba y dijo con voz débil:

—Buenos días.

—No, muy mal —dijo Arthur—. Si lo dices tan bajo llamarás la atención y el tipo te mirará detenidamente. Repítelo más alto.

Edward tomó aire, sonrió y dijo con gran énfasis y tono campechano:

—¡Buenos días!

—¡No! —dijo Arthur—. Lo único que falta es que le des una palmada en la espalda. Si llega un tipo gritando y sonriendo como un anuncio también lo mirarán. Mira, a ver si puedes hacerlo así.

Se puso en pie, entregó el pasaporte imaginario a Edward y dijo como si en realidad no se diera cuenta de lo que estaba diciendo:

—Buenos días. —Y añadió—: ¿Ves? Ahora tú.

—Buenos días.
—No, más natural.
—Buenos días.
—Buenos días; así.
—Ah ya. Buenos días.
—Más considerando al tipo un mosquito. Buenos días.
—Buenos días.
—Oiga, ¿se puede saber a qué están jugando?

Los dos se volvieron y vieron a un anciano parado en la puerta. Seguramente llevaba allí un buen rato, pero ni Arthur ni Edward se habían dado cuenta. Les miraba atónito, con los ojos muy abiertos. Arthur cogió las maletas del suelo y los dos salieron pasando junto a él.

—Oiga, sólo por curiosidad, ¿me lo podrían explicar? —preguntó de nuevo.

Arthur se volvió y le contestó que no. El viejo pareció llevarse una desilusión y les dejó. Edward y Arthur se echaron a reír. Cuando se hubieron calmado Arthur dijo:

—Bueno, Ted, creo que la última vez lo habías hecho bastante bien. Y si no, no importa. Creo que ya estás mucho más tranquilo.

—Sí, creo que no pasará nada.

—Vamos entonces.

Encontraron al fin la puerta por la que tenían que entrar los pasajeros para Río de Janeiro. Edward estrechó la mano de Arthur y dijo:

—Adiós y gracias por todo. Ya os escribiré.

—Adiós, Ted. Quizá podamos hacerte una visita dentro de poco tiempo.

—Me gustaría. Dale las gracias a Glenda y también a la señorita Bedford. Adiós.

—Adiós.

—¿Qué se os perdió en Nueva York, Glenda? —preguntó nada más entrar en la casa Winston Zuckert.

—Arthur tenía que ver a un amigo suyo que le escribió. Estaba en apuros y Art le dejó algún dinero.

En aquel momento apareció Susan, que se acababa de levantar.

—Hola —dijo Winston.

—Susan —dijo Glenda—, te presento al señor Winston Zuckert, el director de nuestras películas. Winston, ésta es la señorita Susan Bedford, una antigua amiga mía. Está pasando unos días en casa.

—Encantado.

—Mucho gusto.

—¿Está Arthur en casa?

—No, ha salido a dar un paseo, pero volverá pronto.

—Bien —dijo Winston sentándose—. Todavía tenéis el fin de semana libre. Pasado mañana empezaremos con *Muerte en el bosque*. ¿Has leído ya el guión?

—Sí —mintió Glenda—. Y me gusta mucho.

—Me alegro. Aunque lo firma Everett, es mío.

En aquel momento se oyó la puerta principal y la voz de Arthur, que decía:

—¡Glenda! ¡Susan! ¿Dónde estáis? ¡Postal de Ted!

Winston se puso en pie cuando Arthur entró. Se saludaron y luego Arthur dijo, dirigiéndose a Glenda y a Susan:

—Una postal de Ted. Llegó bien y sin complicaciones.

—¿Quién es Ted, si no es indiscreción? —preguntó Winston.

—Sí lo es —respondió Arthur.

Durante los días siguientes no ocurrió nada de particular. El lunes Arthur y Glenda empezaron a rodar *Muerte en el bosque* en los estudios de la productora. Salían de la casa a las siete de la mañana y no regresaban hasta la tarde. Susan cuidaba del jardín con verdadero entusiasmo, lo cual ocupaba sus mañanas. Por la tarde, hasta las siete, hora en que Arthur y Glenda estaban ya de vuelta, paseaba por Beverly Hills, iba al cine o se llegaba en uno de los coches de los Taeger hasta Los Angeles y allí efectuaba diversas compras. La verdad era que no lamentaba en absoluto lo ocurrido, más bien se alegraba; tenía tiempo libre para hacer lo que quisiera, dinero y compañía agradable, pues había llegado a mantener una buena amistad con Glenda. Cuando ésta y Arthur volvían del trabajo, los tres juntos salían a cenar o a divertirse, a veces acompañados por Winston Zuckert. Susan, en definitiva, se sentía muy feliz, y ya no se acordaba siquiera del motivo real de su viaje, en un principio a Salt Lake City, para visitar a su madre enferma, interna en una clínica psiquiátrica, aprovechando el mes de vacaciones que su oficina le concedía cada año, siendo de su elección la época para tenerlas. Cuando a los quince años había tenido que abandonar a su madre, ya trastornada por entonces, y a su hermano menor Billy para ponerse a trabajar de camarera y poder pagar las múltiples facturas que llegaban a su casa cada mes, aquélla había sufrido unas horribles crisis de histeria. Durante todo el día la señora Bedford gritaba, bebía y decía que necesitaba a Susan. Billy no pudo soportar aquella situación durante mucho tiempo y se largó a los dos meses de la partida de Susan. Ésta tuvo que regresar a Louisville, donde vivían, para cuidar de su madre, que, entre otras cosas, se negaba a comer si no era Susan quien le llevaba los alimentos a la boca. No salía de la cama y costaba gran trabajo lograr que lo hiciera para cambiarle las sábanas una vez por semana. Susan tuvo que regresar y buscar empleo en Louisville. Fue entonces cuando la suerte empezó a sonreírle. Un hombre rico y excéntrico que se llamaba Samuel Elwood la vio en el club donde ella trabajaba estando de paso en Louisville. Este hombre tenía un hijo, Coleman, que necesitaba tener siempre a su lado a una jovencita quinceañera, delgada, frágil y menuda. Samuel Elwood se las proporcionaba, las mantenía durante un par de semanas y luego las sustituía por otras del mismo estilo.

Cuando vio a Susan, que tenía estas características, le ofreció una buena suma de dinero por convertirse en la amante de su hijo durante dos semanas. Susan aceptó encantada y pasó quince días con él. El señor Elwood pagaba muy bien, y Susan tuvo lo suficiente para enviar a su madre a una clínica, cursar unos breves estudios de mecanografía y llegar hasta Baltimore. Allí encontró trabajo con bastante facilidad, como secretaria personal del vicepresidente de una compañía de seguros. Este era todavía su empleo actual. No era duro, tenía bastante tiempo libre y ganaba un buen sueldo, que le permitía vivir holgadamente y pagar puntualmente las facturas de la clínica de Salt Lake City. La última vez que había visto a su madre, en 1928, la encontró peor que de costumbre y ella ni siquiera la reconoció. El médico que se encargaba de ella, el doctor Askew, le había dicho que la señora Bedford había llegado a un extremo de locura, o perturbación mental, como él decía, del que ya no podría salir nunca. No tenía curación y desde entonces Susan había sentido una gran pereza en ir a visitarla, deseando tan sólo que se muriera de una vez y la dejara en paz. Sin embargo, ahora había provocado en sí misma unos remordimientos que la hicieron pedir aquel mes de permiso y coger el tren hacia Salt Lake City. Pero al cabo de dos semanas de vida cómoda y sin problemas en casa de los Taeger, sus remordimientos falsos y forzados habían desaparecido, su madre había sido olvidada por completo y lo único que deseaba era seguir en aquella confortable situación la mayor cantidad de tiempo posible. Suponía que, pasadas tres o cuatro semanas, los Taeger la echarían, y era por esto por lo que había procurado ganarse la amistad y la confianza de Glenda. Prácticamente lo había conseguido, pero aún quedaba otro obstáculo: Arthur. Arthur se mostraba muy gentil y simpático con ella, e incluso Susan creía que le gustaba, pero en las contadas ocasiones en que había existido una oportunidad de acercamiento Arthur parecía no haberse atrevido a establecerlo, y su gentileza y simpatía, por lo general, iban acompañadas de una cierta distancia, frialdad o falta de naturalidad. Pero Susan estaba dispuesta a ganarse a Arthur de cualquier forma, y de una manera que le permitiera seguir viviendo en aquella casa durante mucho tiempo. Elaboró un pequeño plan.

Una noche, después de que Arthur y Glenda volvieran del rodaje, fueron a cenar los tres con Winston. Después de la cena fueron a varias salas de fiestas. Winston había bebido demasiado y estaba muy alegre. Contaba numerosos chistes que hacían las delicias de Glenda y ensayaba pasos de baile por las calles. Arthur, por el contrario, estaba apático, ausente y aburrido. No le hacían gracia las bromas de Winston y se limitaba a ver el espectáculo sin demasiado interés. Estaban en el quinto club de la noche cuando Susan decidió intervenir. Aprovechó un momento en que Winston y Glenda estaban bailando para preguntarle:

—¿Qué te pasa, Art?

Arthur la miró un poco sorprendido y contestó:

—Nada. ¿Por qué? ¿Tengo aspecto de que me pase algo?

—Sí —dijo Susan gravemente. Luego calló durante segundos, con la mirada fija en el mantel y jugueteando con una copa, a la espera de que Arthur volviese a hablar. Éste no tardó mucho en hacerlo.

—Me parece —dijo— que a quien le pasa algo es a ti. No te he visto sonreír ni una vez en toda la velada.

—Es que no me hace gracia Winston.

—Pues eso es lo que a mí me pasa. No le encuentro gracioso.

Susan le echó una mirada reprobatoria y dijo:

—Vamos, Art. No es sólo eso. Tienes algún problema, estoy segura. Estás triste por algo.

—No, te aseguro que no.

—No te creo —respondió Susan—. Sé muy bien cuándo una persona está triste y sé que tú lo estás. Si no quieres contármelo yo no voy a insistir, pero creo que siempre es mejor compartir con alguien un problema. Se siente uno mejor.

—No estoy de acuerdo —dijo Arthur—. Cuando cuentas algo sabes que en realidad a la otra persona le da igual, que te escucha por cortesía, pero nada más. Al final le da lo mismo. La gente va a lo suyo y lo de los demás le trae sin cuidado.

—Es cierto. Pero aunque sea así, el simple hecho de contarlo, de decirlo en voz alta, alivia. Incluso la otra persona, aunque en realidad vea el problema demasiado desde fuera, puede dar algún consejo útil, ¿no crees?

—Sí, quizá —dijo Arthur—. Pero en definitiva no sirve de nada.

—Bueno —dijo Susan—. Por lo menos has reconocido que tienes algún problema.

Arthur se echó a reír y dijo:

—Me has sacado la confesión. Sí, tengo problemas, y al fin y al cabo, ¿por qué no voy a contártelos?

Susan le miró a los ojos y sonrió.

—Dime.

—Pero ahora no —siguió Arthur—. Glenda y Winston van a venir de un momento a otro y no quiero que ellos lo oigan.

—¿Ni siquiera Glenda? —preguntó Susan con la voz más natural del mundo que no dejaba traslucir la más mínima intención.

—No —dijo Arthur—. Quiero mucho a Glenda, pero hay algunas cosas que no puede entender. Es una especie de objeto que no razona, por un lado, y por otro es una mujer muy brillante. Mírala. —Y señaló a Glenda. Estaba bailando sola en el centro de la pista. Todas las demás parejas se habían apartado y habían dejado a Winston y a Glenda bailando un tango. Luego se habían separado para una rumba, y Glenda, moviéndose con ritmo, suavidad y rapidez al mismo tiempo, sonreía muy satisfecha de su éxito.

—Sí —dijo Susan—. Es muy atractiva.

—Ya lo creo —dijo Arthur—, pero sólo se pone así cuando está ante el público. Luego ya la ves en casa: una mujer amante de su esposo, a quien cuida y por quien teme, y tan tímida que aunque yo hiciera las mayores barbaridades produciéndole los mayores sufrimientos no se atrevería a decirme o a reprocharme nada por miedo a que yo la abandonara o algo por el estilo. Es la persona más insegura del mundo, al menos en cuanto a mí, y entonces se convierte en un ser que me obedece, que raramente piensa y que lo único que desea ya, su única aspiración como persona, es tener hijos. Antes no era así, cuando estaba soltera; era más, cómo diría, loca, más infantil, incluso más inteligente. Por otro lado... Se contradice, no concuerda; ya has visto que devora con pasión las revistas que hablan de ella o de otros actores, los chismes de Dora Bailey y esas mujeres, como casi todas las estúpidas jóvenes americanas, y luego estoy seguro de que se suicidaría al menor pretexto para convertirse en un mito, lo cual no deja de ser extraño en una persona tan conservadora y poco arriesgada como Glenda. No sé, ha cambiado mucho y le quedan reminiscencias o arranques de su manera de ser de antes de casarse. Pero desde luego no podría comprender mis problemas, al menos la clase de problemas que tengo ahora.

En aquel momento la orquesta dejó de tocar, sonaron prolongados aplausos para Glenda y Winston, que saludaron, y Susan vio que volvían a la mesa.

—A las cinco en la biblioteca —le dijo apresuradamente a Arthur—. Para contarme.

—Bien —contestó éste.

Winston y Glenda se sentaron, aquél siguió diciendo variadas memeces durante un rato, y por fin Susan dijo que estaba muy cansada y que iba a regresar a casa. Esto significó el final de la velada. Winston cogió a Glenda y a Susan del brazo e insistió en acompañar a las damas hasta su casa. Arthur montó solo en su coche y llegaron en pocos minutos. Winston quiso entrar a tomar la última copa pero Arthur se lo impidió, y, tras una larga despedida llena de reverencias, Winston se marchó y Glenda, Susan y Arthur entraron en la casa. Se dieron las buenas noches y se fueron a acostar. Era sábado y al día siguiente no había rodaje. Susan le hizo una señal a Arthur recordándole su cita. Éste asintió y se fue a la cama. Eran las tres y media de la madrugada. Susan fue a su cuarto, se puso en camisón, cogió un libro y empezó a leer echada en la cama. Sin embargo, le entró el sueño hacia las cuatro, así que dejó el libro, puso el despertador a las cinco menos cuarto y se durmió.

Cuando sonó la musiquita del despertador se levantó, se puso frente al espejo, se soltó el pelo y se arregló. Fue a coger una bata, dudó un instante y al fin la dejó. Abrió la puerta y, descalza y en un fino camisón que dejaba ver su silueta, bajó a la biblioteca. Arthur no había llegado todavía. Susan se sentó en un butacón con la cabeza en uno de los brazos del sillón y los pies en el otro. Esperó siete minutos y oyó leves pisadas en la escalera. No se movió hasta que la puerta de la biblioteca se abrió sigilosamente y Arthur apareció. Entonces se puso en pie y dijo saludando con la mano:

—¡Hola!

—Hola —contestó Arthur—. ¿Llevas mucho tiempo aquí? No me he despertado del todo hasta ahora. No podía poner el reloj, y tampoco quería dormirme, así que he estado amodorrado todo el rato.

—No, he llegado hace cinco minutos —respondió Susan a su inicial pregunta. Los dos hablaban en voz muy baja, aunque con la puerta cerrada nadie podía oírles. Arthur estaba en bata y pijama a rayas negras y amarillas. No llevaba zapatillas y estaba muy despeinado, pero el desaliño le hacía más atractivo. Susan le hizo una seña y añadió—: Ven, siéntate aquí, a mi lado, y cuéntame tus problemas.

Arthur lo hizo y dijo:

—Bueno, la verdad es que no sé cómo empezar, no sé cómo explicártelo.

—Tómate el tiempo que quieras —dijo Susan cariñosamente.

—Bueno —siguió Arthur un poco azorado—, la verdad es que ya te he contado casi todo en el club. Es sólo eso en realidad; que no soy feliz, por lo de Glenda y porque mi trabajo está dejando de interesarme. Todas mis películas se parecen demasiado, Winston sigue enamorado de Glenda, estoy seguro, y...

—¿Sigue enamorado de Glenda? —le interrumpió Susan.

—Sí, lo estaba antes de que nos casáramos, y creo que lo sigue estando. Además, se nota en las películas, se nota que el director está enamorado de la actriz, por cómo la trata, por cómo la enfoca, por la pasión infinita, por los argumentos, por todo. Lo que Winston desearía es hacer mis papeles, ya los hace en su imaginación, supongo. Bueno, el caso es que todos los guiones son iguales: amores frustrados por los más variados motivos y preferentemente por el destino, pasiones secretas, algún personaje que ama a Glenda en silencio, es decir, Winston. Siempre lo mismo. Y Winston lo pasará muy bien y a Glenda no le importará, pero a mí sí. Me cansan, me hartan, me aburro durante los rodajes. Es repetir lo mismo cada tres o cuatro meses. Me gustaría hacer otro tipo de películas: comedias musicales, de gángster, lo que fuera. Pero no, nuestras películas gustan al público, la gente está acostumbrada a vernos así, y Brophy, el productor, sigue ganando dinero y no quiere arriesgarse a ganar un poco menos. Así que no sé qué hacer.

—¿Por qué no te largas? —le propuso Susan—. ¿Por qué no firmas un contrato con otra productora?

—Ja —dijo Arthur—. No puedo. Glenda y yo firmamos un contrato con Brophy para quince años. Si lo rescindiese tendría que pagar millones. Por indemnización, incumplimiento de palabra o algo por el estilo.

—¿Y qué? —dijo Susan. Enfrascada en la conversación casi se había olvidado de su plan—.

¿Y qué? —repitió al ver que Arthur no respondía nada. Éste tardó aún un minuto o dos en volver a hablar. Por fin dijo, como si le produjera sorpresa a sí mismo e intentando disculparse:

—¿Y qué? ¿Cómo que y qué? Pues...

No supo continuar. Vaciló y Susan intervino:

—Nada. ¿Qué ocurre? Tienes ese dinero, ¿no?

—Sí.

—Bueno, pagas y empiezas de nuevo. Volverás a ser rico con la otra productora. Incluso puedes hacer que ella te pague parte del dinero de la indemnización.

—Sí, quizá fuera posible —dijo Arthur arrastrando las palabras—. Lo único que no es seguro es que triunfara haciendo otra clase de papeles, y en ese caso las cosas no irían tan bien.

Susan se puso en pie, nerviosa, y empezó a levantar la voz.

—¡Pero qué estupidez! —dijo—. ¿Cómo no vas a triunfar? Y además, estoy segura de que por mucho que le pagaras a ese Brophy aún te quedaría mucho dinero. ¿Me equivoco?

—No, no te equivocas. Me quedaría bastante.

—Entonces, no hay problema.

—Hay otro problema —dijo Arthur—: Glenda. Nosotros no valemos nada por separado. Tuvimos éxito cuando nos unimos. Ella tendría que hacer lo mismo que yo y quizá no quiera. Aunque podría hacer los papeles de amante del gángster, maltratada y humillada, o de Juana de Arco. Tendría también más posibilidades como actriz, ¿no?

—Espera —dijo Susan—. Dime, ¿cuándo formasteis pareja Glenda y tú?

—En 1926 —respondió Arthur.

—O sea hace cuatro años, Art. ¿Tú no crees que una persona pueda cambiar en nada menos que cuatro años? Hace una hora me decías que Glenda había cambiado mucho, ¿no?

—Sí —dijo Arthur muy doblegado. Su seguridad habitual para cualquier cosa había desaparecido en pocos minutos.

—Bueno, pues creo que no necesitas hacer pareja con Glenda para triunfar, ahora. Puedes trabajar solo, o con otras actrices. No necesitas a Glenda para nada. Al menos, debes intentarlo, debes tratar de hacerlo tú solo. Quizá no lo consigas, pero hay que arriesgarse.

—Sí, creo que tienes razón, Susan. Gracias.

Susan se sentó de nuevo a su lado, en el sofá que habían ocupado antes, y le miró fijamente. Le pasó una mano por la cabeza, acariciándole. Arthur cogió su mano y la besó. Entonces ella se acercó un poco más a él y empezó a desabrocharle los botones del pijama. Arthur, de pronto y bruscamente, la atrajo hacia sí y la besó. Luego la abrazó y se deslizaron hasta el suelo.

Wes McMullan salió de la penitenciaría de St. Paul, Minnesota, en 1930, después de tres años de reclusión. En cuanto estuvo en la calle se dirigió a una estación de autobuses y sacó un billete para Minneapolis. Esperó unos veinte minutos paseando, mirándolo todo y atracándose de helados.

Wes McMullan era un tipo alto, muy bien parecido, con pelo rubio y grandes ojos azules. Iba vestido con una cazadora beige, una camisa azul oscuro, pantalones de pana que no le llegaban al tobillo por estar en parte ocultos por botas bajas, y un sombrero gris de ala ancha. Su equipaje consistía tan sólo en una bolsa de cuero. Tendría unos veintiocho o veintinueve años y la mirada dura y la piel curtida. Subió al autobús y se instaló en una de las últimas filas, al lado de una anciana de pelo gris y sombrerito con flores artificiales a quien ayudó a colocar el equipaje. Tardó en llegar a Minneapolis treinta minutos. Bajó del autobús y echó a andar. Llegó a una tienda de comestibles y entró.

—Buenos días —dijo a un dependiente joven de pelo rojizo que estaba detrás del mostrador.

—Buenos días —contestó el dependiente—. ¿Qué desea?

—Trabajo —dijo Wes McMullan.

—Aquí no lo hay, amigo —dijo el joven.

—¿No? ¿Dónde está el dueño?

—Espere —respondió el joven, y desapareció en la trastienda. Wes McMullan oyó que decía—: Señor Lathrop, hay un tipo que quiere trabajo. Le he dicho que no hay, pero parece que no me cree. Quiere verle.

Un par de minutos después apareció un hombre bajo y rechoncho con una camisa y un chaleco. Miró a Wes y dijo:

—¿Qué quiere?

—Trabajo.

—Aquí no hay, y creo que en esta época del año le será muy difícil encontrarlo. Todo está cogido. Si hubiera venido a principio de temporada lo hubiera encontrado con facilidad, incluso aquí. El chico es nuevo. Lo cogí hace cuatro meses, en enero.

—Ya —murmuró Wes, y añadió—: ¿Dónde tendría más posibilidades de encontrar empleo?

—¿Qué clase de empleo? ¿Qué sabe hacer? —preguntó Lathrop.

—De todo. Me da igual. Lo que sea —contestó Wes.

El señor Lathrop se rascó la cabeza y dijo:

—Bueno, no sé, vaya a ver al señor Kempner, Vernon Kempner. Tiene una cadena de hoteles. En realidad todos los hoteles de la ciudad son suyos. Quizá pueda darle algo.

—Gracias —dijo Wes, y salió. Aún no había echado a andar cuando la voz del señor Lathrop, le llamó:

—¡Eh, oiga! ¡Espere!

Wes volvió a entrar perezosamente.

—¿Qué hay? —preguntó.

—¿Sabe de granjas?

—Algo. ¿Por qué?

—Los Wainscott tienen una en Onamia y necesitan un hombre. Tienen bosques. Son ricos y pagarán bien, además.

—¿Dónde está Onamia? —preguntó Wes.

—Coja la carretera norte si no tiene para ir en autobús. Pase Elk River y Milaca. Es la siguiente ciudad. Pregunte allí por la finca de Lem Wainscott. Está entre bosques, al lado del lago Mille. La señora Wainscott vino hace una semana a comprar provisiones y tabaco y me dijo que se les había marchado el hombre que tenían. Si no se le ha adelantado nadie todavía es seguro que le darán trabajo. Y pagan bien.

—Gracias —repitió Wes, y salió.

Preguntó en varios hoteles de la ciudad por el señor Kempner. Cuando los conserjes le interrogaron y él contestó que era para trabajar, le dijeron que no había empleos en aquella época del año y que no valía la pena preguntar por el señor Kempner para eso. Wes pasó la noche en una pensión barata y al día siguiente salió, muy temprano, a la carretera norte. Echó a andar, mirando siempre si venía algún coche, pero era demasiado pronto, las seis y media, y casi no había tráfico. Los coches empezaron a aparecer hacia las siete, y, tras intentar detener a cinco sin lograrlo, Wes consiguió parar al sexto, un camión que llevaba latas de conservas. Su ocupante era un hombre menudo y moreno.

—¿A dónde va? —le preguntó a Wes.
—A Onamia.
—Suba, yo paso por allí.
—Gracias —murmuró Wes.

El hombre abrió la portezuela y dijo:
—Deme esa bolsa. Irá mejor detrás, con las latas.
—No, prefiero que vaya conmigo —dijo Wes, y subió.

No hablaron en cinco minutos, y por fin el camionero preguntó:
—¿Qué va a hacer allí? ¿Tiene familia?
—No.

Ante la seca respuesta de Wes el conductor pareció sentirse molesto. Calló durante unos instantes y volvió a preguntar:
—¿Entonces a qué?
—A trabajar.
—¿Tiene ya el empleo asegurado?
—No.
—Entonces creo que le va a ser difícil encontrarlo en esta época del año. ¿Qué trabajo busca?
—En la finca de los Wainscott.

El camionero pareció alegrarse mucho de repente.
—¡Ah! —dijo—. Los conozco, pero no creo que le den trabajo. Son muy ricos, ¿sabe?
—Sí.
—Y la señora Wainscott es muy hermosa. ¿No le han hablado de ella?

—No.

—Pues es extraño. ¿Lleva mucho tiempo en Minnesota?

—Cuatro años.

—Pues es raro que no haya oído hablar de ella. Es famosa en todo el estado. Aseguran que es la mujer más guapa del norte de los Estados Unidos, y puede que sea cierto. Su marido fue juzgado hará cosa de un año por su culpa —dijo el hombre moreno. Hizo una pausa esperando que Wes preguntara por qué, pero como éste no lo hizo, continuó—: Sí, señor, por su culpa. Tuvieron a un tipo invitado en la casa, un tal Bernie, amigo del señor Wainscott. No se sabe a ciencia cierta si la mujer le fue infiel o no, pero el caso es que un día el tipo, Bernie, apareció con un tiro en la cabeza, en la nuca, mejor dicho. Todas las sospechas, por supuesto, cayeron sobre el señor Wainscott, y se le juzgó. —El hombre hizo otra pausa esperando que Wes preguntara, pero éste de nuevo no abrió la boca—. No pudieron probar que fue él —siguió el camionero—. Falta de pruebas. Sólo existía el motivo, pero no las pruebas. Fue absuelto, pero todo el mundo cree que fue él, y yo también. ¿Quién podría haber sido si no? Nadie más tenía motivos.

—La mujer —dijo Wes por fin.

—¿La mujer? ¡Eso es absurdo! —protestó el conductor—. ¿Qué motivos podía tener ella? Si él era su amante lo último que desearía en el mundo sería verle muerto, y si no lo era, ¿para qué iba a matarle?

Wes desvió su mirada de la carretera por primera vez para posarla por un instante y de reojo en el camionero. Dijo:

—Si no eran amantes no había motivo, pero sí lo eran sí que lo podría haber.

El hombre estaba atónito.

—¿Qué? —dijo—. Explíqueme eso.

—Por ejemplo, chantaje. El tipo amenaza a la chica con contárselo todo al marido si no le paga una suma, y la chica lo mata.

El camionero soltó un silbido.

—Podría ser, podría ser —dijo—. No se me había ocurrido nunca. —Miró a Wes y añadió—: Es usted un tipo listo, ya lo creo.

Wes no respondió y el hombre agregó:

—Pero no habla mucho, ¿eh?

Wes esbozó una media sonrisa y contestó:

—No.

Cuando llegaron a Onamia eran las once y media. El camionero se despidió muy amablemente, Wes le dio las gracias y se dirigió a la oficina de correos. Allí preguntó a un empleado:

—¿Cómo puedo llegar hasta la finca de Lem Wainscott?

—Llegue hasta el lago Mille, bordéelo, y cuando vea el nombre de Wainscott, suba una ladera. Unos veinte minutos desde el lago a la casa, a pie.

—Gracias.

Wes salió y echó a andar hacia el Mille. Lo bordeó hasta que vio un cartel que decía: Propiedad de Lem Wainscott, Privado, y empezó a subir la ladera de un pequeño monte. No encontró a nadie en el camino y llegó a la casa en pocos minutos. Era de madera pintada de blanco, grande y con muchas ventanas. Tenía tres pisos y en el porche había dos mecedoras, y antes un jardincito, en el que estaba una mujer de unos treinta años, con el pelo castaño y los ojos verdes, en pantalones azules con tirantes y pechera y camisa a cuadros rojos y amarillos. Estaba regando unas flores con mucho esmero, y no cayó en la presencia de Wes hasta que éste habló:

—Buenos días —dijo.

La mujer levantó la cabeza sobresaltada y gritó:

—¡Jed! ¡Jed! ¡Ven!

Wes se quitó el sombrero y dijo:

—Quisiera ver al señor Lem Wainscott, por favor.

—No está —dijo la mujer—. Está en los bosques.

En aquel momento apareció un hombre de unos cincuenta años, bastante grande, y con una chaqueta marrón. Al ver a Wes dijo:

—¿Qué desea? ¿Quién es usted?

—¿Es usted el señor Wainscott? —preguntó Wes.

—No, soy su cuñado —respondió el otro de mala manera, y añadió—: ¿Qué quiere? ¿Quién es?

—Me llamo Wes McMullan —dijo Wes—. Me dijeron en Minneapolis que necesitaban un hombre para trabajar en la finca.

El hombre miró a Wes detenidamente, con desconfianza, y le preguntó:

—¿Quién se lo dijo?

—El señor Lathrop. Tiene una tienda de ultramarinos.

—Ya —dijo el cuñado de Wainscott, e hizo una pausa—. Bueno, lo mejor será que espere a que venga el señor Wainscott y hable con él. ¿Tiene referencias?

—No —contestó Wes.

El hombre hizo un gesto de desaprobación, pero dijo:

—Bueno, ya veremos cuando venga Lem.

—¿Cuánto tardará? —preguntó Wes.

—A la hora de comer estará aquí.

—¿Y a qué hora se come?

El cuñado iba a contestar probablemente alguna grosería a juzgar por la expresión que adquirió su rostro, pero la mujer intervino:

—A las doce y media —dijo—. Puede usted esperar ahí. —E indicó unas piedras que había a unos metros, muy propicias para sentarse.

Wes fue hasta ellas y se tumbó al sol.

—Vigílale, Joan —dijo el hombre, y Wes lo pudo oír.

—Está bien, Jed, no te preocupes, y sigue partiendo leña —respondió ella.

Jed desapareció por detrás de la casa y Joan siguió arreglando sus flores y mirando de vez en cuando a Wes.

—Hola, Joanie —dijo un hombre de unos cincuenta y cinco años, alto, calvo y con bigote, que llevaba un hacha en la mano.

—Hola, Lem, dijo Joan volviéndose hacia él—. ¿Dónde está Virginia?

—Ahora viene. Anda despacio —contestó Lem. De pronto recayó en la presencia de Wes, que se había incorporado. Le miró con descaro y superioridad y le preguntó a Joan:

—¿Quién es?

—Busca trabajo —respondió Joan.

—Ajá —dijo Wainscott, y se acercó a Wes. Le miró aún más detenidamente con sus ojos diminutos y vivaces y dijo—: ¿Busca trabajo, amigo?

—Ahá.

—Pues ya lo tiene —dijo Wainscott ofreciéndole la mano.

Wes no se la estrechó y dijo:

—Aún no, señor Wainscott. ¿Qué paga?

—Eso lo discutiremos luego. ¿Quiere trabajo o no? —dijo Wainscott con la mano aún extendida.

—Sí —contestó Wes, y se la estrechó.

—Bien. Vamos a comer y a hablar, señor...

—McMullan, Wes McMullan.

—Vamos, Wes.

Entraron los tres en la casa y pasaron al comedor. La mesa estaba ya preparada. Había seis cubiertos y Jed ya estaba sentado.

—Jed —dijo Wainscott—, este es West McMullan. Va a trabajar con nosotros. Wes, este es mi cuñado, Jed Mullikin.

—Ya nos conocemos —dijo Jed.
—Ajá. Muy bien. ¡Papá! ¡Fulton! ¡A comer!
Se abrió una puerta y apareció un anciano de pelo blanco muy parecido a Wainscott. Llevaba un bastón.
—Papá, hola, ¿cómo has pasado la mañana? —le preguntó Wainscott muy solícito llevándole hasta una silla y ayudándole a tomar asiento, y añadió—: Este es Wes. Va a trabajar con nosotros. Mi padre, Wes.
—¿Qué hay? —dijo éste.
—¡Fulton! —volvió a llamar Wainscott—. ¿Dónde estás? ¿Qué pasa con la comida? ¡John Fulton!
Se abrió una puerta de vaivén y un hombre gordo con un gorro de cocinero entró con una fuente llena de carne muy frita, y dijo:
—Ya está, señor Wainscott. —Y la depositó sobre la mesa.
—Fulton, pon otro cubierto. Este es Wes. Se va a quedar —dijo Wainscott, que dejaba adivinar sus ansias de jefe y organizador.
—Hola, Wes —salud, Fulton—. Siéntate aquí. —Y le indicó un sitio. Luego desapareció por la puerta de la cocina.
—Siéntate, Wes, siéntate —le dijo Wainscott al tiempo que él lo hacía a una de las cabeceras de la mesa. Su padre y Joan se sentaron también y Wes, un poco extrañado pero sin decir palabra, hizo lo mismo. Un minuto más tarde volvió Fulton con un nuevo cubierto que colocó ante sí, y se sentó al lado del padre de Wainscott. Wes estaba

entre la otra cabecera vacía y Jed—. Bueno —añadió Wainscott—. Vamos a empezar.

—¿Y Virginia? —preguntó Joan.

—Ya vendrá —respondió Wainscott, y pasó a servir los filetes en los platos. Cuando le llegó el turno a Wes añadió—: Bueno, Wes, vamos a hablar de tu empleo. Lo principal que tienes que hacer es cortar leña por las mañanas. Prácticamente lo único. Tendrás otras tareas de vez en cuando, por supuesto, pero en realidad es sólo eso: cortar leña, cortar mucha leña. La paga es de cincuenta dólares a la semana.

—Sesenta —dijo Wes.

Wainscott pareció molesto por tener que regatear mientras comía y dijo:

—Está bien. Sesenta sin prima por Navidad.

—Sesenta sin prima por Navidad. Más comida y alojamiento, por supuesto.

Wainscott trató de sonreír y contestó:

—Por supuesto. Y otra cosa. Advertencias: no se puede beber.

—No bebo —le interrumpió Wes.

—No se puede ser desordenado —siguió Wainscott—. Y nada de amoríos que puedan perturbar la armonía de la casa o del trabajo. ¿Entendido?

—Entendido, señor Wainscott.

En aquel instante se abrió la puerta principal. Una joven de unos veinte años estaba en el umbral. Tenía el pelo rubio, grandes ojos azules, y una dentadura muy blanca. Sonreía a Wes y dijo:

—¡Vaya! Un invitado.

Se acercó hasta Wes, que era el único que se había levantado al verla entrar, y le ofreció la mano. Wes se la estrechó mirándola muy fijamente. Ella añadió:

—Soy Virginia Wainscott, encantada.

—Wes McMullan —dijo él.

—El señor McMullan va a trabajar para nosotros —intervino Wainscott—. Ha llegado esta mañana.

Virginia se sentó a la cabecera vacía, junto a Wes. Siguió mirándole complacida y dijo:

—Me alegro de que esté aquí. Hay mucho que hacer, señor McMullan. Lem, ¿quieres pasarme la carne, por favor?

Lem se la dio y Virginia se sirvió un filete. Lem carraspeó y, dirigiéndose a Virginia, preguntó:

—¿Cómo has tardado tanto, Ginny?

—Estuve recogiendo algunas flores —contestó Virginia—. Las he dejado en el florero de la entrada.

Hablaba con mucho desparpajo, como quien está seguro de lo que tiene y sabe que pase lo que pase no lo va a perder jamás.

—¿De dónde viene usted, señor McMullan? —preguntó.

—De St. Paul.

—¿Y qué hacía allí?

—Trabajaba como jardinero.

Varios días después Wes estaba cortando leña en uno de los bosques de Lem Wainscott cuando vio aparecer a Virginia con una especie de cubo. Iba vestida con pantalones azules remangados hasta la rodilla, camisa amarilla y sandalias. Él estaba con el torso desnudo. Virginia se le acercó sonriendo y le dijo:

—¡Buenos días!
—Hola —dijo Wes, y siguió partiendo madera.
—Hace buen día, ¿no?
—Ahá.

Virginia se sentó en una roca cercana y calló unos momentos. Luego dijo:

—¿Qué tal le cae mi marido, señor McMullan?

Wes levantó la vista del tronco y respondió:

—Ni me cae ni me deja de caer, señora Wainscott.
—Llámeme Virginia —dijo ella, y añadió—: ¿Ha oído usted hablar del crimen que se cometió aquí el año pasado?
—Sí —respondió Wes.
—¿Y qué piensa de ello?
—Nada.

Virginia volvió a callarse y observó con atención durante unos segundos el torso de Wes. Luego dijo:

—Yo creo que mi marido lo mató. Él y yo éramos amantes y Lem lo estaba sospechando cada vez más. Estaba muy celoso e incluso amenazó a Bernie un par de veces. Pero no había pruebas y no lo pudieron condenar.

—Todo eso ya lo sé —dijo Wes.

Virginia le miró con irritación y dijo:

—Usted no habla mucho, ¿verdad?

—No.

—Y además no le soy simpática, ¿no es así?

Wes dejó de cortar leña y la miró. Luego respondió:

—No, y si no le importa me gustaría que no me hablase mientras estoy trabajando. Yo no puedo distraerla si no tiene nada que hacer.

Vírginia cogió el cubo, se levantó y dijo de malas maneras:

—Más le vale ser amable conmigo, señor McMullan. Soy yo quien domina a Lem, y Lem quien le da trabajo. Recuérdelo. —Y se marchó.

Wes se quedó mirándola desaparecer y luego volvió a cortar leña.

Aquella noche, después de cenar, cuando toda la familia estaba en el porche, Virginia, sentada en el regazo de su marido, le dijo a Wes, que estaba fumando en un escalón:

—Señor McMullan, esta mañana no me dijo lo que opinaba acerca del crimen.

Wes iba a contestar cuando Wainscott intervino muy excitado:

—Te he dicho mil veces que no quiero que nadie en esta casa vuelva a mencionar ese asunto, Ginny —dijo, y luego volviéndose a Wes—: ¿Entendido, Wes?

—Yo no lo menciono, señor Wainscott.

—No me importa quien lo haya mencionado. El caso es que habéis estado hablando de ello y no me gusta.

—No tienes por qué ponerte tan nervioso, Lem —dijo Virginia—. Nadie fue condenado, ¿no es así?

Wainscott la miró con ira y luego dijo:

—Wes, no quiero que haya equívocos o malas interpretaciones. Se lo diré una vez y no quiero volver a oír hablar de ello. Yo no lo maté, Wes. ¿Me cree?

—No tiene que preguntarme si le creo o no. Que lo matara usted o no es algo que me trae absolutamente sin cuidado. Yo no voy a trabajar menos porque usted haya matado a un hombre.

—¡Pero no lo hice! —exclamó Wainscott—. El jurado me declaró inocente. No había pruebas.

—Pero eso —le interrumpió Virginia—, querido Lem, no tiene nada que ver. El que un jurado te absolviera no quiere decir que fueras inocente, ¿verdad, Wes?

Wes tiró la colilla de su cigarrillo, se puso en pie y dijo:

—Creo que me voy a ir a acostar. Buenas noches a todos.

—Buenas noches —contestaron al unísono Bartlett, el padre de Wainscott, Joan y Fulton.

—¡Espere un momento! —le gritó Virginia—. Aún no me ha contestado. —Y como Wes echara a andar sin volverse, añadió para sí—: Bastardo.

Wainscott y Virginia estaban en su cuarto. Ella estaba sentada ante el espejo, arreglándose, y él ya metido en la cama. Wainscott parecía haberse calmado y miraba a Virginia con devoción. Ella dijo:

—No me gusta ese Wes, Lem.

—¿Por qué? —preguntó él con indiferencia.

—No sé exactamente. No es simpático, no habla casi, no le h visto sonreír ni una sola vez en la semana que lleva aquí. Y además tiene una cara extraña, como si ocultara algo.

—Tonterías, Ginny. Es su manera de ser, pero no es tampoco grosero, ni descortés.

Virginia se volvió hacia él y dijo:

—¿Ah, no? Pues hoy me ha dicho que dejara de molestarle y que no le soy simpática. ¿Te parece eso ser amable?

—Algún motivo tendría para decírtelo. No es hombre que diga cosas porque sí. ¿Qué hacías tú?

—Tan sólo hablarle.

—Bueno, la verdad es que no sé por qué tienes que hablarle. No es de tu incumbencia nada de lo que él haga. De hecho no me gusta que hables mucho con él.

—¿Por qué no? Es joven y atractivo. Es el único aquí que tiene una edad aproximada a la mía, y ya sabes que me aburro en este maldito lugar. ¿Cuándo vamos a ir a Minneapolis?

—No lo sé, Ginny. Ya sé que te prometí unas semanas en la ciudad, pero ahora hay mucho trabajo aquí.

—Sí, ya sé. ¡Siempre tus falsas promesas! Estoy harta.

—No son falsas, Ginny. Iremos a Minneapolis, pero ahora no puede ser. Pero no por eso tienes que dedicarte a Wes. Tienes a Joan para hablar, para ser su amiga.

—¿Joanie? ¡Vaya compañía! Siempre tan hacendosa y tan buena me aburre. Y además, es una mujer.

—¿Y yo? ¿Qué soy? —dijo Wainscott, brillándole los ojos—. ¿No soy yo un hombre?

—Es distinto, Lem.

—¿Distinto? ¿Cómo distinto? Explícamelo, Ginny. ¿Quieres decir que soy viejo? ¿Es eso lo que quieres decir? ¿Que no soy como Bernie?

Virginia se levantó, fue hasta donde estaba él y le hizo unas caricias.

—No —dijo con dulzura—. Te tengo mucho afecto, Lem, y no eres viejo para mí. Lo que pasa es que me gusta hacerte rabiar un poco.

Wainscott cogió una de sus manos y empezó a besársela con fervor al tiempo que decía:

—Te quiero, Ginny, te quiero. No me dejes nunca, por favor.

Virginia le besó en una mejilla y dijo:

—No te preocupes, Lem. No te dejaré.

El intentó abrazarla pero ella le esquivó.

—¿Qué ocurre? —dijo él.

—Estoy muy cansada, Lem, y tengo sueño. Hasta mañana.

Wainscott la miró desilusionado y contestó:

—Buenas noches.

Tres días después Virginia subió al coche. Wes estaba por allí y ella le dijo:

—Voy a la ciudad. ¿Viene, Wes?

—Sí —contestó él—. Me vendrá bien comprar alguna ropa. Llevo más de una semana con la misma.

Virginia sonrió, abrió la portezuela y dijo:

—Suba. —Luego se dirigió a Jed—: Vamos a Minneapolis a hacer algunas compras, Jed. Hasta luego.

Habían desaparecido ya cuando Wainscott llegó:

—¿Dónde está Ginny, Jed? —preguntó.

—Ha ido con Wes de compras a la ciudad.

Wainscott apretó las mandíbulas con fuerza y dijo:

—Ya.

El camino hacia Minneapolis estaba casi desnudo de árboles. Tan sólo había campos sembrados y pequeños matojos y arbustos. Virginia conducía a gran velocidad.

—Perdone lo del otro día, Wes —dijo.

—No tiene importancia —contestó él.

—Es que me pone usted frenética con su laconismo y su frialdad. ¿Por qué no es más amable?

—No sé.

—Cuénteme algo de usted.

—No es interesante —dijo Wes.

—No importa. Casi no nos conocemos. ¿Tiene familia?

—Padre.

—¿Por qué no vive con él?

—¿Por qué habría de vivir con él?
—¿Dónde está?
—En Nebraska. Tiene una tienda de electrodomésticos.
—¿De dónde es usted?
—De Virginia.
—Mío.
—Nací en Richmond.
—¿Qué hacía en St. Paul?
—Ya lo dije una vez. Trabajaba como jardinero.
—¿Dónde? ¿En una casa particular?
—En la cárcel.

Virginia le miró y sus ojos denotaron interés.

—¡Vaya! Eso no nos lo había dicho.
—Nadie me lo preguntó.
—¿Por qué estaba allí?
—Por intento de robo a mano armada. Tres años.
—¿Por qué lo hizo?
—¿Por qué no?
—Y ahora, ¿ya no piensa volver a dedicarse a eso?
—No. Hay otras maneras de hacerse rico menos arriesgadas.
—¿Como partir leña?
—Quizá. Nunca se sabe.
—¿Qué quiere decir?
—Nada, sólo eso.
—¿Está casado?
—No.

—¿Por qué?

—Porque no he encontrado ninguna mujer que me gustara lo suficiente.

—Debe de ser muy exigente para no haberla encontrado.

—Quizá.

—¿Cuánto va a estar con nosotros?

—No sé.

—¿Quiere saber algo de mí?

—Bueno.

—No tengo familia. Nací en Elk River y prácticamente no he salido nunca de Minnesota. Me casé con Lem cuando tenía diecisiete años. Trabajaba en Minneapolis de taquillera. Lem me vio y empezó a salir conmigo. Se enamoró y me pidió que me casara con él. No puedo decir que yo estuviese también enamorada, ni que lo esté ahora. Pero era rico y cariñoso, y yo le tengo afecto, así que acepté. ¿Le parece mal?

—Me parece normal.

—Me alegro de que no le parezca mal.

—¿Por qué? ¿Tanto les importa a todos lo que pueda pensar yo?

—A mí sí.

—¿Por qué?

—Me gusta, me es simpático. Y me gustaría ser su amiga.

Wes sonrió y dijo:

—Pues ya ve que no es difícil. Me parece que ahora estamos hablando amigablemente.

—¡Ha sonreído! —dijo Virginia—. Es la primera vez. Le hace mucho más atractivo.

—¿Usted cree?

—Sí.

—Pues sonreiré más a menudo —dijo Wes, y volvió a hacerlo mostrando sus dientes blancos que contrastaban con su piel tostada.

Cuando entraron en la tienda del señor Lathrop éste se puso en pie y saludó efusiva y solícitamente a Virginia. Al ver a Wes dijo:

—Vaya, veo que encontró trabajo. ¿Qué tal le va?

—Bien, señor Lathrop. Muy bien. Estoy contento.

Virginia le miró complacida y Lathrop, mientras iba colocando las latas de conserva en bolsas, dijo:

—Me alegro, muchacho, me alegro.

El joven de pelo rojo, Pip, estaba en un rincón sin decir nada. Wes se acercó a él y le dio con el puño en la barbilla a modo de caricia pero con cierta fuerza. El chico soltó un quejido y Lathrop le regañó:

—¿Qué haces ahí sentado, Pip? Ayúdame a meter las bolsas en el coche de la señora Wainscott.

Pip hizo lo que Lathrop le ordenaba y los dos salieron muy cargados. Virginia se volvió a Wes y le preguntó:

—¿Por qué has hecho eso? Te he visto.

—Me desagrada —respondió Wes.

Cuando llegaron a la finca era la hora de comer. Todos estaban ya sentados a la mesa, Wainscott parecía de mal humor. Cuando los vio entrar dijo:

—Ya era hora. Sentaos y vamos a empezar.

Aquella noche, en su cuarto, antes de acostarse, Wes escribió en un papel: Muchas posibilidades.

Al día siguiente Wes se levantó temprano.
Tan sólo estaba en pie Fulton, el cocinero.
—Aún no hay nadie —dijo éste cuando vio a Wes.
—Mejor. ¿Qué hay de desayuno, Fult?
—Café y tostadas y huevos —contestó Fulton poniéndoselos en una bandeja.

Wes cogió una tostada, le untó mermelada de frambuesa y la mordisqueó. Luego dijo, con un tono muy natural:

Oye, Fult, ¿tú estabas ya aquí cuando el asesinato aquél?
—Sí, ya lo creo.
—Cuéntame cómo fue.
—¡Vaya! —exclamó Fulton—. Hoy te has despertado curioso y hablador. ¿A qué se debe?
—A que se conoce a las personas poco a poco. Cuéntamelo.
—Bueno, verás. El tipo que murió, Bernie Fletcher, era amigo del señor Wainscott. Era más joven que él y bastante bien parecido. El caso es que la señora Wainscott empezó a interesarse por él.
—Eso ya lo sé, Fult —le interrumpió Wes—. Lo que quiero saber es cómo fue el crimen, con un arma de fuego, con un cuchillo, todas esas cosas. Los detalles.

—Ah, bueno. Nadie oyó el tiro. Lo mataron un día que había tormenta. En el bosque que está junto al lago. Bernie no apareció en toda la noche, pero todos pensaron que se habría ido a la ciudad, como mucho que se habría perdido. El caso es que no salieron a buscarlo.

—¿Hubo alguien que sí quisiera salir a buscarlo?

—Sí. Yo, y también Jed y Joan. Pero Wainscott y su mujer dijeron que era absurdo salir a la lluvia, que no podía haberle pasado nada. Nos tranquilizaron y nos disuadieron. Al día siguiente había escampado y todos salieron a buscarlo. El señor Wainscott lo encontró en el bosque con un tiro en la nuca. Le habían disparado con un rifle de caza, como a un venado.

—¿Cómo era el rifle? ¿Era como los que tiene el señor Wainscott?

—No. La bala no podía pertenecer a ninguno de los rifles del señor Wainscott. Era de cartuchos, ya sabes. Yo no entiendo de armas, pero de esos que tienen dos cañones, aunque sólo habían disparado uno. Pero, ¿por qué te interesa todo esto?

—Simple curiosidad. Sigue.

—Eso es todo. Detuvieron al señor Wainscott y lo juzgaron, pero no pudieron probar nada, sobre todo por lo del arma y porque era muy dudoso que hubiera tenido tiempo de hacerlo. Sólo salió de casa veinte minutos aquella tarde. Además, el arma nunca apareció. Faltaron las pruebas.

—¿Y quién se cree que fue el asesino?

—Bueno, casi todo el mundo cree que fue Wainscott. Otros piensan que sería algún cazador furtivo al que Bernie sorprendió disparando a algún animal. Pero todo lo que hay son suposiciones.

—¿Y tú qué supones?

—Yo, nada. Se juzgó al señor Wainscott, se indagó lo más que se pudo y no encontraron pruebas, de modo que es inocente para mí.

—¿En qué se basó el fiscal para la acusación?

—Sólo en que era el único que tenía motivos. Fue lo único que dijo en todo el juicio: el motivo, el motivo, el motivo. Pero nada. Nunca se podrá probar nada. No se puede hacer más de lo que se hizo para encontrar pruebas. Lo único que se podía sacar a relucir era que Wainscott había amenazado a Bernie un par de días antes y delante de todo el mundo.

—¿Con matarle?

—Sí, en el comedor. Estuvo fuera de sí desde que vio que su mujer y el otro paseaban juntos con mucha frecuencia. Es muy celoso. Tú debes tener cuidado. Ayer, cuando os fuisteis a la ciudad, estaba nervioso y de mal humor, y preguntando por qué tenías que ir tú también. No le gusta que ningún hombre se acerque a su esposa. Esto hace que ella se aburra y que quiera acercarse a los demás hombres. Es lo que se llama un círculo vicioso. Si el señor Wainscott abriera un poco más la mano todo iría mucho mejor. Pero no, es demasiado celoso, y, también es cierto, la quiere demasiado. Ella lo domina por completo.

—Ya. Bueno, Fult, me voy a trabajar. Gracias.

—De nada, Wes. Me ha alegrado oír tu voz.

Aquella noche hizo muy buen tiempo, aunque en aquella época del año no lo hacía por lo general. Todos estaban en el porche, como de costumbre, pero Wes estaba sentado sobre una roca, un poco más lejos, mirando el lago.

—Es raro ese muchacho —dijo Jed.

—Ya lo creo —intervino Fulton—. Esta mañana me estuvo preguntando cosas sobre el crimen... —Se interrumpió y añadió—: Perdone, señor Wainscott, olvidé sus órdenes.

Pero Wainscott parecía interesado y preguntó:

—¿Qué? Sigue, sigue, Fulton.

—Eso —dijo el cocinero—. Quería saber cómo se había cometido. Dónde lo habían matado, con qué tipo de arma, esas cosas.

—¿Para qué? —dijo Wainscott.

—Curiosidad. Habló bastante esta mañana, lo cual es raro.

—Sí —intervino Bartlett Wainscott, el padre de Lem—. Esta tarde incluso ha jugado a las damas conmigo. Ha estado amable y sonriente durante todo el día.

—Habrá decidido hacerse sociable —dijo Joan.

Virginia se levantó de los escalones, donde estaba sentada, y dijo:

—Bueno, eso no me lo pierdo. Voy a ver al hombre duro y a tratar de que sonría.

Wainscott pareció asustado y dijo:

—Ginny... —Pero se calló y ella echó a andar en la dirección que había tomado Wes, quien se había adentrado en uno de los bosques.

—¡Wes! —le llamó ya entre los árboles—. ¡Wes! ¿Dónde estás?

Wes salió de detrás de un árbol y dijo sonriendo:

—Aquí.

Virginia fingió asustarse y dijo:

—Ah, estás aquí. Hola.

—Hola. —La actitud de Wes había cambiado por completo. Ahora sonreía y hablaba con voz muy segura.

—¿Qué haces aquí, tan solo?

—Estaba esperando que vinieras —contestó Wes. Sonreía mostrando su hilera blanca que se hacía más patente en la oscuridad. Podía notarse que Virginia estaba bastante excitada.

—¿Para qué? —preguntó.

—Porque sí, porque estás empezando a gustarme —contestó él.

Se acercó a ella y pasó sus brazos alrededor de su cintura. La cara de Virginia se hizo de pronto muy dulce y entrecerró los ojos. Wes la besó en el cuello y luego en la boca. Ella le abrazó muy fuertemente. Miró fijamente a Wes. Volvió a besarle y dijo, temblándole la voz:

—No quería decírtelo, Wes, y es demasiado pronto, pero me parece que te quiero.

—Yo también —dijo Wes—. Pero tenía miedo, mucho miedo. Tu marido, el crimen, todo me lo hacía muy difícil. Incluso trataba de evitarte y de ser grosero contigo. Pero no puedo más.

Virginia se separó un poco, le acarició una mejilla y preguntó:

—¿Era por eso por lo que le preguntaste a Fulton detalles sobre Bernie, sobre el asesinato?

—Sí.

—Te diré una cosa, Wes. Quiero que lo comprendas y que no me desprecies por ello. Yo maté a Bernie. Lem es incapaz de matar a un hombre a sangre fría. Yo se lo conté todo, que Bernie quería que yo le sacara dinero a él, y al mismo tiempo que yo le pagara otra suma, por no decirle nada. Yo no podía hacer ninguna de las dos cosas. Me gustaba, pero no estaba enamorada de él, y me cansé. Lem estaba muy celoso y yo no quería que se enterara de lo que había habido entre nosotros, así que decidí matar a Bernie. Fue horrible. Casi no pude disparar. Luego vomité, y me vi tan desesperada que decidí contárselo todo a Lem, aunque unas horas antes no habría permitido que lo supiera de ninguna forma. Pero estaba desesperada y él era el único que podía ayudarme. Al principio se enfadó muchísimo, sobre todo porque le había sido infiel, pero es muy bueno y se calmó. Me ayudó a destruir el rifle, uno de dos cañones que yo había comprado a un cazador que había pasado por la finca un par de días antes; me tranquilizó y lo preparó todo por si la policía acusaba a alguien: coartadas, falsas pistas, todo eso. Se portó muy bien, e incluso soportó un juicio arriesgándose a que lo declararan culpable. Eso fue todo. No tienes por qué temer. Pero no me desprecias, ¿verdad?

Wes la miró con cariño, le pasó una mano por el pelo y dijo afectuosamente:

—No, pequeña, no te desprecio. Te quiero.
—Gracias.
—Y ahora debemos regresar.
—Sí, será lo mejor.

Volvieron hasta el porche. Jed, Fulton y Joan se habían ido a acostar ya y Wainscott y su padre charlaban sobre la estrategia en el campo de batalla.

—Ah, ya estáis aquí —dijo Wainscott cuando les vio llegar.

—Sí, buenas noches —respondió Wes, y añadió—: Me voy a dormir. Hasta mañana.

Cuando estuvo en su habitación sacó el papel en el que había escrito una frase el día anterior. La tachó y escribió: No hay posibilidades de lo primero; lo segundo está hecho.

Pasaron varios días. Wes siguió trabajando, y aprovechaba la hora en que Wainscott estaba en los bosques para irse con Virginia junto al lago. Nadie en la casa sospechaba nada.

Un día, por la mañana, fue a donde estaba Jed trabajando. Cortaba leña con una sierra.

—Hola, señor Mullikin.

—Hola, Wes. ¿Has terminado ya?

—Sí —dijo Wes. Se sentó en un tronco cortado y encendió un cigarrillo—. ¿Desde cuándo vive usted con el señor Wainscott? —le preguntó.

—Desde hace tres años.

—Habrá tenido buenas ocasiones, entonces —dijo Wes guiñándole un ojo.

—¿Buenas ocasiones de qué? —preguntó Jed asombrado.

—Oh, vamos, señor Mullikin. ¿De qué va a ser? De Virginia.

—¿De Virginia? No te entiendo, Wes.

—En fin, es una mujer que está bastante bien, ¿no cree? Y debe de ser fácil para un hombre como usted.

Jed pareció confuso. A pesar de su gran tamaño era un hombre tímido y muy poco inteligente. Dijo:

—Sigo sin comprenderte.

—Quiero decir que habrán sido amantes alguna vez, ¿no?

—¿Qué? —Jed parecía más atónito que ofendido.

—No me diga que no. Si yo fuera usted lo habría hecho hace tiempo. La señora Wainscott es una mujer que verdaderamente vale la pena. Lo que pasa es que no está a mi alcance.

Jed se había repuesto de su sorpresa y parecía estar interesado ahora en la conversación.

—¿Y tú crees que yo tendría posibilidades? —preguntó.

—Seguro, señor Mullikin. No me extrañaría que ella incluso lo lleve esperando desde hace tiempo,

—¿Tú crees?

—Desde luego. Basta con ver cómo le mira en las comidas o cuando está partiendo leña. Se nota que está cansada de su cuñado y que le gustaría cambiarlo por usted, al menos por unas noches.

Jed miraba a un sitio fijo y parecía extrañado.

—Nunca se me habría ocurrido —dijo—. Ni lo habría notado.

—Es normal. Se ven mejor las cosas desde fuera. Pero es la verdad. Si no lo ha pensado usted antes le aconsejo que se dé prisa. Es una oportunidad segura. Hasta luego, señor Mullikin. —Cogió un hacha y se fue. Antes de desaparecer le gritó—: ¡Y aprovéchelo, señor Mullikin! ¡Es un consejo!

Jed se quedó cortando la madera con la mirada perdida en el vacío.

Aquella noche todos estaban en el porche, excepto Virginia, que estaba por el bosque, paseando y esperando a que Wes se decidiera a ir. Hacía muy buena noche y los hombres fumaban sin hablar. De pronto Jed se levantó, se estiró, vació su pipa y dijo:

—Voy a dar una vuelta. Hasta luego. —Y se alejó en dirección al bosque.

Cuando hubo desaparecido de su vista, Wes le dijo a Wainscott:

—Creo que no es mala idea la del señor Mullikin. ¿Viene, señor Wainscott?

—Sí —contestó éste levantándose.

—Yo voy con vosotros —dijo Joan—. ¿Vienes, Fulton?

—No, gracias, Joanie. Me quedo con Bartlett jugando a las damas. Hasta luego.

Los tres echaron a andar y Wes iba a un paso determinado, muy lento, obligando a Joan y a su hermano a llevar el mismo ritmo.

—Hace buena noche, ¿verdad? —dijo Wes.

—Sí —contestó Wainscott. Luego hizo una pausa y agregó—: Usted es un hombre extraño, Wes. —Su tono indicaba simpatía—. Cuando llegó era la persona más intratable del mundo, y ahora es quizá el más amable de la casa. ¿Por qué?

—No sé, señor Wainscott —contestó Wes con aire humilde—. Quizá porque al principio se es desconfiado y no quiere uno abrirse a unos extraños. Pero luego se va acostumbrando y empieza a tomar cariño a esos extraños hasta que llega un momento en que son como una familia, indispensables. Me parece que eso es lo que me está pasando a mí. Creo, señor Wainscott, que, a menos que usted o su esposa me echen algún día, nunca me iré de esta finca.

—Vaya, no sabe cuánto me alegra oírle hablar así —dijo Wainscott, y añadió verdaderamente enternecido y pasándole un brazo por detrás de la cabeza—: Estáte seguro, Wes amigo mío, de que nunca se te despedirá de esta casa.

—Gracias, señor Wainscott.

En aquel momento pudieron ver las figuras de Jed y Virginia. Ella estaba apoyada en un árbol y él estaba muy cerca, rodeándola con sus manos sobre el árbol. De pronto él se inclinó y trató de besarla. Wainscott, al verlo, salió corriendo hacia donde estaban, y Wes y Joan le siguieron. Cuando llegó cogió a Jed por el cuello de la camisa y le dio un enorme puñetazo que lo derribó al suelo. Joan miró a Jed, sentado en la arena, y se fue, corriendo y llorando. Jed la llamó e intentó detenerla diciendo:

—¡Joan! ¡Espera! ¡Déjame que te explique!

Joan aún se volvió y gritó:

—¡No tienes nada que explicarme! —Y desapareció entre los árboles.

Wainscott levantó a Jed del suelo y volvió a golpearle. Le dijo:

—Nunca habría creído esto de ti, Jed. Si vuelves a intentarlo, si me eres infiel a mí o a mi hermana, te juro que te mataré, y te lo digo muy en serio. Y no me importará lo que me pueda pasar después, pero tú tendrás un tiro en la cabeza y yo estaré contento. Estás advertido. Vámonos, Wes.

Wes cogió a Wainscott de un brazo y se fueron. Virginia, que no había dicho nada, les siguió, y unos metros más atrás, cabizbajo, Jed.

Al día siguiente, muy temprano, Wes bajó con la bolsa de cuero que había traído al llegar. Wainscott estaba sentado en una butaca del comedor, con el ceño fruncido. Mordía su pipa.

—Buenos días, señor Wainscott —dijo Wes—. ¿Cómo está?

—Hola, Wes —dijo Wainscott con cansancio, y al reparar en la bolsa añadió—: ¿Te vas?

—No, señor Wainscott. Es que he pensado que quizá le interese ver estas pistolas antiguas. Eran de mi padre y me las regaló. Las llevo siempre conmigo.

—A ver, déjame.

Wes le alargó la bolsa y Wainscott la abrió. Examinó detenidamente las armas. Eran del siglo XIX. Iba a probar una cuando Wes le detuvo:

—Cuidado, señor. Algunas están cargadas.

—¿Disparan?

—Ya lo creo.

—Buenas armas, Wes. Guárdalas. Quizá algún día puedas venderlas a buen precio.

—Sí, señor Wainscott.

—Bueno, voy a salir a cortar leña. Dile a Fulton que me llevo comida y que no volveré hasta la noche. Quiero estar solo.

—Sí, señor.

Wainscott salió y Wes subió la bolsa a su cuarto. Allí se puso unos guantes y sacó una de las pistolas. Comprobó si estaba cargada y se la metió en un bolsillo de la cazadora. Bajó de nuevo, desayunó, le dio a Fulton el recado de Wainscott y salió al bosque.

Estaba trabajando cuando vio que Jed se acercaba.

—Wes —le dijo—, quiero hablar contigo.

—Está bien, señor Mullikin, pero vamos un poco más adentro.

Se metieron entre los árboles y por fin se detuvieron.

—¿Qué hay, señor Mullikin?

—¿Por qué lo de ayer? Sabías que me había ido para intentar algo con Virginia.

—¿Qué tal se portó ella?

—Mal, además. Me rechazó. Estabas muy equivocado.

Wes le miró a los ojos. Entonces sacó la pistola del bolsillo y disparó a Jed en la cabeza. Todo fue muy rápido y hecho con serenidad. Jed no tuvo tiempo siquiera de hablar. Tan sólo pudo emitir un quejido y se derrumbó. Wes tiró la pistola junto al cadáver y echó a correr en dirección a la casa. Estaba cerca cuando se paró. Oyó las voces de Joan, Virginia y Fulton que se aproximaban. Rápidamente se quitó los guantes, la cazadora y la camisa y cogió un hacha. Cuando Virginia, Joan y el cocinero le vieron, Wes estaba mirando hacia el lugar de donde procedía el tiro con el hacha en la mano.

—¿Qué ha sido eso, Wes? —le preguntó Virginia muy alarmada.

—No lo sé —contestó él—. Me ha parecido un disparo. Por aquí no hay nada. Vamos a ver. Ustedes, señoras, quédense aquí. Fulton, ven conmigo.

Joan y Virginia se quedaron en el sitio y Wes y Fulton siguieron avanzando. Fue Fulton quien vio al señor Wainscott primero. Estaba de pie, mirando el cuerpo inerte de Jed.

—¡Dios mío! —exclamó Fulton—. ¡Lo ha matado! —Y echó a correr.

Cuando llegaron junto a él Wes dijo:

—¡Señor Wainscott!

Wainscott se volvió hacia él e intentó golpearle. Wes le esquivó y Wainscott cayó al suelo.

—¡Cerdo! —le dijo a Wes—. No sé qué es lo que te propones, pero no te saldrás con la tuya.

—¿Qué quiere decir, señor Wainscott? —dijo Wes con aire ofendido.

—Él lo ha matado, Fulton —dijo Wainscott fuera de sí—. Debes creerme. Yo no he sido. Oí el disparo y vine corriendo hasta aquí. Pero no he sido yo. El arma pertenece a Wes.

—Sí, señor Wainscott —dijo Wes—. Veo que me quitó una sin que yo me diera cuenta mientras se las enseñaba.

—¡Maldito! No te quité ninguna. Te las subiste todas a tu cuarto, estoy seguro. No sé por qué has matado a Jed, pero no me echarán la culpa a mí esta vez.

Wes no le hizo caso y dijo:

—Fulton, cuida de que no toque nada. No lleva guantes y sus huellas estarán probablemente en el arma. Debe de haberse vuelto loco. Yo voy a decírselo a las mujeres y a avisar a la policía.

Wes pasó junto a Joan y Virginia sin contestar a sus preguntas y entró en la casa. Ellas le siguieron. Wes cogió el teléfono y marcó. Pidió silencio a las mujeres y dijo:

—¿Policía? ... Aquí la finca Wainscott. Se ha cometido un asesinato... Sí ... Vengan pronto...

¿Qué?... Ah, el señor Wainscott ha matado a su cuñado, Jed Mullikin.

Joan se tornó muy blanca. Se sentó en una silla y empezó a decir:

—Lo sabía, lo sabía. ¿Por qué haría lo de ayer? ¿Por qué lo haría? Nunca, nunca había hecho nada parecido. ¿Por qué?

Wes se acercó a ella y le dio unas palmaditas en la espalda.

—Lo siento mucho, señora Mullikin. Tómelo con calma.

Virginia parecía muy aturdida y dijo:

—No lo comprendo, no lo comprendo. Lem ha matado a Jed. Lo dijo en serio, lo dijo de verdad.

El juicio comenzó dos semanas después. Las declaraciones más importantes fueron las de Wes, Fulton y Virginia. Joan declaró que el señor Wainscott se había puesto furioso al ver a Jed tratando de besar a su esposa y que le había golpeado, pero que ella se había marchado corriendo y no había oído amenaza alguna. Pero cuando le llegó el turno a Virginia, ésta dijo:

—El señor Mullikin, mi cuñado, trató de besarme. Lem llegaba en aquel momento con Joanie y el señor McMullan. Le pegó y le dijo que le mataría si lo volvía a hacer.

—¿Cuáles fueron sus palabras exactas? ¿Lo recuerda? —preguntó Melvin Smith, el fiscal.

—No, no las recuerdo.

—Ocurrió como ha dicho la señora Wainscott —dijo Wes—. Le pegó dos veces y amenazó con matarle.

—¿Recuerda las palabras que empleó el acusado?

—Sí, señor. Dijo: Si vuelves a intentarlo, te juro que te mataré, y te lo digo muy en serio. Y no me importará lo que me pueda pasar después, pero tú tendrás un tiro en la cabeza y yo estaré contento.

Se oyó un murmullo en la sala y el fiscal preguntó:

—Señor McMullan, ¿qué pasó por la mañana, antes de que se cometiera el asesinato?

—Cuando salí de mi alcoba, desde arriba, vi al señor Wainscott sentado en un sillón, con aire de abatimiento y de ira contenida. Pensé que estaría triste por lo que había pasado el día anterior y que debía hacer algo para distraerle y animarle. Al señor Wainscott le gustan las armas, así que pensé que quizá le interesara ver unas que tengo yo, muy antiguas, regalo de mi padre. Se las bajé en una bolsa y las examinó. Luego las volvió a meter, desgraciadamente todas menos una. Yo no me di cuenta. Subí la bolsa a mi cuarto y salí a partir leña, Un rato después el señor Mullikin pasó junto a mí. Le di los buenos días, pero él no me contestó y siguió hacia donde solía trabajar el señor Wainscott. Supuse que iría a pedirle disculpas. Luego oí el tiro.

—¿Qué fue lo que vio cuando llegó al lugar del crimen?

—Al señor Mullikin en el suelo, muerto, y al señor Wainscott de pie, junto a él.

—¿Dónde estaba el arma?

—En el suelo, cerca de ambos.

—¿Qué pasó entonces?

—El señor Wainscott trató de agredirme y me acusó de haber sido yo quien había matado al señor Mullikin. Supongo que porque la pistola era mía.

Cuando le interrogó el abogado, Zachary Lindsay, tan sólo tuvo dificultades en una pregunta:

—Ha dicho usted que el señor Wainscott estuvo examinando sus pistolas, ¿no es así?

—Sí.

—Entonces no veo nada de extraño en que sus huellas se hallaran en la pistola. El la tocó, ¿no, señor McMullan?

—Sí —dijo Wes. Calló unos segundos, pero en seguida continuó—: Pero no tiene nada que ver, porque cuido las pistolas con gran esmero, y antes de irme a trabajar volví a limpiar todas de nuevo. Lo hago todos los días.

—Si las limpió todas, ¿cómo es que no echó de menos la que faltaba?

—Verá, señor: son veintitrés pistolas. Las limpié, pero no las conté.

—Señor Fulton —dijo el fiscal—, cuéntenos lo que vio.

Fulton, vestido con chaqueta y corbata, se rascó una oreja y contestó:

—Bueno, yo no me enteré de lo de la noche anterior ni de lo de las armas, pero el señor Wainscott reconoció que Wes, el señor McMullan, se las había enseñado cuando le acusó de haber cometido el crimen. Yo sólo oí el disparo. Luego, todo fue como ha dicho Wes. No quiero repetirlo. Cuando el señor Wainscott acusó a Wes de ser el asesino creí que se había vuelto loco. Wes estaba partiendo leña cuando llegamos nosotros. No pudo haber sido él. Era absurda aquella excusa del señor Wainscott.

Aquello fue corroborado por Joan y Virginia. Esta última había sido convocada como testigo de la defensa, pero lo único que dijo en favor de Wainscott fue que era incapaz de matar a una mosca y que no podía creer que lo hubiera hecho. En cambio, su declaración ante el fiscal sólo sirvió para hundir más a Wainscott. Aquél terminó así:

—Las pruebas son claras, señores del jurado. Motivo existente tan sólo en dos personas: el señor Wainscott y su hermana, ofendidos por la víctima la noche anterior al crimen. Posibilidad física de una sola persona: el señor Wainscott. De dos suponiendo que el señor McMullan corriera más rápido que casi nadie. Pero le falta el motivo. Las huellas del acusado en la pistola. Amenaza, el día anterior, de matar a la víctima tal y como fue asesinada después. Un precedente en el historial judicial del señor Wainscott: el año pasado fue juzgado por el asesinato de Bernard Fletcher. Había motivo; el mismo que ahora: los celos. Pero no había pruebas y fue absuelto. Ustedes dictaminarán su veredicto, señores del jurado, pero creo que el caso está claro y que tan sólo hay una respuesta para la pregunta que se les hace, y es la de culpable. Nada más.

El abogado defensor sólo pudo alegar que la declaración más importante del proceso era la de un hombre con antecedentes penales, lo cual no sirvió, por supuesto, de nada. No se atrevió a esgrimir los argumentos de Wainscott, que seguía manteniendo que, aunque ignoraba el motivo, Wes había sido el asesino. El caso estaba perdido y así se lo dijo a Wainscott antes de que éste subiera a declarar. Parecía muy cansado y dijo, ante la sorpresa de todos:

—Veo que no hay ninguna posibilidad de salvación. Sólo quiero decir que yo maté a Jed y a Bernie. Hay personas que tienen buen carácter para unas cosas, y malo para otras. Ese es mi caso. Lo soporto todo bien, excepto los celos. Es mi manera. de ser, y lo siento. Pero quiero que sepan que si he hecho lo que he hecho ha sido porque quiero a mi esposa como a nadie ni a nada en el mundo. Quizá demasiado y ese es el fallo.

Virginia, al oír esto, lloró sobre el hombro de Wes, que estaba sentado a su lado, y dijo:

—Nunca le podré olvidar. Aparte de ti es el único que me ha querido de veras y que se ha portado bien conmigo.

El jurado tardó poco en deliberar. El veredicto fue de culpable de asesinato en primer grado, con premeditación y alevosía. La sentencia fue de pena de muerte, que se cumpliría en el plazo de dos meses. Wainscott, al escucharla, pareció completamente indiferente y abatido, y costó mucho trabajo que se levantara para oírla.

Dos días después del final del juicio, Joan bajó las escaleras de la casa llevando maletas. Wes la vio y le preguntó:

—¿Se va, señora Mullikin? No sabía nada.

—Sí, Wes —contestó ella—, me voy. No podría soportar vivir en esta casa después de lo que ha ocurrido. Vuelvo al oeste, a California, con mi padre. Los dos debemos ayudarnos mutuamente a olvidar, y tiene que ser lejos de aquí.

En aquel momento bajó Bartlett Wainscott, el anciano padre de Lem y Joan. Ofreció su mano a Wes y dijo:

—Adiós, Wes. Nos vamos. Voy a echar de menos las partidas de damas con Fulton y contigo. Suerte, muchacho.

Un taxi había llegado hasta la finca. Subieron en él y el coche desapareció.

Wes entró en la casa y fue a la habitación de Virginia. Estaba aún en la cama, pero despierta.

—¡Wes! —dijo extendiendo los brazos hacia él cuando le vio entrar—. No me dejes sola ni un instante, por favor.

Wes le hizo unas caricias y la besó.

—Creo que debes ir a ver a tu marido antes de que se cumpla la sentencia. Le gustará —dijo.

—Sí, creo que es lo menos que puedo hacer por él.

Cuando Virginia fue a la prisión de St. Paul, Wes la acompañó, pero no quiso entrar. Virginia fue sola a la sala de visitas. Esperó unos minutos y Lem apareció con traje de presidiario. Había adelgazado mucho, había perdido su aspecto sano y jovial, y sonreía a duras penas.

—Hola —dijo a Virginia cogiéndole las manos.

—Hola, Lem. ¿Cómo estás?

—Bien, bien. ¿Y tú?

—Muy bien, Lem. Estoy bien.

—Me alegro.

Hubo una pausa. Al fin Virginia dijo:

—¿Te dan bien de comer?

Wainscott hizo un gesto y respondió:

—No tienen sentido estas preguntas, Ginny. Lo único que tengo que decirte es esto: te quiero. Todo lo he hecho por ti. Lo único que deseo es que seas feliz y que encuentres otro hombre menos celoso que yo. El señor Mayfare, el notario, tiene mi testamento. Todo es tuyo, Ginny. Utilízalo y sé feliz. Adiós. —Y se levantó. Dos guardias le acompañaron.

Virginia salió con los ojos enrojecidos. Cuando vio a Wes se echó materialmente sobre él y le abrazó.

Estaban ya en la calle cuando ella se repuso un poco y dijo:

—Lem es bueno, Wes, muy bueno. Me ha dejado todo. Dinero, la finca, los bosques. Todo.

Wes sonrió casi imperceptiblemente, sin que ella pudiera advertirlo, y dijo pasándole un brazo por los hombros y atrayéndola hacia sí:

—Sí. Y debemos trabajar esas tierras y esos bosques que ahora son nuestros. —Y volvió a sonreír, esta vez abiertamente.

La pareja se alejó por la carretera. La música sonó muy alta y sobre la pantalla se vio la palabra Fin. La sala se llenó de los aplausos del público y de gritos que reclamaban la presencia de los autores de la película. Arthur, Glenda, Winston y Brophy se levantaron de sus asientos y subieron al escenario entre el fervor de la multitud que llenaba el cine por completo. Saludaron repetidas veces y después el público empezó a desalojar la sala. Susan Bedford se quedó en su asiento. Oyó comentarios del público, sonrió, y esperó a que Glenda, Arthur, Winston y Brophy empezaran a salir para unirse a ellos. Arthur se acercó a ella y le preguntó:

—¿Has visto lo que te dije?

—Bueno, sólo a medias. No hay amores imposibles.

—Ya lo creo que los hay. Los del marido, es decir, los de Winston. Aquí se ha desatado ya por completo. Incluso el que queda bien, el más simpático, es el marido sufrido y bueno. Winston debe de estar en la gloria.

—Sí, eso lo he visto. Lo comentaba la gente. Pero me ha gustado la película. Y tú haces de canalla.

—Pero es distinto. Es cierto que en esta película Winston ha cambiado un poco el tipo de argumento, pero aún así se parece mucho a las otras. Prefiero cambiar.

—¿Cuándo se lo vas a decir a Brophy?

—Ahora mismo.
—¿Se lo dijiste a Glenda por fin?
—No, no lo sabe.
—Bueno, pues díselo a Brophy.

Brophy y los demás estaban ya en el vestíbulo del cine. Brophy estaba diciendo:

—Un título que se debe recordar: *Muerte en el bosque*. Enhorabuena a todos. A Winston, a Glenda y a Arthur.

En aquel momento apareció un camarero con copas que distribuyó entre los periodistas, los invitados y el equipo de la película.

—¿Por qué brindamos? —preguntó Glenda.

—Porque continúen los éxitos de Arthur Taeger y Glenda Greeves. ¡Por vosotros dos! —dijo Brophy.

—Lo siento, señor Brophy —le interrumpió Arthur—, pero no podemos brindar por eso.

Todos miraron a Arthur con asombro y se callaron para oír mejor.

—¿Por qué, Arthur?

—Voy a aprovechar la presencia de los muchachos de la prensa para comunicar una noticia que nadie sabe, ni siquiera mi esposa. No voy a hacer más películas con su productora, señor Brophy. Los motivos son que me estoy encasillando en un tipo de papeles y que quiero cambiar, que me resulta imposible seguir haciendo la misma clase de películas continuamente, que quiero tener más posibilidades como actor y que estoy cansado de trabajar siempre con el mismo equipo. Lo siento, señor

Brophy. Sé que esta noche estaba usted contento, y lamento haberle amargado la fiesta. Pero mi decisión está tomada y bien pensada. Glenda, no te lo he dicho antes para que la película no se viese alterada y entorpecida por ello. Eso es todo. Señor Brophy, mañana por la mañana pasaré por su despacho para ver qué se puede hacer con mi contrato. Me gustaría, muchachos, que no me hicieran preguntas. He dicho todo lo que tenía que decir. Propongo que brindemos por que producciones Brophy siga cosechando éxitos, más aún de los que ha logrado mientras yo trabajaba para ella. Ah, una última noticia. Quiero presentarles a la señorita Susan Bedford, que va a ser mi agente de ahora en adelante. Es joven, como podrán ver, pero muy inteligente. Ya lo verán los que tengan que tratar con ella.

Susan, muy sorprendida, saludó con una inclinación de cabeza. Antes de que los periodistas se lanzaran sobre ella, tuvo tiempo de decirle a Arthur:

—¿Por qué no me dijiste nada de eso?

—Alguna sorpresa tenía que haber para ti —le contestó Arthur.

—¡Vaya sorpresa!

Arthur la dejó en manos de los reporteros y se acercó a Brophy. Éste parecía no haberse repuesto aún del impacto que le había producido la noticia. Arthur le dio una palmada en la espalda y dijo:

—¡Anímese, señor Brophy! Ahora puede usted darle a su sobrino la oportunidad de su vida: partenaire de Glenda Greeves. Está bien para él, ¿no?

—Sí, será una gran oportunidad —dijo Brophy ausente. Se bebió su copa y salió a la calle.

—Parece que no le ha sentado muy bien la noticia —comentó Arthur.

—Es lógico —intervino Winston. Tenía expresión de enfado y de vencedor al mismo tiempo—. Siempre has hecho tu voluntad sin tener en cuenta para nada la opinión de los demás. ¿No se te ha ocurrido que con esta decisión puedes destrozar la carrera de Glenda? Es posible que tú triunfes solo, pero, ¿y ella?

Arthur apretó los dientes y miró a Glenda. Tenía la cabeza baja y parecía muy abatida. Luego volvió a mirar a Winston. Su aire petulante le molestó más que de costumbre y le dijo:

—Tenía ganas de decirte esto de una vez, Winston. Estoy harto de que te metas en mi vida. Si sigues enamorado de Glenda, puedes quedarte con ella, y si no te hace caso creo que es tuya la culpa. Tal vez seas un gran director, pero como persona te detesto. Sigue haciendo tu papel de Lem Wainscott todo el tiempo que quieras. A mí me da igual, pero no quiero que me vuelvas a dirigir la palabra. —Miró de nuevo a Glenda, que se había echado a llorar, y añadió—: Y tú, Glenda, no me molestes esta noche con llantos, ¿entendido? Estoy harto de ti y de tus estupideces. Si quieres hacer el papel de joven tímida e incapaz de hacer nada por sí sola, hazlo. Pero no delante de mí.

Glenda le dio la espalda y Arthur cogió a Susan de un brazo, rescatándola de los periodistas, y los dos salieron juntos.

Aquella noche Glenda llegó muy tarde a casa. Fue a la cocina y se hizo café. Estaba removiendo una y otra vez el líquido con la cucharilla cuando de pronto dejó de hacerlo, su rostro, antes demacrado, se serenó, se bebió la taza de un tirón, cogió papel y pluma de un cajón cercano y se puso a escribir. Cuando hubo terminado de hacerlo, metió el papel en un sobre, puso sellos de urgencia y salió a la calle. Echó la carta y volvió a la casa. Subió a su cuarto. Arthur ya estaba dormido, o eso parecía. Glenda se puso un camisón de seda roja y de amplios pliegues, y se metió en la cama. No podía dormir, y por eso oyó perfectamente, sin volver la cabeza ni un momento, cómo, media hora más tarde, Arthur se levantaba, se ponía una bata y salía de la habitación andando de puntillas. Glenda estuvo sin moverse diez minutos más y entonces se levantó. Descalza y en camisón, pudiéndose apreciar su esbelta figura a través de éste, salió del cuarto. No había andado cuatro pasos cuando se detuvo y regresó a la habitación. Encendió las luces y se sentó frente al espejo de su tocador. Tardó veinte minutos en maquillarse, pintarse los labios levemente y soltar y cepillar su corta melena rubia. Cuando lo hubo hecho se miró con atención. Le gustó el resultado y salió al pasillo. Observó que la luz de la habitación de Susan estaba encendida y pudo escuchar voces y risas. No se dirigió hacia allí, sino que bajó de nuevo y salió al jardín. Lo atravesó y llegó a la piscina, cuya agua estaba siempre transparente, limpia y nueva. Metió un dedo en el agua y comprobó que no estaba demasiado fría. Encendió los focos que había en el borde de la piscina y ésta quedó iluminada por completo. Con las luces el agua parecía aún más nítida. Entonces pasó al comedor y llamó por teléfono a Earl McTurk, un periodista de primera categoría. Tardó mucho en contestar.

—¿Diga? —se oyó por fin una voz soñolienta.

—¿Earl? Soy Glenda, Glenda Greeves. ¿Puedes venir a casa, por favor?

Earl McTurk era un tipo alto, delgado, simpático y que se tomaba muy en serio su oficio. Contestó:

—¿Qué? ¿A estas horas?

—Sí, Earl. Tengo que hacer unas declaraciones, y además en camisón. Trae cámara.

—¿Pero es tan importante?

—Sí, lo es. Y si no vienes llamaré a otro. Son unas buenas declaraciones, sobre Art.

—¿Sobre Art? Está bien, ahora iré.

—¿A qué hora puedes llegar exactamente?

—¿Exactamente?

—Sí.

—Dentro de veinticinco minutos.

—Está bien. Sé puntual. Si no, no habrá reportaje.

—No te preocupes. Hasta ahora. —Y colgó.

Glenda dejó el teléfono y encendió un cigarrillo.

Fumó seis en dieciocho minutos. Entonces limpió el cenicero y empezó a subir las escaleras, muy despacio. Cuando llegó a la puerta de Susan contuvo la respiración y la abrió. Arthur y Susan estaban en la cama, sin sábanas. Al verla Susan intentó cubrirse con las manos. Arthur se volvió y miró a Glenda con frialdad. Ésta dio un terrible grito, se llevó las manos a la cabeza y salió corriendo. Bajó las escaleras y llegó hasta la piscina. Corría mucho y el camisón volaba en el aire, y sus pliegues formaban una figura alargada que corría. Cuando estuvo en el borde cogió uno de los reflectores, muy pesados, lo abrazó y se tiró al agua. Se hundió rápidamente, y cuando Arthur, con los pantalones del pijama, Finn, en bata, y Earl McTurk, con una cámara fotográfica, llegaron, ya estaba muerta. Había soltado el foco y su cuerpo había subido a la superficie. Las luces de la piscina, y principalmente la que estaba en el agua, iluminaban su silueta a la perfección. McTurk no necesitó flash para hacer sus fotos. El camisón rojo, medio transparente y mojado, dejaba ver todo su cuerpo, que estaba boca arriba, con los brazos extendidos. Su pequeña cabellera rubia flotaba y parecía más larga de lo que en realidad era. Los labios, rojos y no desteñidos todavía, hacían juego con la seda, y la cara estaba muy blanca, contrastando con el azul del agua.

La noticia vino al día siguiente en los periódicos. Iba acompañada por las fotos de McTurk y un comentario que hablaba acerca de la ambigüedad y extrañas circunstancias del suicidio, inexplicable por las contradicciones que existían. Estas contradicciones consistían en que, para Arthur y Susan, había ocurrido en un momento de histeria y desesperación, mientras que para el director de *Los Angeles Tribune* había sido premeditado y planeado con frialdad. Esta afirmación se basaba en la carta que se publicaba en grandes letras y que había recibido por la mañana, haciendo que se suspendiera la edición ya impresa para tirar otra nueva, y que decía:

> Señor director del *Los Angeles Tribune:*
> Esta carta va dirigida al público en general, pues ya no me queda nadie más en quien confiar y a quien querer. La causa de mi suicidio es, cómo no, el amor. Quiero demasiado a mi marido y él me es infiel. Esto hace que la vida no tenga ya sentido para mí. Eso es todo. Agradecida a todos los que aplaudieron mis películas, Glenda Greeves.

Dos días después el *Los Angeles Tribune* encontraba la explicación al suicidio en un artículo cuyo más importante párrafo decía:

> ¿Por qué Glenda Greeves, con el corazón destrozado por la amargura y el desengaño, tuvo la frialdad suficiente para mandar una carta a su público y para avisar a un periodista? La respuesta es muy sencilla: porque, sobre todas las demás cosas, era actriz. Y nunca podremos olvidarla como

tal. Desde hoy Glenda Greeves será inmortal.

Arthur dejó el periódico en la mesa y dijo, mirando a Susan:

—Bueno, ya lo descubrieron. Al menos, Glenda tuvo lo que quería. Me alegro por ella.

Susan sonrió y respondió:

—Y nosotros tenemos lo que queríamos. —Calló un instante y añadió—: Yo tengo lo que quería.

Los esclavos negros de la familia O'Loughlin, de Shreveport, Louisiana, estaban trabajando en las plantaciones de algodón y tabaco pertenecientes a dicha familia, y cantando *Waterboy*, cuando de repente vieron aparecer en el horizonte una figura montada a caballo que se les acercaba lentamente. Los capataces blancos estaban lejos y no podían verla, ni a ellos tampoco en aquel instante, por lo que, extrañados al ver que alguien había entrado en los terrenos de Charles Daniel O'Loughlin por un lugar que estaba vallado por alambres, y por tanto sin permiso de ninguna clase, dejaron sus faenas y pararon de cantar, y esperaron a que la figura del jinete se hiciera más visible. Éste avanzaba lentamente, al paso, y con gran aplomo y seguridad. A medida que se iba aproximando pudieron observar que era un hombre de color, montado en un caballo negro y joven. Iba vestido con unos pantalones azules, botas altas negras, una camisa descolorida, un sombrero de paja muy ancho cuya ala anterior le tapaba la frente, y una especie de gabardina o guardapolvos blanco y entreabierto, como los que solían llevar los bandidos y ladrones de carretera para que luego sus trajes no pudieran ser reconocidos. Llevaba un rifle en la mano derecha, con la culata apoyada en el muslo correspondiente, y un sable atado a la silla de montar. Todos los esclavos lo miraron atónitos y no dijeron ni una palabra entre ellos. Por fin el hombre estuvo tan sólo a unos metros, y entonces pudieron apreciar que era muy viejo. Llevaba una poblada barba blanca y un parche negro sobre su ojo izquierdo. Su rostro era duro, sus mandíbulas cuadradas, su expresión grave y su voz clara y potente cuando dijo:

—Hola, hermanos. Saludadme. Soy un enviado de Dios y tengo que hablaros.

Durante unos segundos ninguno de los esclavos abrió la boca, hasta que Pernell Olmstead, un joven mulato bastante vigoroso, que sólo llevaba unos pantalones azules con pechera y tirantes, dijo:

—Hola, hermano. Bienvenido seas.

El jinete le miró atentamente y dijo:

—Gracias, hermano. ¿Cómo te llamas?

—Pernell —contestó el joven.

—Pues bien, Pernell —siguió el viejo jinete—, yo soy el que viene a liberaros. Yo soy Patrick Rambeau.

El viejo daba la impresión de creer que con aquellas palabras iba a contestar a cualquier posible pregunta, pero ninguno de los esclavos de Charles Daniel O'Loughlin reaccionó ante este nombre. Todos seguían boquiabiertos sin comprender la osadía de aquel anciano que se había atrevido a penetrar en los territorios de uno de los más ricos e influyentes propietarios del estado de Louisiana violando la ley y desafiando a sus capataces, encargados de custodiar las plantaciones. Permanecieron en silencio hasta que Pernell, tímidamente, preguntó:

—¿Y Dios te ha enviado? No está en la Biblia.

El ojo del jinete brilló y contestó:

—Aún queda mucho por escribir en la Biblia, y Dios me envía para que hable con vosotros y os libere del hombre blanco, de su tiranía y de su esclavización.

Los esclavos de Charles Daniel O'Loughlin parecían no comprender nada, y entonces habló un viejo de pelo canoso.

—Eso no puede ser —dijo—. Siempre seremos esclavos.

—No si os rebeláis —contestó Patrick Rambeau, y su voz empezó a subir de tono—. No si matáis al hombre blanco con rifles como éste —y blandió el suyo—, no si os dais cuenta de que es injusto que trabajéis y sirváis al hombre blanco y, que vosotros viváis mal y no poseáis la tierra, mientras él vive bien y puede dar fiestas y vestir a sus hijos elegantemente. Vosotros necesitáis comida, vestidos y casa, y también libertad para ir a donde queráis y para hacer lo que queráis, y para ser como las aguas del río Jordán, a las que nadie ni nada impide avanzar y arrastrar consigo todo lo que encuentran en su camino. Tenemos que robar. Tenemos que hacernos fuertes, tenemos que destruir las granjas, tenemos que sembrar el pánico, y tenemos que matar a los hombres y a las mujeres blancos. Por eso os pido que vengáis conmigo a los bosques, a los campos y a las ciudades para que empecemos ya a luchar. Sobre todo los jóvenes. Os necesito por vuestra fuerza y por vuestras ganas de vivir. Tú, Pernell, y los demás, debéis venir conmigo. Y antes debemos matar a vuestros amos, aquí mismo, y apoderarnos de estas tierras en las que trabajáis por nada.

Tras estas palabras Patrick Rambeau calló y miró a los esclavos de Charles Daniel O'Loughlin esperando una respuesta. Estos tenían los ojos muy abiertos y cara de estupefacción. Pernell Olmstead, tras unos segundos en los que nadie se movió siquiera, dijo:

—Pero aquí estamos contentos. Los señores son buenos, y también las señoritas Bronwen, Ceiwen y Hannah.

—Y el señorito Ryall también lo es —intervino entonces una vieja gorda y de ojos pequeños—. Todos le queremos mucho. Es una familia muy buena y cariñosa. Cuando alguno de nosotros está enfermo nos mandan a un médico para que nos cure.

—¡Claro! —saltó entonces Patrick Rambeau—. ¡Claro que os curan! ¡Les conviene teneros bien vivos para que podáis trabajar! Os dan unas migajas por toda vuestra vida, y aún se lo agradecéis. ¿No os dais cuenta de que si lucharais podríamos vivir tan bien como ellos?

El viejo esclavo intervino de nuevo y dijo ásperamente:

—No creemos nada de eso. Y mejor será que te vayas antes de que aparezca algún capataz. Te matarán por haber cortado los cables.

Patrick Rambeau se pasó una mano por la frente, subiéndose un poco el sombrero, empuñó bien el rifle y dijo:

—Está bien. Ahora no hay mucho tiempo y creo que os lo he explicado mal. Pero volveré por aquí, porque mi misión es liberaros y haceros ricos, aunque vosotros no queráis. He de hacer que queráis. Es mi misión y he de cumplirla, por Dios que me la ha encomendado. Adiós, hermanos.

Patrick Rambeau dio media vuelta a su caballo, y con el mismo paso lento se alejó hasta perderse de vista. Cuando ya no se le vio, los esclavos de la familia O'Loughlin volvieron a su trabajo sin decir una palabra.

Cuando terminó la jornada, al anochecer, se dirigieron hacia la mansión de los O'Loughlin, cerca de la cual había un enorme pajar en el que dormían los treinta y siete juntos. Comieron lo que les trajo Hurst, el capataz que se encargaba de ellos, y se acostaron. Fue entonces cuando Pernell Olmstead dio unos golpecitos en el brazo de su tío Nathanael, que generalmente era criado y vivía en la casa, y que dormía a su lado, y le dijo:

—Tío Nathan, ¿tú crees que aquel hombre tendría razón?

El tío Nathan era ya bastante viejo. Aquellos días estaba trabajando en los campos ocasionalmente. Contestó:

—No, ¿cómo va a tener razón? Olvídate de él. Está loco, eso es lo que le pasa, y lo matarán un día de estos por ir armado y por decir las cosas que dice. Ya lo verás. Y ahora duérmete.

Pernell no respondió, dio media vuelta y se echó a dormir.

Al día siguiente, una vez levantados y cuando se disponían a salir a los campos, el señor Hurst se acercó a Pernell y le dijo:

—Tú, hoy no vas a los campos. Ven conmigo.

Pernell le miró sorprendido pero no dijo nada y le siguió. Llegaron hasta la mansión en que vivían los O'Loughlin, y allí, antes de entrar, el señor Hurst le dijo:

—Límpiate los pies en ese felpudo, como puedas.

Pernell lo hizo y entonces entraron en un vestíbulo lleno de cuadros.

—¡Qué bonito! —exclamó Pernell.

—Cállate —le dijo Hurst, y añadió—: Espera aquí.

Luego desapareció por una puerta y Pernell le oyó decir:

—Señora O'Loughlin, le traigo a uno a ver qué le parece. Creo que servirá. Pero quisiera hacerle una pregunta. ¿Cree usted que vale la pena que tengan un cochero joven y apuesto cuando casi todos los que trabajan en las plantaciones son viejos y se mueren con gran facilidad? Creo que hace más falta en los campos.

—No se preocupe, Hurst —dijo una voz clara y musical—. Cuando se mueran todos mi marido comprará más. Hágalo pasar. ¿Está limpio?

—Pues no, señora O'Loughlin —contestó Hurst—. Nunca están limpios, ya sabe.

—Bueno, es igual, hágalo pasar —respondió la señora O'Loughlin.

Pernell sacudió el polvo de sus pantalones antes de que Hurst apareciera de nuevo ante él.

—Vamos —le dijo.

Los dos pasaron a un lujoso salón lleno de libros, mesitas, y con un piano de cola. Hurst empujó a Pernell, que quedó justo delante de una mujer bastante joven, de pelo rubio pajizo y ojos verdes, vestida con muy buen gusto y con la sonrisa en la boca, que le miró de arriba abajo y dijo:

—¿Cómo te llamas, muchacho?

—Pernell —respondió éste.

—Pernell, señora —dijo Hurst dándole un golpe en la cabeza.

—Está bien, Hurst —dijo Rosasharn O'Loughlin—. Puede retirarse.

Hurst le hizo alguna advertencia a Pernell y salió refunfuñando. Entonces la señora O'Loughlin volvió a mirar a Pernell más detenidamente y le preguntó:

—¿Te gustaría trabajar en la casa y dejar los campos, Pernell?

—Sí, señora —contestó Pernell.

—Me alegro —dijo la señora O'Loughlin poniéndose en pie—. De ahora en adelante vas a ser cochero de la casa. Llevarás a las niñas a la ciudad y a las fiestas. Dormirás aquí, en la casa. —Tiró de un cordón y apareció una negra bastante mayor que preguntó:

—¿Qué desea, señorita Rosasharn?

—Viola, acompaña a este muchacho a su cuarto y procura que se lave. Vístele para cochero.

—Muy bien, señorita Rosasharn —dijo la vieja, y añadió, dirigiéndose a Pernell—: Sígueme, tú.

Cuando Pernell volvió con los demás esclavos de las plantaciones, para recoger una vieja camisa que tenía, encontró a su tío Nathan postrado en su catre de paja, con la espalda llena de señales de latigazos. Una mujer le estaba poniendo unas hojas frescas.

—¿Qué ha pasado, tío Nathan? —preguntó Pernell—. ¿Qué has hecho para que te hayan pegado así?

El tío Nathan se incorporó un poco y contestó con su voz cascada:

—Nada. Ha sido por culpa del santo ese. No han creído que fue él quien cortó los alambres, y me han elegido a mí para escarmentarnos. ¡Maldito loco! Lo mataría ahora mismo. ¿Dónde has estado tú?

—Voy a ser cochero —dijo Pernell brillándole los ojos—. Me han elegido por ser joven y nada más que mulato. He tenido mucha suerte, y he visto la casa del señor O'Loughlin, que es inmensa y está llena de cosas. Y he hablado con su esposa, que es una verdadera dama. ¿Qué te parece?

—Que Dios te ha protegido, hijo —dijo el tío Nathan.

Pernell estaba vestido con pantalones claros, botas altas, camisa, cuello, corbata, chaleco, chaqueta y chistera, esperando a las niñas, como eran llamadas las hijas del señor O'Loughlin, dos días después de que fuera nombrado cochero. Tenía una fusta en la mano y estaba junto a una de las berlinas pertenecientes a la familia. El señor y la señora O'Loughlin, con su hijo Ryall, habían partido unos minutos antes en otra carroza. Todos se dirigían a la mansión de los Buttram, otra de las más importantes familias de los alrededores de Shreveport, que daban una fiesta para celebrar el compromiso de su hija Marylee, de dieciocho años, con Ryall O'Loughlin. Pernell ya conocía a las niñas; había jugado con ellas cuando eran pequeñas y las había ayudado a montar a caballo cuando era muy joven. Sin embargo, hacía más de un año que no las veía, excepto a la menor, Hannah, de dieciséis años, que iba de vez en cuando a las plantaciones con su padre. Pernell esperó unos minutos hasta que apareció la hermana segunda, Bronwen. Era la que tenía el pelo más oscuro, casi negro, y los ojos verdes, como las otras dos y como su madre. Tenía diecisiete años y al parecer sonreía constantemente.

—Tú eres el nuevo cochero, ¿verdad? —le preguntó a Pernell, que se había descubierto al verla.

—Sí, señorita Bronwen —contestó Pernell muy respetuosamente.

Bronwen sonrió aún más, miró apreciativamente a Pernell y dijo:

—¡Vaya, sabes mi nombre!

—Sí, señorita. Hace tres o cuatro años yo las ayudaba a montar a caballo a usted y a sus hermanas.

—Ah, sí, ya me acuerdo —dijo ella acomodándose en la berlina, y luego añadió—: ¡Ceiwen! ¡Hannah! ¡Vamos a llegar demasiado tarde!

Estaba aún gritando cuando otras dos jóvenes señoritas del sur y de la más pura ascendencia irlandesa salieron de la casa con sus elegantes y amplios vestidos de fiesta y sus cinturitas de avispa. Una de ellas, Hannah, era muy rubia y pálida. La otra, Ceiwen, la mayor de las tres, era casi pelirroja y se movía con mucha gracia. Las tres eran de rasgos finos y llevaban el cabello complicadamente peinado con bucles y rizos. Hannah llevaba un vestido amarillo, el de Ceiwen era rojo, y el de Bronwen, verde. Las tres eran muy bonitas y parecían encantadoras.

—Hola, Pernell —le saludó Hannah reconociéndole.

—¿Quién es éste? —le preguntó Ceiwen antes de que Pernell pudiera contestar.

—Estaba en las plantaciones —respondió Hannah.

Las dos se instalaron junto a Bronwen, Pernell subió al pescante y se pusieron en marcha. Durante el trayecto Pernell oyó que Ceiwen decía:

—Este negro es apuesto, ¿verdad?

—¿Cómo puedes decir eso? —oyó que respondía Bronwen, indignada—. Es un negro.

Hablaban en voz baja, pero no lo suficiente como para que sus palabras no llegaran a los oídos de Pernell.

—Sí, pero es apuesto —intervino Hannah.

—Desde luego, mucho más apuesto que esa birria de Gerald Hamilton que te gusta —dijo Ceiwen, y se echó a reír.

—Sí, desde luego —dijo Hannah, y se echó a reír a su vez.

Bronwen, unos segundos después, se echó a reír también y dijo:

—Tenéis razón. ¡El pobre Gerald!

Pernell sonrió satisfecho y siguió conduciendo.

Cuando llegaron a casa de los Buttram, varios jóvenes vestidos muy elegantemente y con tupés echados hacia atrás rodearon el coche y ayudaron a descender a las hermanas O'Loughlin entre risas y cumplidos. Pernell pasó a la cochera, y Ceiwen, Bronwen y Hannah entraron en la lujosa mansión. Fueron anunciadas por un criado cuando entraron en el enorme salón en que se desarrollaba el baile, y en seguida fueron rodeadas por más jóvenes, que empezaron a pedir ser anotados en sus carnets de baile. Las tres lograron escabullirse y llegar hasta sus padres, que estaban con los señores Buttram. Charles Daniel O'Loughlin y Shavel Buttram eran dos hombres tan parecidos que podrían haber sido hermanos. Tenían el mismo pelo canoso y abundante perfectamente engomado, el mismo bigote con las puntas levemente curvadas hacia arriba, el mismo tipo de traje, los mismos zapatos, y la misma ampulosa manera de hablar. La señora Buttram era una mujer ya madura, con el pelo teñido de blanco y un suntuoso traje lleno de adornos dorados que brillaban a cada movimiento que ella hacía, y que, por supuesto, eran constantes, por lo que su figura se veía envuelta en un haz de estrellas resplandecientes. Los cuatro charlaban amigablemente con un general cuando Ceiwen, Bronwen y Hannah llegaron junto a ellos. Saludaron graciosamente a los señores Buttram y besaron a sus padres y a su hermano Ryall, que se les añadió en aquel instante. Ryall era el mayor de los hermanos, tenía veintiún años, y era muy alto y distinguido. Llevaba el uniforme de gala de los Estados Confederados del Sur, impecable y reluciente. Tenía cogida por el talle a Marylee Buttram, su novia, en cuyo honor se daba la fiesta. Pensaban casarse dentro de un mes, en cuanto, como decía Ryall, la guerra fuera declarada y la Unión derrotada.

—¿Cuántos días cree usted que faltan para que la guerra sea declarada, señor Buttram? —le preguntó a éste con su insulsa y vanidosa sonrisa en la boca.

—No sé, Ryall, no sé —contestó el señor Buttram—, pero espero que no sean más que horas. —Y se echó a reír muy satisfecho de la ocurrencia que había tenido. Los demás le corearon, y entonces añadió—: No, en serio, espero que sean uno o dos. Ya estamos muy hartos de que esos yanquis se metan donde no les llaman. El sur es el sur y nadie lo hará cambiar. Nosotros lo hemos construido y nosotros lo gobernaremos y lo mantendremos como mejor nos parezca. Tengo ya ganas de que empiece la acción. No va a quedar ni un solo yanqui cuando llevemos un mes de guerra, ¿no es eso, Charlie?

—Por supuesto —respondió Charles Daniel O'Loughlin, y añadió—: Quisiera tener unos años menos para ir con vosotros, Ryall. Pero no importa. Cuando tú estés matando yanquis y negros rebeldes, yo estaré contigo, ayudándote, aunque sólo sea con mi recuerdo. —Y le ofreció su mano a Ryall, que se la estrechó con gran fuerza.

Como por arte de magia, las copas se elevaron, sonaron brindis y vivas a la Confederación y todos los concurrentes se encontraron entonando *Dixie*. Cuando terminaron, sonaron varios hurras y la fiesta continuó normalmente.

Ryall, se puso a hablar con Marylee Buttram, Bronwen con el escuálido pero rico Gerald Hamilton, Ceiwen con un forastero apuesto y de fino bigote amigo de los Buttram que se llamaba Lewis Hammond, y Hannah con el joven Leslie Buttram, el hermano menor de Marylee, un muchacho ridículo y presuntuoso que admiraba profundamente a Ryall y cuya única aspiración era la de ir a la guerra para matar negros que se pudieran defender. Cuando tenía catorce años había proporcionado una gran paliza a un anciano esclavo porque su caballo no estaba bien limpiado, y el viejo había muerto como consecuencia de los golpes que Leslie le había propinado con la vara. El señor Buttram le había echado un pequeño sermón, el único que había recibido en su vida, y desde entonces odiaba a los negros más que nadie en Shreveport. La orquesta tocaba un vals y Leslie no se dignaba cruzar una palabra con Hannah, pues la consideraba aún muy infantil y tan sólo bailaba con ella por cortesía, y miraba al frente. Fue entonces cuando vio, y más tarde creyó haber visto, una cara negra pegada al cristal de una ventana, observando con un solo ojo, ya que el otro lo tenía cubierto por un parche negro. Inmediatamente soltó a Hannah y salió corriendo a la calle, pero cuando estuvo fuera ya no había nadie.

—¿Qué buscas, Leslie? —oyó que le preguntaba alguien.

Se volvió y vio a James Edward Haines, un joven amigo suyo.

—Estoy seguro de que hace un instante había un negro tuerto aquí, observándonos a través de la ventana —contestó.

James Edward Haines soltó una carcajada y le dijo:

—Los odias tanto, Leslie, que ves visiones. Aquí no hay nadie, como ves. Vamos dentro. —Le pasó un brazo por encima de los hombros y lo acompañó al interior.

Entonces unos matorrales que había allí se movieron y Patrick Rambeau salió de entre ellos. Miró a un lado y a otro, y fue hasta el establo de los Buttram. Allí había un negro dormido. Pasó junto a él tranquilamente, cogió su caballo, lo montó y partió al galope.

Mientras, la orquesta había parado durante unos minutos para hacer un descanso, y las parejas estaban sentadas o paseando por el jardín. Entre estas últimas se encontraban Ryan y Marylee.

—Marylee, te quiero —decía Ryall.

—Yo también, Ryall —contestó Marylee, y añadió—: Vamos a sentarnos.

Lo hicieron en un banco muy escondido por dos grandes matorrales, y empezaron a besarse con bastante pasión.

—Quiero que seas mi esposa, Marylee —dijo Ryall—. Quiero que me des hijos y que seas la señora de mi casa, que cuando yo llegue después del trabajo, te encuentre, y encuentre mi casa limpia, arreglada y llena de niños.

En aquel instante, de detrás de uno de los matorrales, apareció Lewis Hammond, el forastero amigo de los Buttram, y dijo:

—¿Me permiten intervenir en la conversación? Estaba medio dormido en el banco que está detrás de esos matorrales, y no he podido evitar escuchar lo que decían. Todo eso es muy bonito, señor O'Loughlin, se llama así, ¿verdad?, pero quizá la señorita Buttram sirva para algo más que todo eso.

Ryall estaba atónito, y lo único que acertó a decir fue:

—¿Es usted del norte?

—No, señor O'Loughlin, soy de Nueva Orleans, pero ya que lo ha mencionado, le diré que el norte es un lugar mucho más positivo que este sur acartonado.

En aquel momento Ryall pareció darse cuenta de que Lewis Hammond, en realidad, había insultado a su novia, además de hacerlo con el sur. Se puso en pie y dijo, al tiempo que se quitaba un inmaculado guante blanco y se lo entregaba a Hammond:

—Señor Hammond, o como se llame, que no lo sé, acaba usted de ofender al sur y a sus mujeres. Mañana por la mañana le enviaré a mis padrinos. Vaya pensando hora y sitio. —Y se fue con Marylee.

Hammond miró el guante, sonrió, y se lo puso en la chaqueta a modo de pañuelo. Luego entró en el salón y buscó a Ceiwen O'Loughlin. La encontró sentada junto a James Edward Haines. En aquel momento la orquesta empezó a tocar de nuevo y Hammond dijo:

—Señorita O'Loughlin, ¿tiene ya comprometido este baile?

Ceiwen sonrió y respondió:

—Sí, con usted, señor Hammond.

Hammond la ayudó a levantarse y salieron a la pista de baile.

—¿Dónde se había metido? —dijo Hammond.

—James Edward me atrapó. Lo siento.

—No tiene importancia —contestó Lewis Hammond—. Estuve en el jardín charlando con su hermano. Fue una conversación interesante.

La fiesta tocó a su fin un par de horas más tarde, y entonces los invitados empezaron a despedirse y a marcharse. Marylee Buttram convenció a sus padres para que le permitieran ir a dormir a casa de los O'Loughlin. Se disponían a salir cuando Lewis Hammond se ofreció para acompañar a las señoritas O'Loughlin en su caballo, ya que el camino era oscuro y, solas en su berlina, podrían tener miedo. Los señores Buttram y O'Loughlin, ignorantes de la discusión habida entre Hammond y el hijo del segundo, aceptaron encantados y pensando que realmente Lewis Hammond, conocido y riquísimo aventurero que había anunciado unos días antes poner toda su fortuna al servicio de la causa del sur, sería un buen partido para su hija Ceiwen, de la cual había estado pendiente durante toda la velada. Así pues, Ryall y los señores O'Loughlin montaron en una carroza, y Ceiwen, Bronwen, Hannah, y también Marylee, separada de su prometido durante el camino para que todos fueran más cómodos, pues cuatro esbeltas jóvenes ocupaban menos espacio que dos y dos hombres, subieron en la que conducía Pernell, llevando a Lewis Hammond a su lado como escolta, y en este orden partieron camino del hogar de los O'Loughlin.

Al principio Lewis Hammond se dedicó a bromear con las jóvenes, pero a medida que éstas se iban cansando y la berlina avanzaba por la carretera, la conversación decayó, y Hammond pasó delante del coche, como guía. Llevaba un paso bastante lento, por lo que la tartana se iba distanciando cada vez más de la de los señores O'Loughlin. Pernell no se atrevió a indicarle a Hammond que se apresurara un poco más, y la mayoría de las jóvenes estaban ya dormidas o al menos adormecidas, por lo que llevaron este ritmo durante unos veinte minutos, momento en el que de repente Hammond se detuvo obligando con ello a que Pernell lo hiciera también.

—¿Qué ocurre, señor? —preguntó éste.
—Dame la linterna —respondió Hammond.

Pernell le dio la luz que llevaba la berlina y Hammond la balanceó haciendo señales. Unos segundos después apareció un jinete a caballo. Las jóvenes empezaron a despertarse y a preguntar, alarmadas, qué sucedía. El jinete llegó en unos momentos hasta la carroza y entonces Pernell, a la luz de la linterna, pudo observar que era Patrick Rambeau, con su rifle y su sable, que dijo al llegar:

—Hola, Lew, hijo mío. ¿Todo bien?
—Sí, todo bien.
—¿Qué ocurre, señor Hammond? —oyó que preguntaba Ceiwen desde detrás. Lewis dio media vuelta y llegó hasta donde estaban ellas. Sacó un revólver y dijo:

—Salid. Y no quiero oír ni una palabra ni un grito, ¿entendido?

Mientras, Patrick Rambeau se acercó un poco más a Pernell y le dijo:

—Yo te conozco, muchacho. ¿Cómo te llamas?
—Pernell.
—Ah, sí, Pernell —dijo el viejo—. Ya me acuerdo. Hace cuatro días, en las plantaciones de los O'Loughlin. Te han ascendido, según veo.

—Sí, señor —respondió Pernell, que estaba muy asustado.

Patrick Rambeau lo notó y le dijo:

—No tienes por qué tener miedo, Pernell. Tú eres mi hermano, y no me llames señor porque tengo un rifle y sea de noche. Cuando era de día me llamaste hermano, allá en los campos, y también tenía mi rifle, y no tuviste miedo. No debes tenerlo ahora tampoco.

En aquel instante llegó junto a ellos Lewis con las mujeres, que no decían ni una palabra, aunque sus rostros estaban muy pálidos y expresaban terror.

—Aquí están, padre —dijo Lewis Hammond poniéndolas en fila.

—Bien —dijo Patrick Rambeau—. Vamos a acabar.

Y casi al mismo tiempo que pronunciaba estas palabras encañonó a Marylee desde su caballo y le soltó dos tiros en la cabeza. Bronwen, Ceiwen y Hannah no tuvieron apenas tiempo de gritar porque Patrick Rambeau hizo avanzar un poco a su caballo y repitió la misma operación con ellas tres. Las cuatro quedaron en el suelo cubiertas de sangre y con enormes boquetes en sus lindas cabezas. Entonces Patrick Rambeau dijo:

—Espero que llegue un día en el que no sea necesario matar a nadie para robarle. No me gusta, es sucio.

—Sí —dijo Lewis—, pero es necesario, al menos por ahora.

Se agachó junto a los cadáveres de las jóvenes, les quitó las joyas que llevaban y se las guardó en un bolsillo.

Pernell estaba aterrado y dijo:

—¿Por qué lo ha hecho? Me matarán por esto.

—Nadie te matará —respondió Patrick Rambeau—, porque vendrás con nosotros y nosotros te enseñaremos a defenderte y a atacar, y a luchar por la riqueza y la libertad. Ahora vámonos.

Lewis montó en su caballo y Pernell hizo lo mismo en uno de la berlina, que había desenganchado.

Patrick Rambeau sacó un papel de un bolsillo de su guardapolvos, escribió: El Santo Rural y Se Repetirá, lo dejó prendido sobre los cuerpos de las chicas y se pusieron en marcha.

Subieron una pendiente y cabalgaron durante una hora por campos y montes de poca altura, hasta que llegaron a una cabaña de madera en la que había catres y algunas provisiones.

—Aquí vivimos —dijo Lewis.

Los tres desmontaron, ataron los caballos a un árbol que había a unos pasos de la cabaña y entraron. Lewis se puso a preparar algo de comida y Patrick Rambeau y Pernell se sentaron junto a un fuego improvisado. Pernell parecía abatido, y el viejo dijo:

—¿Qué te pasa?

—Aún no comprendo el porqué —contestó Pernell.

—Porque era necesario. Ya te he dicho que, por ahora, hay que matar a los blancos.

—Pero el señor Hammond es blanco.

—Sí, pero lucha con nosotros y por nosotros. Sabe que venceremos y que será rico.

Pernell no contestó nada y Lewis trajo la comida. Después de cenar Pernell se acostó y Lewis y Patrick Rambeau se quedaron fumando junto al fuego. Patrick Rambeau, con su pipa en la mano, dijo:

—No me gusta ese joven demasiado. No reacciona, no se da cuenta de las cosas. Quizá sea porque le han hecho criado, y eso siempre es malo. Les gusta ser criados.

—Sí, supongo que sí —contestó Lewis Hammond. Era un hombre de unos treinta y tres años, recio y esbelto a un mismo tiempo, con aire distinguido. Su pelo y su bigote eran castaños, y sus ojos tenían un color indefinido, entre gris, azul y verde, que le hacían enigmático. Su mirada era siempre serena y templada, y hablaba muy pausadamente, como Patrick Rambeau en realidad, a quien recordaba un poco en sus gestos y en su actitud general de hombre que sabe lo que hace y lo que tiene que hacer—. Pero mañana —añadió— estará más contento. Hoy el botín no ha sido grande.

—Debemos acostarnos ya —dijo el viejo—. Mañana hay trabajo a las diez, y antes tenemos que cabalgar.

Al día siguiente Patrick Rambeau se levantó muy temprano y despertó a Lewis y a Pernell. Desayunaron algo y montaron en los caballos.

—¿Dónde vamos? —preguntó Pernell.

—Tenemos trabajo —contestó Patrick Rambeau.

Tres horas más tarde Patrick Rambeau, Lewis Hammond y Pernell Olmstead estaban escondidos tras unas rocas, junto a la carretera sur de la ciudad de Monroe.

—¿Cuánto falta? —preguntó el viejo.

—Media hora —contestó Lewis.

—Ponte ya tu guardapolvos.

Lewis sacó uno de la silla de su caballo y se lo puso.

—¿Y yo? —preguntó Pernell.

—¿Tienes otro, Lew? —dijo Patrick Rambeau.

Lew no contestó, pero sacó otro guardapolvo blanco de la bolsa que colgaba de la silla de montar y se lo entregó a Pernell. Éste se lo puso sobre su traje de cochero. Le estaba grande a pesar de su altura, y le llegaba hasta los pies. Aún conservaba su chistera y su aspecto era muy extraño.

—No tengo arma —dijo.

—Dale tu rifle, Lew —dijo Patrick Rambeau, y añadió, mirando a Pernell—: ¿Sabes disparar?

—Sí, he ido de caza a veces y me han dejado tirar —contestó éste. Cogió el rifle que Lewis le tendía y se miró complacido.

Esperaron treinta y cinco minutos sin decir nada y entonces vieron polvo en la carretera.

—Ahí está —dijo Lewis.

—¿Qué tengo que hacer yo? —preguntó Pernell.

—Disparar, cuando yo te diga —respondió el viejo.

Poco a poco el polvo de la carretera se fue convirtiendo en una diligencia y en una pequeña escolta de soldados confederados.

—Son seis soldados y dos más en el pescante —dijo Lew.

—¿Y dentro? —preguntó el viejo.

—Creo que ninguno.

—¿Estás seguro?

—Sí. Dentro sólo debe de estar el dinero.

La diligencia se fue acercando al lugar en que estaban ellos tres, y entonces Patrick Rambeau apuntó con su rifle y disparó. Uno de los cocheros cayó al suelo, e inmediatamente después cayó el otro, derribado por Lewis. Los dos soldados que iban delante de la diligencia se pararon y se volvieron, y en aquel instante fueron abatidos por otros dos disparos.

—Ahora —dijo Patrick Rambeau a Pernell.

Éste empezó a disparar contra los soldados de la retaguardia, que intentaban guarecerse para contestar a los disparos. Pero en aquel tramo de la carretera no había nada tras lo cual esconderse. Era un paraje llano, con campos de siembra a los dos lados. Tan sólo había una larga fila de altas rocas a uno de los lados, pero era allí donde estaban los atacantes, completamente inalcanzables y casi invisibles. Pernell disparaba con alegría. Su puntería era también muy buena y derribó a dos de los soldados. Lewis y el viejo acabaron con los otros dos empleando sólo cinco disparos. Los soldados no tuvieron tiempo siquiera de desenfundar sus armas. Todo ocurrió en menos de un minuto.

Entonces los tres salieron de detrás de las rocas y se acercaron a la diligencia. Comprobaron que todos los soldados estaban muertos menos uno, al que remató Lewis, y entonces abrieron una de las portezuelas de la diligencia. Dentro había cuatro grandes y pesadas cajas de hierro. Las sacaron y abrieron una de ellas. Contenía oro en barras.

—¡Somos ricos! —exclamó Pernell—. ¿Cuánto será?

—Diez mil dólares —dijo el viejo—, pero no son para nosotros. Son para comprar armas. Recuérdalo siempre.

Una semana más tarde, Patrick Rambeau, Lewis Hammond y Pernell Olmstead estaban junto a un enorme árbol que tenía un hueco, cerca de la ciudad de Houma, al sur del Estado de Louisiana. Llevaban una carreta, y en la carreta, cubiertas por una manta, las cajas con el oro robado a los Estados Confederados. Las descargaron y metieron dos cajas dentro del roble.

—¿Este sitio es seguro? —preguntó Pernell, que estaba muy animado desde el asalto a la diligencia.

—Sí —contestó Patrick Rambeau.

Unos días después, estando Pernell y Patrick Rambeau en un escondite cercano a Baton Rouge, Lewis llegó con un periódico, además de las provisiones y municiones que había ido a comprar a la ciudad. Se lo entregó al viejo negro y le dijo:

—Mira, ya hay guerra.

—Entonces debemos unirnos a las tropas del norte —dijo Pernell.

El viejo le miró fijamente y contestó:

—¿Para qué? Son todos iguales. No debe ser un hombre blanco el que nos libere, o pretenda liberarnos, sino que debemos hacerlo nosotros mismos. Nosotros tenemos nuestra guerra y ellos la suya.

Los tres hombres pasaron un año aprovechándose de esta circunstancia, robando, matando e incendiando en las granjas faltas de hombres, que estaban luchando en una guerra romántica y sin porvenir.

Su campo de acción estuvo limitado al Estado de Louisiana. También atacaron pequeños destacamentos del ejército, ya del norte, ya del sur. Su existencia era absolutamente desconocida para las autoridades y el ejército sureños. No había tiempo ni elementos para dedicarse a buscar lo que éstos suponían desertores y forajidos, ya que Patrick Rambeau había decidido no firmar sus asaltos por si el hacerlo traía como consecuencia una represalia sobre los esclavos negros de las plantaciones. Así pues, tenían plena libertad para actuar y para llevar a cabo su misión. Se repartían el trabajo: Lewis, con su aspecto de caballero del sur, llegaba primero a las granjas y posesiones y se ganaba la confianza de las familias. Poco después llegaban Pernell, el viejo y dos nuevos adeptos: una mujer de color, llamada Everdinne, de unos veinticinco años, y un hombre, también de color, llamado Moses, que había huido de sus amos, una familia muy adinerada de Baton Rouge. Lewis los presentaba como a sus esclavos y dos minutos después empezaban el tiroteo y las matanzas. Nunca mataron a un niño; se los llevaban consigo para educarlos. Los tenían en una casa abandonada cercana a Natchitoches y los cuidaba otra mujer mayor que se les había unido y que se llamaba Deborah. Con el oro que habían guardado y con lo que robaban en las granjas que asaltaban tenían suficiente para comer y para comprar lo que necesitaban. Patrick Rambeau, Lewis, Pernell, Moses y Everdinne vivían amigablemente y dedicaban sus horas libres a leer los libros que se llevaban de los lugares que asaltaban, y a tocar el banjo y cantar.

En enero de 1863, Patrick Rambeau, más conocido como San Patrick el Rural, y sus acólitos regresaron, por primera vez desde marzo de 1861, a los alrededores de la ciudad de Shreveport. Cabalgaban por las plantaciones, semiabandonadas, y llegaron a una finca que estaba en muy mal estado y que parecía deshabitada.

—Parece la mansión de los Buttram —dijo Pernell.

—Sí, la recuerdo —contestó San Patrick el Rural.

—Desde luego —lo corroboró Lewis Hammond.

Los cinco jinetes desmontaron de sus caballos y San Patrick el Rural dijo:

—Voy a entrar a ver si hay alguien. Lew, ven conmigo.

Los dos penetraron en la casa, que estaba medio derruida. Llegaron a un gran salón que daba a unas anchas escaleras cubiertas por una alfombra muy descolorida y que debía de haber sido roja: Lewis iba delante y de repente se oyó un disparo y éste se desplomó al suelo. El viejo se escondió como pudo y gritó:

—¡Pernell! ¡Everdinne! ¡Venid! ¡Algún maldito ha disparado contra Lew!

Pernell, Everdinne y Moses aparecieron y aquél preguntó:

—¿Qué pasa?

—Cubridme mientras yo ayudo a Lew —contestó el viejo.

Moses y Everdinne empezaron a disparar hacia las escaleras y San Patrick el Rural y Pernell fueron hasta donde estaba Lewis postrado y lo pusieron a cubierto. El viejo le puso la mano sobre el corazón y dijo:

—Está muerto. Lewis, mi querido hijo, está muerto.

Su ojo visible se contrajo de rabia. El viejo se puso en pie y empezó a subir las escaleras. Sonaron varios disparos, pero pareció que ninguno le alcanzaba. A medida que subía, San Patrick el Rural pudo ver que los tiros procedían de un agujero que había en una puerta que era el fin de las escaleras. Por fin pareció recibir un impacto en el estómago cuando se disponía a disparar sobre la puerta. Dobló el cuerpo, pero logró incorporarse y abrirla de un empellón, dejando al descubierto a un joven que empuñaba un rifle. Luego, San Patrick el Rural, antes de poder dispararle, se desplomó. Everdinne, desde abajo, apuntó al joven con su arma y lo abatió. El joven cayó de espaldas. Entonces no se oyó ningún otro ruido y Moses, Pernell y Everdinne subieron corriendo hasta la puerta. Mientras Pernell se agachaba para examinar a San Patrick el Rural, Moses y Everdinne entraron en la habitación. En ella había un hombre, al parecer enfermo, echado en una cama y rodeado por dos mujeres bastante ajadas y con las ropas muy sucias y en mal estado. Los encañonaron y esperaron a que Pernell pasara. Éste dijo:

—San Patrick ha muerto. Está agujereado. Éste —y señaló al joven muerto— le dio todas las veces.

—¿Conoces a estos? —preguntó Everdinne mirando al hombre y a las dos mujeres.

Pernell los miró con atención y dijo:

—Hola, señora O'Loughlin.

Una de las dos mujeres, la que parecía más vieja, le miró entre asustada y sorprendida y dijo:

—¿Quién eres? ¿Me conoces?

—Sí, señora O'Loughlin. Soy Pernell Olmstead. Trabajaba en sus plantaciones. ¿Sabe qué fue de mi tío Nathan?

La señora O'Loughlin negó con la cabeza, como si estuviera muy cansada y no quisiera hacer ningún esfuerzo para recordar.

Pernell se acercó a ellos un poco más y observó al hombre que estaba postrado.

—Es el señor O'Loughlin —dijo—. ¿Qué le ocurre?

—Está enfermo. Va a morir —contestó la otra mujer. Hizo una pausa y luego preguntó rápidamente—: Mi hijo, ¿está muerto?

—¿Quién? —preguntó Pernell.

—Leslie —respondió ella, y señaló al joven del rifle.

—Sí —dijo Pernell. Miró de nuevo a la señora O'Loughlin y añadió—: ¿Dónde está su hijo, señora O'Loughlin?

Ésta pareció no entenderle, y fue la señora Buttram quien le respondió:

—Ryall está muerto. Lo mataron en Bull Run, hace ya tiempo.

—Ya —dijo Pernell.

—¿Qué van a hacernos? —preguntó la señora Buttram,

Pernell no contestó y observó la habitación detenidamente.

—¿Qué hacemos con ellos? —preguntó Moses.

—¿Qué vamos a hacer ahora que han muerto Lew y San Patrick? —añadió Everdinne.

—No lo sé —dijo Pernell—. No sé lo que haremos.

—Yo creo que debemos seguir —dijo Moses.

—No lo sé, te digo que no lo sé —dijo Pernell con impaciencia.

—Bueno —intervino Everdinne—, por lo pronto, ¿matamos a estos?

Pernell dejó de observar la habitación y miró a los señores O'Loughlin y a la señora Buttram. Ésta parecía muy asustada, Charles Daniel O'Loughlin estaba inconsciente y Rosasharn O'Loughlin parecía no darse cuenta de nada.

—No —contestó—. Estos no nos harán ya nada. Qué más da que vivan. Vámonos.

—¿Estás seguro? —preguntó Moses.

—Sí, no es necesario, absolutamente necesario. Eso ya es suficiente para que no los matemos.

—¿Tú crees que San Patrick lo hubiera hecho? —dijo Everdinne.

—Quizá, no lo sé. Pero ahora está muerto y ya no importa lo que hubiera hecho estando vivo.

—Está bien —dijo Everdinne.

—Vámonos.

Los tres se dieron la vuelta para salir. Pernell iba en último lugar y, cuando no la veían, la señora Buttram cogió el rifle de su hijo Leslie y disparó contra Pernell, en la espalda. Éste lanzó un grito y se derrumbó. Everdinne se volvió al instante y vació el cargador de su arma en la cara de la señora Buttram. Moses se agachó, puso una mano en el cuello de Pernell y dijo:

—Está muerto.

Everdinne no contestó nada. Cargó de nuevo su rifle y disparó sobre el señor y la señora O'Loughlin, tres veces sobre cada uno. Ninguno de los dos emitió un quejido.

—Vámonos —dijo Everdinne.

Moses y Everdinne salieron del cuarto, bajaron las escaleras, salieron fuera de la casa, montaron en sus caballos y cogieron los de sus compañeros.

—¿No crees que deberíamos enterrar a San Patrick, a Lew y a Pernell? —dijo Moses.

—No. ¿Para qué? —respondió Everdinne—. Si están muertos les va a dar igual.

—Sí, es cierto —dijo Moses, y añadió—: ¿Qué vamos a hacer tú y yo ahora?

—Seguir —contestó ella.

Moses Townsend y Everdinne LaMarr continuaron, pero durante muy poco tiempo. Fueron muertos en la batalla de Vicksburg, en julio de 1863, en la cual se vieron envueltos por verdadero azar. Durante aquellos seis meses no lograron ningún otro adepto, por lo que con ellos se acabó lo que fue llamado, por los pocos que lo conocieron y sobrevivieron, el grupo de San Patrick el Rural.

La prisión de Brewton, Alabama, estaba únicamente destinada a homicidas y asesinos. Consistía en unas barracas en las que dormían los presos y en los campos de trabajo forzado, grandes extensiones húmedas y pantanosas en las que las tareas se hacían doblemente pesadas a causa del calor, los mosquitos y el fango. Esto, y el jefe de la prisión, Gerton Hawtrey, famoso por sus constantes provocaciones a los presos, hacían de ella una de las cárceles más duras de todo el país. Los hombres, por lo general condenados a cadena perpetua o a penas que no bajaban de los veinte años, solían morir a los diez de ingresar allí. A causa de la dificultad del terreno y de la estrecha vigilancia de los capataces, los intentos de fuga, siempre fallidos, eran muy pocos e infrecuentes. Hawtrey tenía ordenado que aquellos presos que intentaran huir deberían morir accidentalmente antes de ser capturados.

Osgood Perkins ya sabía todo esto cuando llegó a Brewton con otros tres hombres. Les hicieron descender de una camioneta que los había traído desde una cárcel de Montgomery delante del barracón de los capataces. El jefe de éstos, Strother Potts, les estaba esperando sentado en el porche.

Extendió una mano y uno de los guardianes que habían venido en la furgoneta le entregó un papel. Osgood y los tres hombres estaban enlazados por cadenas. A su lado estaba un viejo muy débil y que no decía nada. Junto a él se encontraba un hombre de unos veintisiete años, bastante atractivo, y en el extremo opuesto un tipo alto y fuerte, con entradas en el pelo y aire suficiente. Strother Potts los miró uno a uno. Luego miró el papel y dijo:

—¿Osgood Perkins?

—Presente —contestó éste.

—Veinte años por asesinato, ¿no es eso?

—Sí, señor —respondió Osgood.

Strother Potts volvió a mirar el papel y dijo:

—Emil Perkins.

—Presente —contestó el viejo.

—¿Son hermanos, quizá? —preguntó Potts.

—No, señor —contestó el viejo.

—Quince años por homicidio, ¿no es eso?

—Sí, señor —respondió Emil Perkins.

—Bien —murmuró Strother Potts, y añadió—: Terence Barr.

—Presente —dijo el joven.

—Cadena perpetua por asesinato premeditado, ¿no es así?

—Así, así es, señor —respondió Terence Barr.

—Edgar Klugman.

—Presente.

—Quince años por homicidio, ¿no es eso?

—Sí, señor.

Osgood quedó instalado en una litera baja. Sobre él estaba Terence Barr. Los otros dos hombres, Klugman y Emil Perkins, fueron enviados a otro barracón. Cada uno de éstos tenía doce literas, es decir, capacidad para veinticuatro presos.

Aquella noche, tras haber recibido mofas y bromas por parte de sus compañeros de barraca, Osgood y Barr se acostaron. A las diez era el toque de queda, momento en el que todas las luces debían estar apagadas y el silencio debía ser absoluto. La primera regla se cumplía, pero la segunda no. Más aún, era a partir de las diez cuando más se hablaba en los dormitorios. Osgood estaba en su cama intentando dormir cuando oyó la voz de Barr:

—¡Eh, Osgood! Te llamas así, ¿verdad?

—Ssh —le chistó Osgood temeroso.

—Bah —dijo Barr—. ¿No ves que todo el mundo habla?

—Sí —respondió Osgood—, pero quizá paren de repente cuando el guardián haga la inspección y nos dejen hablando a nosotros dos solos.

—No seas bobo, muchacho. Oiremos muy bien al guardián cuando se acerque. Escucha. Yo voy a largarme de aquí. No he nacido para vivir en una cárcel, y menos en una de estas. No estoy acostumbrado. ¿Vienes conmigo?

—Un preso me dijo en Montgomery que aquí se cargaban al que trataba de huir, y que además era casi imposible.

—Bah, ese quiso asustarte. Y además, ¿qué pasa? ¿Es que vas a pasarte aquí veinte años; sin intentar nada? ¿Cuántos tienes?

—Diecinueve.

—Diecinueve y veinte son treinta y nueve. Son muchos, ¿no?

—A los treinta y nueve años aún se es joven.

—Sí, pero no después de pasar veinte aquí. Sales para morirte, si es que no te has muerto ya. Yo voy a largarme. ¿Vienes conmigo?

—Sí, creo que sí, pero tendría que saber tus planes.

—Eso ya vendrá luego. Lo importante es que ya seamos dos, o tres si es posible. Es mejor. Se tiene menos miedo. Y es más difícil perseguirlos.

—Me apunto —sonó una voz.

Barr y Osgood se volvieron hacia la litera baja de al lado y vieron a un hombre con el pelo blanco y ojos azules. Tendría unos cuarenta años, quizá algo más.

—Soall, Bert Soall —añadió ofreciendo su mano a Osgood.

—Osgood Perkins —respondió éste estrechándosela.

—Terence Barr. ¿Se apunta?

—Ya lo creo —dijo Bert Soall haciendo un gesto—. Llevo aquí cinco años. Cadena perpetua. En ese tiempo nadie ha intentado escapar, y no quiero irme solo.

—De acuerdo —dijo Barr.

En aquel momento todo el mundo se calló y pudieron ver que Clinton McBain, el capataz que se encargaba de hacer la ronda en su barracón, entraba y miraba las literas. La conversación terminó allí y Osgood se durmió.

Durante los días siguientes Osgood, Barr y Bert Soall procuraron estar juntos la mayor cantidad de tiempo posible. Se dedicaron a calcular sus posibilidades, a vigilar las pasadas nocturnas de McBain, que se producían con una hora de intervalo, y a contar el número total de guardianes y capataces. Decidieron que era menos difícil llevar a cabo la fuga de noche.

Bert Soall era un tipo simpático. Les contaba cosas de su familia y de sus antepasados. Uno de ellos había sido un pistolero desgraciado y famoso, Leroy Soall, que había muerto por casarse con una joven de dieciséis años de la que estaba profundamente enamorado, cuando él tenía cuarenta y dos. La había visto tan sólo una vez, tocando el arpa en su casa. Ella también le quería y tuvieron que huir juntos para casarse. El padre de la joven lo acusó de violación y rapto y Leroy Soall fue linchado. La joven jamás volvió a casarse.

Osgood y Bert hicieron bastante amistad, mientras que Barr se mantenía apartado de intimismos y confianzas. Pasaba todo el día pensando en la forma de escapar y casi nunca hablaba con los otros dos de cosa que no fuera su fuga y la manera de llevarla a cabo. Bert estaba allí por haber asesinado a una mujer que no le hacía ningún caso. Él la seguía y le enviaba flores, pero ella se limitaba a burlarse de él y a ir con otros hombres para darle celos.

—Pero si hacía eso sería porque le interesabas —le dijo Osgood.

—Sí, eso se me ha ocurrido luego. Si quería darme celos sería por algo, pero el caso es que un día no pude soportarlo y la maté con un puñal de caza. ¿Y tú cómo estás aquí?

—Bah —respondió Osgood—. Maté a un tipo contra una mesa de billar. A un canalla.

—¿Sí? ¿Cómo fue? —preguntó Bert interesado, y Osgood se lo contó.

Cuando estaba terminando llegó Barr. Estaban haciendo un descanso en uno de los campos de trabajo, lleno de piedras que tenían que mover, y de aguas pantanosas por las que tenían que caminar. Oyó la última frase de Osgood:

—Y me cogieron antes de cruzar la frontera con Georgia.

—¿De qué habláis? —preguntó Barr.

—¿Por qué estás tú aquí? —preguntó Osgood.

—Oh —dijo Barr—. Maté a un anciano.

—¿Por qué?

—Porque yo no tenía un centavo y él tenía oro en barras.

—¿Oro en barras?

—Sí —respondió Barr—. Decía que había encontrado un tesoro de no sé qué santo. El caso es que lo tenía y yo no.

—¿Era San Patrick el Rural? —preguntó Osgood.

—Sí, eso es. ¿Cómo lo sabes?

—¿Se llamaba Owen MacPherson el viejo?

—Sí. ¿Lo conoces? Estaba chiflado. Decía que yo era su discípulo porque una vez caí sobre sus rodillas, en un bar. Yo estaba borracho. ¿Lo conociste?

—Sí.

La señora Ingels entró en un edificio de Nueva York. Ordenó al botones del ascensor el piso noveno y subió. Recorrió un pasillo hasta que llegó a una puerta de cristal que decía Robbins & Michen, agencia de investigación. Abrió y no vio a nadie. Había una mesa llena de papeles con un teléfono negro. Vio otras dos puertas. Una de ellas tenía un cartel que decía Mike Robbins, y la otra Andy Michen. Iba a llamar en la de Michen cuando la de Robbins se abrió y salió una joven con gafas, pelo rubio y ojos azules, que llevaba una carpeta bajo el brazo. Sonrió al ver a la señora Ingels y dijo:

—Perdone que no hubiera nadie. ¿Qué desea?

—Quisiera ver al señor Robbins o al señor Michen.

—Espere un momento, por favor.

La joven volvió a entrar en el despacho del que había salido. Un hombre rubio estaba sentado ante una mesa leyendo un periódico. Al ver a la joven preguntó:

—¿Qué hay, Lorraine?

—Una señora quiere verle, o al señor Michen.

—¡Vaya! —exclamó Mike Robbins—. Hazla pasar. Lorraine iba ya a salir cuando Robbins la detuvo:

—¡Espera! ¿Qué aspecto tiene?

—Alta, bastante fina, pelo negro, ojos verdosos, atractiva.

—¿Te ha dicho su nombre?

—No.

—¿Está el señor Michen?

—Creo que no, señor Robbins.

—Bueno, es igual. Hazla pasar.

Lorraine salió y cerró la puerta, que volvió a abrirse unos segundos después para dar paso a la señora Ingels. Mike se puso en pie y ofreció su mano a la mujer.

—Soy Mike Robbins. ¿En qué puedo ayudarla? —dijo amablemente, y añadió, indicando un sillón que estaba frente a la mesa—: Siéntese, por favor.

La señora Ingels así lo hizo y empezó a hablar:

—Señor Robbins, me llamo Emma Ingels. Ante todo, quisiera hacerle unas preguntas acerca de su agencia de investigación, para saber si realmente me conviene y tengo garantías de lograr lo que deseo.

—Nunca se tienen garantías, señorita Ingels —la interrumpió Mike.

—Señora Ingels —le corrigió la dama—. Ya sé que ustedes no pueden garantizar. Me refería más bien a... posibilidades.

—Está bien. Adelante, pregunte —dijo Mike.

—Bien. ¿Hace cuánto tiempo que existe su agencia, señor Robbins?

—Un año.

—¿Es usted de Nueva York?

—No, de Los Angeles.

—¿Y cuánto tiempo lleva usted aquí?

—Desde 1932. Es decir, cuatro años.

—¿Y el señor Michen?

—Él es de aquí.

—¿A qué se dedicaban antes de montar la agencia?

Mike sonrió un poco sacando la lengua y dijo:

—Bueno, esto es un verdadero interrogatorio. ¿Son realmente necesarias todas estas preguntas?

—Para mí, sí. Quiero saber en qué clase de ambientes se han movido —contestó Emma Ingels a modo de explicación, y añadió—: Pero si lo prefiere, lo dejamos y buscaré a otros.

—Está bien. Durante toda mi vida he andado siempre metido en negocios sucios. En Los Angeles y aquí. Mi ambiente, como usted dice, ha sido siempre el del hampa y la corrupción.

—¿Trabajaba usted al margen de la ley?

—Evidentemente —dijo Mike haciendo un ademán con la mano.

—¿Y cómo es que decidió pasarse al otro bando, señor Robbins?

—No me he pasado a ningún bando, señora Ingels. Siempre he estado en el mismo: el mío. Si lo que quiere decir es que a veces colaboro con la policía, le diré que sólo lo hago cuando me lo exige mi trabajo, es decir, cuando me conviene. Y otras veces me conviene colaborar con los otros, con los del otro bando. Todo depende. Personalmente, me dan igual unos u otros. Al fin y al cabo, todos somos muy parecidos.

—Y este doble juego, ¿no le enemista con nadie?

—Sí, claro que sí. Hace tres meses esta agencia se llamaba Myers, Robbins & Michen. A Myers lo mató la policía. Ya ve. Pero, aun así, es lo que más me conviene. Siempre voy a lo que me conviene.

—Bien. ¿Y el señor Michen? ¿En qué trabajaba?

—No lo sé, nunca se lo he preguntado —contestó Mike empezando a impacientarse.

—¿Cómo se conocieron entonces?

—En un parque infantil. Pero él sabe tanto o más que yo, si eso es lo que le interesa saber.

—¿Quién más trabaja en la agencia?

—Hay dos empleados más: se llaman Kent Sheiner y Alf Tilvern. Vienen a la oficina un día sí y otro no, alternándose, y también la señorita McEldowney, ya la ha conocido.

—¿Ella también investiga?

—Sí.

—¿Qué eran antes de convertirse en detectives?

—Sheiner era policía, Tilvern era un gángster de Woody Wilson y la señorita McEldowney cuidaba el guardarropa de un club.

—¿Por qué dejó Sheiner la policía?

—Le echaron.

—¿Por qué? Eso me interesa.

—Quiso investigar por su cuenta acerca de un pez gordo de Wall Street.

—Ya —dijo la señora Ingels—. De modo que todos conocen los barrios bajos y el hampa. Antes ha hablado de Woody Wilson. ¿Conoce usted a Milt Taeger?

—Sí. De oídas, no personalmente.

—¿A Landini, de Filadelfia?

—Lo mismo.

—¿Y a Duvalle, de Chicago?

—También de oídas —dijo Mike, y su rostro pareció mostrar interés por primera vez desde que la señora Ingels había entrado—. ¿Por qué?

—Porque si aceptan mi encargo tendrán que trabajar cerca de Taeger, y, por tanto, quizá cerca de los otros dos.

—Ya.

—¿Conoce usted a una cantante que se llama Laura Lee?

—De oídas. Creo que es la novia de Taeger, ¿no es así?

—Efectivamente. Canta en el Golden Bowl, en la calle 55.

—Bien. ¿Cuál es el encargo?

—Quiero que envíen a esa chica a la silla eléctrica.

El rostro de Mike experimentó un ligero cambio, casi imperceptible, y preguntó:

—¿Por qué?

—Eso es asunto mío. Acepte o no.

—No es cuestión de aceptar o no, en primer lugar, sino de que existan garantías, posibilidades, de conseguirlo. Creo que no hay ninguna.

—Pero puede haberlas, por dos medios diferentes. El primero, porque ella está cerca de Taeger, y Taeger comete muchos crímenes. El segundo, haciendo que ella cometa uno, o que parezca, que haya pruebas de que ella ha cometido uno. Eso me es igual. Háganlo ustedes como mejor les parezca. Mi encargo es ese, que encuentren pruebas suficientes para enviar a Laura Lee a la silla eléctrica. Cómo, eso es problema suyo.

—Bueno —dijo Mike—, antes le dije que había trabajado en negocios sucios, pero nunca vi uno que lo fuera tanto. ¿Tanto odia usted a esa mujer?

—Le repito que eso no le importa, señor Robbins. No le importan ni los motivos ni mi relación con ella. Ya sé que el trabajo es peligroso, ya sé que si están cerca de Laura Lee tendrán que estar cerca de Taeger, y por tanto cerca de Albert Landini y de Jamie Duvalle, es decir, en contacto con los tres caciques más importantes del este del país. Por eso, cuanto menos sepan de mí, mejor será.

—Ese es otro asunto, señora Ingels —dijo Mike—. Como usted ha dicho, son los más importantes, y tienen comprada a más de la mitad de la policía y de los políticos. Por muchas pruebas que encontráramos, o que fabricáramos, bastaría una llamada telefónica de Taeger para que Laura Lee fuera puesta en libertad inmediatamente.

—O no. Supongo que habrá oído hablar de Mal Blondell, el nuevo fiscal del distrito. Él, desde luego, no está sobornado, y Taeger le teme y le deja hacer. Si no, no se explica que no le haya ocurrido nada después de enviar al patíbulo a Dutch Osborne. Le tiene miedo a Blondell. Pueden presentarle las pruebas a él.

—Ya.

—Bueno, ese es el encargo. ¿Acepta, sí o no?

—Depende.

—De los honorarios, supongo —terminó la frase la señora Ingels. Abrió su bolso, sacó un fajo de billetes, apartó unos cuantos y añadió—: Diez mil dólares ahora —y le alargó los billetes— y diez mil más cuando Laura Lee esté condenada.

Mike no pudo evitar silbar sin hacer ruido. Cogió el dinero y dijo:

—¿Tanto le interesa que maten a esa chica? ¿Por qué no lo hace usted misma? ¿O paga a alguien para que lo haga?

—Es demasiado arriesgado. Prefiero hacerlo de manera teóricamente legal. ¿Qué dice?

—Mil más para cubrir gastos.

—Mil más —repitió la señora Ingels y le entregó la cantidad, y añadió—: Eso quiere decir que acepta, ¿no es así?

Mike se pasó la lengua por los labios, tardó unos segundos en responder, y por fin dijo:

—Sí.

La señora Ingels se levantó.

—Bien —dijo—. Eso es todo. No quiero saber nada de ustedes más que para pagarles cuando el trabajo esté hecho. Aun así, por si acaso ocurriera algo importante, este es mi teléfono. —Y sacó una tarjeta de su bolso que entregó a Mike. Sólo venían el nombre Emmaline Ingels, y el número de teléfono—. Llámenme preferiblemente por la noche, muy tarde, o por la mañana, muy temprano, y sólo en caso de que sea absolutamente necesario. Si no, no lo hagan. Espero que hasta pronto, señor Robbins.

Mike la acompañó hasta la puerta y dijo:

—Me temo que eso no podrá ser, señora Ingels. Creo que su encargo nos llevará algún tiempo.

—No más de dos meses. Si no aceptan ningún otro caso y se dedican a este solamente, podrán hacerlo más rápido.

—Está bien, señora Ingels. Haremos lo posible.

—Buenos días.

—Adiós, buenos días.

Cuando la señora Ingels hubo salido Mike resopló.

—¿Qué quería, señor Robbins? —le preguntó Lorraine.

—Luego te explicaré —dijo Mike—. ¿Aún no ha llegado el señor Michen?

—No.

—¿Y Sheiner? Hoy le toca a él, ¿no?

—Ha llamado diciendo que estaba algo enfermo y que como no había casi trabajo no vendría.

—Ja, conque no hay casi trabajo. Ya verá.

—¿Por qué? ¿Qué le ha encargado esa mujer?

—Luego Lorraine, luego —dijo Mike, y entró de nuevo en su despacho. Aún no había cerrado la puerta cuando asomó la cabeza y dijo—: Lorraine, llama a Sheiner y a Tilvern y diles que vengan en seguida, que hay mucho trabajo. —Y cerró.

Cogió el teléfono y marcó un número. Guardó los once mil dólares en un cajón de su mesa y preguntó cuando contestaron al otro lado del teléfono:

—¿Andy?

—Sí, ¿quién es? —dijo una voz soñolienta.

—Te acabo de despertar, ¿verdad?

—Ah, hola, Mike. ¿Qué hay?

—Trabajo. Y dinero. Vístete y ven aquí ahora mismo.

Michen pareció despertarse del todo.

—¿Trabajo y dinero? ¿En serio? ¿Qué ha pasado?

—Ya te lo contaré. Ven en seguida. Es un caso difícil y sólo tenemos dos meses para resolverlo. Hay que trabajar de firme y bien. Y desde ahora mismo, así que te quiero aquí dentro de media hora. —Y colgó. Se sentó en un butacón y murmuró—: Veintiún mil dólares están muy bien.

—Hola, Mike —dijo Andy Michen cuando entró. Era un hombre moreno, con los ojos castaños, calculadores e inteligentes, y labios finos que no ocultaban del todo sus dientes. Llevaba una gabardina blanca y un sombrero del mismo color, que se quitó al hablar—: ¿Qué pasa?

—Mucho —respondió Mike—. Ahora te contaré. —Salió de la habitación y Andy le oyó decir—: ¿Han venido ya Sheiner y Tilvern, Lorraine?

—Tilvern se ha ido de pesca, y Sheiner dice que ha empeorado y que no puede venir, señor Robbins —contestó ella.

Mike dudó un instante y dijo:

—Bueno, mejor.

Entró de nuevo en el despacho y Andy preguntó:

—Bueno, ¿qué ha pasado?

—Siéntate —dijo Mike. Cuando lo hubo hecho le contó su conversación con la señora Ingels. Andy no le interrumpió en ningún momento, y Mike dijo cuando terminó—: Bueno, ahora dime que he hecho mal, que es un negocio demasiado sucio, que no debería haber aceptado. Anda, dímelo, Andy.

Andy le miró y dijo:

—No tengo por qué decirte nada de eso, Mike. Yo también hubiera aceptado cualquier cosa por veintiún mil dólares. Vamos a hacerlo.

Mike sonrió aliviado y dijo:

—De acuerdo. En primer lugar, ¿sabes algo de Emma Ingels?

—Me suena el nombre. Hace año y medio o algo así en un periódico. Crímenes, pero no recuerdo cuál era el asunto, ni si se llamaba Emma.

—Eso se mira en los archivos de Blondell. ¿Qué sabes de Laura Lee?

—Bueno, ella llegó con Peter Riessen cuando yo me largué. No la he visto nunca. Sé que ella fue una de las principales razones por las que Milt Taeger se enfrentó, después de acabar con Grabowski en Chicago, con Pete. Dicen que es muy bella, pero yo no la he visto. Me parece que está en Nueva York desde hace poco más de un año y medio. Estuvo con Riessen tan sólo un par de meses, hasta que Taeger volvió de Chicago con Duvalle y Landini y lo destruyó. Luego pasó a ser propiedad de Taeger, y lo sigue siendo ahora. Eso es todo lo que sé de ella. Ya sabes que últimamente no me he acercado a Taeger. La verdad es que no éramos muy amigos cuando los dos trabajábamos para Riessen. Aunque me tenía algún respeto.

—¿Crees que le interesarían tus servicios ahora si se los ofrecieras?

—Sí, creo que sí, Mike. ¿Por qué?

—Porque me parece que te va a tocar a ti la parte más difícil de este trabajo.

—Sí, ya veo lo que quieres decir, Mike.

Andy Michen entró en el Golden Bowl con su gabardina y su sombrero blancos. Se sentó a una mesa cerca de la pista, donde bailaban numerosas parejas al ritmo de un tango que ejecutaba la orquesta. Pidió vodka al camarero y esperó. Pocos minutos después se le acercó un hombre bajo y con traje de etiqueta y se sentó frente a él.

—Hola, Andy —le dijo—. ¿Qué te trae por aquí después de tanto tiempo?

—Hola, Herb —dijo Andy—. ¿Cómo te va?

—Bien, como a Taeger. A Taeger le va bien, a mí me va bien. Es cuestión de lógica. Me han dicho que ahora eres detective.

—Lo era —contestó Andy—. Se acabó hace una semana.

—¿Qué pasó?

—Ganaba poco.

—Ya. Como con Riessen.

—Como con Riessen. Cuando en algo se gana poco, lo dejo, ya sabes, Herb.

—Sí. Todos lo hacemos. Los que somos listos.

—Sí.

—Y ahora no tienes trabajo, ¿no es eso?

—Eso es.

—Y te gustaría ganar más que con Riessen y que de detective, ¿no es eso?

—Eso es, Herb. Lo has adivinado.

—Y te gustaría ver a Milt.

—Sí, me gustaría verle, Herb.

—Espera un momento.

Herb se levantó y desapareció por una puerta que decía Privado. Unos minutos más tarde apareció Milt Taeger. Tenía el mismo aspecto refinado que en 1934, cuando Andy había dejado de verle. Llegó sonriendo hasta la mesa de Andy y le estrechó la mano. Se sentó con Herb y dijo:

—Me alegra verte, Andy. Son dos años, creo, desde que me fui a Chicago. ¿Cómo te va?

—Mal, ya se lo he dicho a Herb. No tengo trabajo. Ser detective no proporciona demasiados beneficios.

—Y se te ha ocurrido que tu viejo compañero podría darte un empleo, ¿verdad?

—Sí, eso es, Milt.

—Bueno, veamos qué se puede hacer. Lo tuyo era la acción, ¿verdad? Moverte, cuidar de alguna persona, guardaespaldas más o menos. ¿Qué hay de eso, Herb?

—Bueno —empezó Herb, pero Milt le chistó porque en aquel momento el presentador estaba diciendo:

—Y ahora, señoras y caballeros, tengo el gusto y el honor de presentarles a la incomparable ¡Laura Lee!

La sala estalló en aplausos y Milt se volvió hacia la tarima en que estaba la orquesta. Una mujer muy joven, rubia, con los ojos entrecerrados, los labios humedecidos y hoyitos en las mejillas al sonreír, apareció con un traje largo de terciopelo verde lleno de lentejuelas brillantes, abierto por un lado y dejando ver una pierna perfectamente modelada. Empezó a cantar *I'm Very Lonesome Tonigh*, los camareros dejaron de servir. El silencio era absoluto y Andy la miraba fijamente. Laura Lee contoneaba su cuerpo muy levemente, al ritmo de la canción, pero aquello era suficiente para que toda su figura se moviera, y este movimiento describía sus curvas, sus hombros, su cuello, aumentaba la impresión de aislamiento e inasequibilidad que ya producían sus ojos que no miraban a nadie y sus labios que no sonreían para nadie. Milt estaba boquiabierto y cuando ella terminó su canción rompió en aplausos desaforados. Andy se quedó mirándola muy fijamente sin reaccionar, mientras ella saludaba con inclinaciones de cabeza y desaparecía tras el escenario. La voz de Herb le despertó:

—Señor Taeger, le decía...

Milt le interrumpió:

—Estábamos viendo qué empleo podríamos darle a nuestro amigo Michen.

—Pues decía, bueno, señor Taeger, hay uno.

—¿Cuál?

—Pero es que usted dijo que...

Milt miró a Herb con impaciencia.

—¿Qué hay? ¿Cuál es ese puesto? —le instó.

—Bueno, usted echó a Mort por intentar sobrepasarse con la señorita Lee.

—Ah, es cierto —dijo Milt, y se dirigió a Andy—: Era el guardaespaldas de Laura. Trató de besarla y lo eché.

—¿Y qué pasó después? —preguntó Andy.

—Tuvo mala suerte aquellos días. Lo atropelló un camión al día siguiente, de modo que la señorita Lee no tiene a nadie ahora para que cuide de ella. ¿Qué te parece, Andy? ¿Sigues siendo igual de bueno con el revólver que antes? Si es así, el puesto es tuyo.

—Sigo siendo igual de bueno —contestó Andy—, pero no me gustaría que me pasara lo que a Mort.

La cara de Milt se tornó grave y dijo:

—No hagas lo que hizo Mort y no te pasará. El sueldo es de doscientos semanales. ¿Aceptas?

—Ya lo creo —dijo Andy—. Lo que quisiera es que me explicaras qué es exactamente lo que tengo que hacer.

—Estar siempre cerca de Laura cuando no lo esté yo. Eso es todo. De día y de noche cuando no esté yo. Y protegerla. Cuidar de que no sufra ni el más leve arañazo.

—¿Dónde viviré?

—En mi casa. En el cuarto de al lado de Laura. Ya sé que te será difícil, pero te advierto una cosa: no la toques. Yo lo sabré y te mataré. Como a Mort. ¿De acuerdo?

—De acuerdo. No te preocupes por eso.

Milt sonrió y dijo:

—Bueno, trato hecho. ¿Llevas arma?

—Sí, siempre la llevo.

—¿Qué llevas?

—Un 46.

—Lleva esta también —Y sacó una diminuta pistola de su bolsillo—. Y búscate un cuchillo.

—De acuerdo.

—Te voy a presentar a tu protegida. Ven.

Se levantaron y entraron por la puerta privada. Anduvieron por un pasillo hasta que llegaron a una puerta roja con un cartel que ponía

Laura Lee y un matón de gran tamaño cruzado de brazos, que se hizo a un lado al ver a Milt. Éste dio unos golpecitos en la puerta y abrió cuando oyó que decían Adelante. Laura Lee estaba desvistiéndose.

—Hola, cariño —dijo Milt—. Te voy a presentar a tu nuevo cuidador que va a ocupar el puesto de Mort. Pasa, Andy. —Éste entró, Milt cerró la puerta y agregó—: Laura, este es Andy Michen, un antiguo amigo mío. Andy, la señorita Lee.

—Hola.

—Hola —respondió Andy—. Encantado, señorita Lee.

—Llámeme Laura —dijo ella mostrando sus hoyitos—. Al fin y al cabo casi vamos a vivir juntos.

—De acuerdo, Laura.

—Bueno —les interrumpió Milt—, yo tengo que marcharme. Andy, esta noche ve ya a dormir a casa. Si tienes que recoger tus cosas ve ahora y luego vuelves aquí para acompañar a Laura. Herb te llevará en coche para que sepas el camino. Hasta luego. Te veré mañana, cariño. —Besó a Laura largamente y salió.

Laura siguió desvistiéndose y Andy dijo:

—Voy a recoger mis cosas para trasladarme. Luego volveré para acompañarla. Hasta luego.

—Hasta luego —contestó ella, y le sonrió.

Andy salió del Golden Bowl y cogió un taxi amarillo. Estaba lloviendo. Ordenó al taxista una dirección y un cuarto de hora después estaba en las oficinas de Mike Robbins, agencia de investigación. Entró y vio a Lorraine y a Kent Sheiner. Éste era un tipo alto y grande, con nariz de boxeador y pelo muy corto a cepillo.

—¿Está Mike? —preguntó Andy.

—Sí, está en el despacho —contestó Lorraine.

Andy empujó la puerta y antes pudo ver que en la que decía Andy Michen ahora ponía tan sólo Privado. Pasó al despacho de Mike y encontró a éste hablando por teléfono.

—Sí, gracias por todo, señor Blondell —decía—. Sí, encontré lo que buscaba, sí. Muchas gracias por todo. Adiós, señor Blondell.

—¿Qué ocurre? —le preguntó Andy cuando hubo colgado—. ¿Ha vuelto ya Blondell?

—Sí, y he estado en su despacho. Él había salido, pero me han dejado ver el fichero. He averiguado cosas sobre Emma Ingels. ¿Qué tal tú? ¿Viste a Taeger?

—Sí, pero tengo muy poco tiempo. Cuéntame rápido lo que has encontrado de Emma Ingels y ahora te diré.

—Bueno. Estuve mirando los archivos y encontré lo siguiente: Percival Ingels, su marido, fue hallado muerto flotando en el muelle hace año y medio. Estaba acribillado a tiros y luego lo habían arrojado al agua. Es un caso sin resolver. Se sospechó durante un tiempo de la señora Ingels, pero en realidad no había pruebas de que lo hubiera hecho ella ni de que hubiera pagado a alguien para que lo hiciera. Ella declaró que no sabía quién podría tener motivos para asesinar a su marido. Lo vio un par de horas antes de que lo mataran. Ingels salió a dar un paseo después de cenar y no volvió. No se le encontró nada en los bolsillos, ni un papel, ni un carnet. Lo habían registrado y se lo habían llevado todo. El tipo era muy rico, por herencia, y prácticamente no trabajaba. Tenía una pequeña tienda de antigüedades en Park Avenue, para aparentar que tenía un empleo, pero él nunca iba por allí. Estaba al cuidado de un tal Noah Gilson. Ingels dejó un testamento en el que legaba todo lo que tenía a su esposa. Lo había hecho dos años antes de su muerte y no lo había modificado. De ahí salen los veintiún mil que nosotros vamos a cobrar. No tenía más familia, aunque era rico no pertenecía a la alta sociedad, y no se trataba con los vecinos. Nadie le conocía realmente excepto su esposa, y nadie sabe a qué se dedicaba en sus horas libres que, por lo visto, debían de ser casi todas. Un tipo extraño, una especie de fantasma que nadie conoce. La única que podría dar una pista sería su mujer, y no quiere contarme nada, sólo encargar que muera una cantante que no tiene ninguna relación con nada de lo que a ella le rodea.

—¿Hace cuánto que ocurrió el asesinato exactamente?

—Un año y cuatro meses. En septiembre de 1935.

—Es decir, cuando Riessen ya estaba muerto. Taeger mandaba ya entonces. ¿No hay ningún indicio de que Ingels tuviera algún contacto con él, o con Laura?

—No, nada. No hay relación. Tan sólo la forma en que Ingels fue asesinado. En aquella época los únicos que mataban así eran Taeger y Woody Wilson. Pero no hallo el motivo para que quisieran matarlo ninguno de los dos. Si la maldita señora Ingels quisiera contarnos algo todo sería más fácil. Por cierto, ¿era la muerte de Ingels lo que te sonaba el otro día?

—No, no era eso. Seguramente me equivoqué, déjalo. La verdad es que esto no aclara nada.

—Sí, la muerte del marido de la señora Ingels debe de ser algo aparte. No debe de tener nada que ver con lo de Laura Lee.

—Bueno, en todo caso intentaré averiguarlo por medio de ella.

Mike pareció acordarse de que Andy había estado con Milt Taeger y dijo:

—Cuéntame, ¿qué pasó?

—Que soy el nuevo guardaespaldas de Laura Lee, Mike.

La cara de Mike se iluminó. Sonrió y exclamó:

—¡Eso es perfecto, Andy! ¿Cómo lo has logrado?

—Taeger mató al que tenía hace unos días por intentar besarla. Él estuvo simpático conmigo. Ha cambiado mucho. Ahora es un tipo brillante y sonriente. Pareció alegrarse de verme.

—¿Creyó lo mío?

—Aparentemente sí, pero supongo que te mandarán a alguien para comprobar si es cierto que hemos roto. Has hecho bien en cambiar los carteles de las puertas. Y ahora me tengo que ir. Tengo que pasar por casa, recoger mi ropa y volver al Golden Bowl para acompañar a Laura. Voy a vivir en casa de Taeger, en el cuarto contiguo al de su novia. Espero que hablaré mucho con ella. Tengo que pasarme el día entero a su lado. Es realmente muy guapa, y parece como de otro planeta, muy fuera de tono con Taeger y sus matones. No entiendo muy bien qué hace ahí. Taeger debe de pagarle millones.

—Bueno, qué más da eso —le interrumpió Mike—. ¿Cuándo y cómo te podré localizar?

—Yo te localizaré a ti. Conviene que nos veamos en tu casa, no aquí por si acaso a Taeger se le ocurre desconfiar y vigila el edificio durante unos días. Yo te llamaré. Intenta sonsacar a la señora Ingels. Llámala y hazle ver que es necesario que sepamos algo. No se puede fabricar un asesinato o unas pruebas así como así. Dile que sabes lo de su marido y que yo he llegado ya hasta Laura Lee pero que no sé qué camino seguir ahora, Trata de convencerla. Si sabes algo y necesitas verme con mucha urgencia, llámame al Golden Bowl por las noches. Yo estaré allí, con Laura.

—De acuerdo. Suerte.

—Hasta luego.

Andy salió corriendo del despacho y bajó hasta la calle. Tardó bastante en encontrar otro taxi, y cuando lo logró fue hasta su apartamento, metió sus ropas y su cepillo de dientes en un maletín, y se dirigió al Golden Bowl en el mismo taxi, que le había esperado. Cuando llegó era muy tarde y el club estaba cerrado. Tan sólo estaban un camarero barriendo el suelo, Herb Rowe y Laura Lee. Las luces estaban casi apagadas. Cuando Herb le vio llegar se puso en pie y dijo apresuradamente:

—¡Vaya horas de llegar! Yo ya no puedo acompañaros hasta la casa del jefe porque es demasiado tarde, pero toma las llaves y llévala. Ella conoce el camino. Hasta luego. —Le dio un llavero y salió con mucha prisa.

Andy se volvió entonces hacia Laura Lee. Estaba sentada ante una mesa, con la gabardina echada sobre los hombros y jugueteando con una copa.

—Siento mucho haber tardado tanto —dijo Andy.

—No tiene importancia —contestó ella, y esbozó una sonrisa de simpatía—. ¿Nos vamos?

—Sí.

Laura dijo adiós al camarero y los dos salieron a la calle.

—¿Qué le pasó? —preguntó ella.

—Estuve buscando un cuchillo. Me lo ordenó Milt. ¿Cuál es su coche?

—Aquél —respondió Laura señalando uno negro.

Subieron y Andy dijo:

—Será mejor que conduzca usted. Yo no sé dónde está la casa.

—¿Sabe dónde está Central Park?

—Claro.

—Está al lado. Es fácil llegar —dijo ella, y volvió a sonreír.

—¿Quién vive en la casa? —preguntó Andy cuando estuvieron ya en marcha.

—Milt, Fergus Lippen, mi guardaespaldas, es decir usted, los criados y yo. ¿Por qué?

—Por saberlo. Me extraña que Milt no tenga más gente con él.

—No es necesario. Nunca está allí —dijo ella, y añadió—: Antes Milt dijo que era usted un viejo amigo suyo, y usted le llama Milt. ¿De qué se conocen? Nunca le había oído hablar de usted.

—Trabajamos juntos durante una época, para Pete Riessen.

—¿Para Pete? No cuando yo estaba con él.

—No, le dejé antes, como Milt. Pagaba mal.

—Ya.

No hablaron durante un rato hasta que Andy preguntó:

—¿Cómo llegó usted hasta aquí?

—¿Qué quiere decir?

—Sí, de dónde es, cómo se convirtió primero en novia o lo que sea de Pete y luego de Milt.

—Es una historia muy larga de contar, señor Michen.

—Llámeme Andy. Usted me dio permiso para llamarla Laura, ¿recuerda?

—Sí —dijo ella mirando la carretera. Parecía cansada y Andy se lo dijo. Ella sonrió de nuevo y contestó—: Sí, lo estoy.

Hubo otra pausa y Andy dijo:

—¿Me contará algún día su historia?

—Bueno, aunque no sé por qué le interesa tanto saberla.

—Me gusta conocer a las personas con quienes trabajo. Al menos dígame una cosa ahora: ¿está usted enamorada de Milt?

Laura le miró y respondió:

—Eso no le importa. —Pero añadió—: No.

—¿Lo estuvo alguna vez?

—No.

—¿Y de Pete?

—Tampoco. ¿A qué vienen estas preguntas?

Andy no contestó y volvió a preguntar:

—¿No lo ha estado nunca?

Ella suspiró y respondió:

—Sí, dos o tres veces, pero ya no me acuerdo.

—Supongo que Milt le pagará muy bien y que tendrá su vida prácticamente resuelta, pero, ¿no cree que hay otras cosas además del dinero? Me refiero a que en definitiva tiene que ser horrible vivir con una persona a quien no se quiere. ¿No se le ha ocurrido nunca dejar a Milt y tratar de vivir de otra forma, aunque no sea con tanto lujo?

Laura pareció despejarse y le miró sonriendo con asombro.

—¡Vaya! —dijo—. ¡Tengo un guardaespaldas bien raro! Nunca he conocido a un gángster, ya de Riessen, ya de Milt, que hablara como usted. ¿Cómo es eso?

—Bueno —dijo Andy sonriendo también—, es que yo soy muy especial.

—Ya lo veo, ya lo veo —dijo Laura.

Hubo una pausa y Andy dijo en un tono más bajo del que había empleado hasta entonces:

—¿Sabe? Creo que me va a gustar cuidar de usted. Me es simpática.

Laura le miró a los ojos y contestó:

—Gracias. A mí también me gusta usted.

Llegaron unos minutos después. Andy dejó a Laura en su cuarto tras darle amablemente las buenas noches, pasó al suyo, una habitación limpia y agradable, dejó su ropa en un armario y se metió en la cama, muy cansado.

—Buenos días, señor Robbins.

—Oh, buenos días, señora Ingels —dijo Mike levantándose—. Siéntese, por favor.

La señora Ingels se instaló frente a Mike, en una butaca del restaurante Marvel, y le preguntó:

—¿Para qué quería verme? Le dije que no me llamara hasta que Laura Lee estuviera condenada, y no he leído nada en los periódicos.

En aquel momento llegó el camarero.

—Un tomate y un helado, por favor —ordenó Emma Ingels.

—Café con leche para mí —dijo Mike, y añadió, cuando el camarero se hubo marchado—: Verá, señora Ingels. Usted nos ha hecho un encargo sin darnos la más mínima explicación, y no es fácil trabajar así. Hemos avanzado todo lo que hemos podido, pero ha llegado el momento de empezar a actuar directamente y no sabemos cómo hacerlo. El señor Michen se ha convertido en el guardaespaldas personal de Laura Lee. No importa cómo lo ha logrado. El caso es que lo es. Está junto a ella todo el día y tendrá oportunidad de hablar largamente, de ganarse su confianza e incluso es posible que su amistad. Pero no puede cometer un crimen que acuse a la novia de Milt Taeger así como así. Andy me trajo ayer la noticia de que Taeger le había dado el empleo, pero también me dijo que estaba completamente desorientado, que no sabía qué camino seguir, por dónde investigar. Está atado. Como verá, hemos llegado hasta un punto en el que sería una lástima dejar el caso, estando en tan buena situación. Pero nos veremos obligados a hacerlo si usted no nos da una pista, una indicación, si no nos lo cuenta todo: por qué quiere que Laura Lee sea ejecutada y si ello tiene algo que ver con el asesinato de su marido, y cómo era su marido, quién y por qué lo mató, qué tipo de vida llevaba, todo eso. Es indispensable para que sigamos adelante.

La señora Ingels cerró y abrió un par de veces sus ojos verdosos y dijo:

—De modo que saben lo de Percy.

—Sí. Basta con mirar en los periódicos de septiembre de 1935.

La señora Ingels abrió su bolso, sacó un cigarrillo, Mike se lo encendió, ella dio un par de chupadas y dijo:

—Está bien, señor Robbins. Creo que el señor Michen y usted están trabajando bien y quiero que sigan. Escuche. Percy, mi marido, era un hombre muy rico, millonario, pero no trabajaba. Se dedicaba a viajar y llevaba una vida tranquila. Leía mucho y coleccionaba e investigaba insectos. Era un hombre pacífico y amante del arte. Yo lo conocí en un crucero por el mar Egeo, hace tres años. Nos enamoramos y nos casamos inmediatamente. Éramos muy felices y llevábamos una vida muy sosegada, alejados de todo y de todos. Pero hace un año y medio aproximadamente, un mes antes de que lo mataran, salimos por la noche un día. No lo hacíamos nunca, pero de repente se le antojó a Percy. Fuimos al Golden Bowl, un club de Taeger. Allí trabajaba Laura Lee como cantante. No sé cómo pudo ocurrir, pero el caso es que Percy se quedó embobado con Laura Lee y empezó a ir a verla todas las noches. No me lo ocultaba, y yo trataba de comprenderlo, aunque me resultaba muy difícil aceptar que mi marido se había enamorado de la novia de un gángster. El caso es que él empezó a asediarla, a enviarle flores y a cortejarla, pero ella no le hacía caso. Por lo visto Percy se puso realmente pesado e incluso hizo algunas escenas en el club, en el camerino de Laura Lee. Taeger se hartó de él y lo eliminó. Eso es todo. Yo lo pasé muy mal, y sobre todo nunca podré perdonarle a Laura Lee que no hiciera caso a mi marido, que lo despreciara. Ella fue la causante de su infelicidad, de la mía, y de su muerte. No me diga usted que ella no tuvo ninguna culpa directa. Yo lo veo de otro modo y no viene a cuento discutir sobre ello. Como ve, se trata simplemente de una venganza. Yo no corro el menor peligro.

Ni Laura Lee ni Taeger me conocen, y lo más seguro es que los dos se hayan olvidado de Percy. Desde que murió mi marido he estado investigando sobre el mundo del hampa, para ver qué posibilidades de éxito tenía por mí misma. Eran prácticamente nulas, y por eso vine a ustedes. Es una venganza preparada con frialdad, pero eso no es asunto suyo. Usted aceptó el encargo y tiene que llevarlo a cabo. No creo que lo que le he contado le sirva de mucho, pero no importa. En realidad me da igual haberlo hecho. ¿Algo más, señor Robbins?

—Sí. ¿Cómo es que la policía no asoció la muerte de su marido, con Taeger si él iba todas las noches a uno de sus clubs?

—Iba, pero nadie lo sabía. Percy era rico, pero no conocido en sociedad. Nadie sabía quién era. Esta historia sólo la saben Laura Lee, Taeger, usted y yo. Y el que lo mató, supongo.

—Supongo que no —dijo Mike—. Los asesinos a sueldo de Milt Taeger nunca preguntan por qué tienen que matar a alguien. Una última pregunta: ¿a qué hora mataron a su esposo?

—Hacia las diez y media de la noche. ¿Por qué?

—Porque entonces no hay posibilidad de atribuirle el crimen a Laura Lee. A esa hora estaría en el club. Dígame, ¿por qué no contó todo esto a la policía? Ellos quizá hubieran podido hacer algo.

—No hubo testigos. En todo caso contra Taeger, y muy poco, se hubiera encontrado algo. Pero nada contra Laura Lee. Y además Blondell no era aún fiscal del distrito.

—Comprendo. Bueno, eso es todo, señora Ingels, gracias.

—No me vuelva a llamar hasta que...

Mike la interrumpió:

—Sí, ya sé. No se preocupe. Buenos días.

—Adiós.

La señora Ingels acabó su tomate y su helado, se puso en pie y salió. Mike fue al teléfono y llamó a su oficina.

—¿Lorraine? ¿Está Sheiner?

—Sí, señor Robbins.

—Dile que se ponga.

—Buenos días, señor Robbins —dijo Sheiner.

—Hola, Kent. Tengo un trabajo para ti.

—Vaya, por fin —dijo Sheiner—. ¿Cuándo va a decirme de qué se trata este asunto?

—Nunca, Kent. Es mejor. Nosotros te pagamos un sueldo mensual y tú sólo tienes que investigar lo que te ordenemos, sin preguntar de qué se trata.

—Está bien, señor Robbins. ¿Qué tengo que hacer?

—Tienes que ir a Park Avenue.

Cuando Kent Sheiner llegó a Park Avenue se dirigió a una tienda de antigüedades. Entró y no había nadie. Tocó una campanilla que había en la puerta y entonces apareció un hombre pequeño, calvo y con gafas muy gruesas, que le preguntó tímidamente:

—¡Qué desea, caballero?

—Quisiera ver al señor Noah Gilson —dijo Sheiner.

—Soy yo —contestó el hombrecillo—. ¿En qué puedo servirle?

Sheiner sacó su antiguo carnet de policía y dijo:

—Policía. Tengo que hacerle algunas preguntas.

Gilson pareció asustarse mucho y preguntó:

—¿Es por lo del señor Ingels? ¿Todavía andan con eso?

—Exactamente —respondió Sheiner—. Quiero que me diga todo lo que sepa sobre él y sobre su esposa.

—Pero ya lo dije cuando asesinaron al señor Ingels —protestó Gilson.

—No importa. Repítalo todo de nuevo, sin omitir un detalle, o podría verse en un aprieto.

—Está bien. No conocía apenas a ninguno de los dos. La señora Ingels venía de vez en cuando a llevarse algún objeto, aún viene alguna vez, y el señor Ingels sólo venía para cobrar las ventas, cada tres meses. Yo vi un anuncio en los periódicos en el que se ofrecía este empleo y me presenté. El señor Ingels tenía esta colección desde hacía mucho tiempo. Era de su padre, y antes de su abuelo, y decidió venderla porque no le interesaba conservarla. Poca gente compra antigüedades, pero a mí me pagan un sueldo fijo y el sitio es tranquilo y me gusta. Pero yo no sé nada del señor Ingels ni de su esposa, de nadie. Yo me limito a estar aquí. Nunca me mezclé con ellos.

—¿Qué sabe de la muerte del señor Ingels? —le preguntó Sheiner.

—Nada. Me enteré al día siguiente por los periódicos y fui yo quien tuvo que llamar a la señora Ingels. Ellos no se acuerdan nunca de mí, para nada. Ella me dijo que no me preocupara, que todo seguiría como hasta entonces, que no sabía por qué lo habían matado. Parecía apenada pero serena. Es toda una dama, fina, elegante y sobria. Creo que lo tomó por dentro.

Sheiner se mordió los labios pensativamente y dijo:

—Bueno, parece que dice usted la verdad. Está bien, gracias.

—De nada, señor —respondió Gilson.

Sheiner salió a la calle y se dirigió a las oficinas de Mike Robbins, agencia de investigación.

—Hola, Kent —le dijo Lorraine cuando entró—. El señor Robbins no está. Dijo que si venías fueras inmediatamente a su casa. Date prisa.

—Está bien —dijo Sheiner, y volvió a salir. Cogió otro taxi y fue al 357 de la calle 80. Subió hasta el octavo piso y llamó a una puerta. Era un edificio de apartamentos de tres o cuatro habitaciones.

—¿Quién es? —oyó que decía Mike desde dentro.

—Sheiner.

La puerta se abrió y Sheiner pasó. Andy estaba allí, sentado sobre una mesa. Se saludaron y Sheiner contó su conversación con Gilson. Cuando hubo terminado, Mike le dio las gracias y le dijo que podía marcharse. Una vez solos él y Andy, dijo:

—Bueno, parece que tampoco hay ninguna conexión entre Gilson y Taeger, como había pensado.

—No —dijo Andy—, pero sí hay un dato muy curioso.

—¿Sí? ¿Cuál es?

—Tú acabas de decirme que la señora Ingels te ha contado que su marido era un hombre pacífico y que amaba el arte, y Sheiner dice que Ingels puso en venta su colección de antigüedades, según Gilson, porque no le interesaban. Ahí hay una contradicción.

—Es cierto —murmuró Mike—. Uno de los dos miente.

—La señora Ingels —dijo Andy—. Que su marido puso en venta su colección es un hecho, mientras que su pasión por el arte son sólo palabras de ella.

—Pero no veo por qué iba a mentir en una cosa tan tonta.

—Yo tampoco. Pero si ha mentido en eso lo más probable es que también haya mentido en lo demás.

—Estas cosas me fastidian —dijo Mike con enojo—. Le pido que nos dé pistas y nos las da falsas. Cada vez veo todo menos claro.

—Bueno, qué se le va a hacer. Intentaré averiguar por Laura si la historia del marido es verdad, aunque no lo creo. Esto se está poniendo difícil.

—En fin, en último caso tendremos que cometer un crimen nosotros mismos, aunque espero que se te ocurra otra cosa mejor.

—Sí —dijo Andy pensativo. Calló y añadió—: Bueno, tengo que marcharme. Taeger se va a Chicago a mediodía y tengo que estar con Laura.

—¿Cuánto has dicho que va a estar allí?

—Tres o cuatro días. Voy a tratar de aprovecharlos al máximo. ¿Sabes? Me da lástima esa chica. Es simpática.

—Bueno, pero más lástima me daría perder esos veintiún mil dólares.

—Sí, supongo que sí. Bien, encárgate de averiguar algo más concreto acerca del señor Ingels. Si pertenecía a algún club o sociedad, cosas así, algo que pueda darnos una idea de la clase de hombre que era y en qué ambientes se movía. No creo que se pasara la vida inspeccionando insectos y cosas por el estilo.

—De acuerdo. Veré lo que puedo hacer.

—Hasta luego. Ya te llamaré —dijo Andy. Cogió su gabardina y su sombrero y salió.

—Hola, Andy. ¿Qué haces tú aquí?

Andy se volvió y vio a Herb Rowe a su lado. Llevaba corbata de pajarita y lucía un fino bigote. Sonrió forzadamente y contestó con una broma:

—¡Vaya, Herb! Cualquiera te reconoce con ese bigote. ¿Vas siguiendo a alguien?

—Sí, a ti —dijo Rowe, y añadió—: ¿Qué haces por aquí a estas horas? ¿De dónde vienes? ¿Quién vive ahí?

—Vengo de este portal, como supongo que habrás visto, Herb.

Herb hizo una mueca y respondió:

—Sí, lo he visto. Lo que quiero saber es a quién has visto tú.

—A mi antiguo socio, Mike Robbins.

—¿Para qué?

—¿A qué viene este interrogatorio y seguirme los pasos? —estalló Andy—. ¿Qué ocurre?

—Taeger lo ha mandado, así que contesta.

—Me tenía que pagar un mes de trabajo, el último. Eso es todo. He venido a cobrar mi dinero.

—¿Cuánto?

—Quinientos dólares. Como ves, me pagaban poco.

—Enséñamelos.

Andy se turbó durante una fracción de segundo, pero en seguida sonrió y contestó:

—Vine a cobrar, pero no cobré. Mike no tenía el dinero.

Herb frunció el ceño con desencanto y dijo:

—Ya. Te has librado esta vez, Andy, pero ve con cuidado. Mide lo que haces y a dónde vas.

—No te preocupes, Herb —dijo Andy—. ¿Hacia dónde vas?

—Donde tú, ¿no te acuerdas?

—Ah, sí, es verdad. Yo voy a casa de Taeger. ¿Vienes allí también?

—Pues claro. Te quiero ver dentro, junto a Laura Lee, y cumpliendo tu trabajo. Por cierto, ¿tienes el cuchillo?

—No. Lo estuve buscando en casa, pero no encontré ninguno. Y no he tenido tiempo de comprarlo.

—Sigues siendo listo, ¿eh? —dijo Rowe—. Ten —añadió, y sacó un cuchillo de monte de un bolsillo.

—Gracias. Pero ¿quieres explicarme de una vez a cuento de qué vienen todas estas estúpidas medidas conmigo?

—Te diré por qué. Porque ayer, cuando fuiste a buscar tu ropa, tardaste más de la cuenta, y eso no le gustó a Milt.

—¿Y quién se lo ha dicho? ¿Tú?

—Claro ¿Quién si no?

—La señorita Lee...

—Oh, no. A ella le da igual todo eso. Nunca se chiva a Taeger de nada, excepto de que sus matones intenten sobrepasarse con ella. Es lo único que Laura Lee no tolera. Que la besen. Sólo eso.

—¿Sólo eso? —preguntó rápidamente Andy—. ¿Y no le importa, por ejemplo, que le envíen flores, que la cortejen sin tocarla?

—No, eso incluso le gusta. Le encanta tener admiradores respetuosos, aunque sean insistentes. Mejor aún si lo son. ¿Por qué? ¿Es que piensas hacerle el amor?

—No, sólo por curiosidad —respondió Andy.

Subieron al coche de Rowe y llegaron a casa de Taeger en unos minutos. Cuando llamaron a la puerta de Laura, ésta fue abierta por un tipo flaco y de mirada descentrada.

—Hola, Fergus —dijo Herb entrando.

Andy le siguió. Taeger estaba sentado en la cama mientras Laura terminaba de hacer una maleta.

—¿Qué hay? —dijo él al verlos—. ¿Os habéis encontrado?

—Sí —contestó Herb—. Andy había ido a cobrar un dinero a Mike Robbins, su antiguo socio.

—¿Y lo cobraste? —preguntó Taeger dirigiéndose a Andy.

—No.

—Eso nunca me pasa a mí.

En aquel momento Andy miró a Laura. Ella le estaba mirando también y sonrió.

—¿Puedo irme, jefe? —preguntó Rowe.

—Sí, puedes largarte —contestó Milt—. Y quítate ese ridículo bigote. Te hace más enano todavía, ¿verdad, Fergus?

Fergus no movió un solo músculo de la cara y respondió:

—Sí. —Luego miró a Rowe, que se puso su sombrero y salió.

Laura cerró la maleta y dijo:

—Bueno, ya está.

—Bien —dijo Milt—, vámonos.

Llamó a un elegante mayordomo que bajó el equipaje y entonces se dirigió a Andy.

—Bueno, Andy —dijo—, cuida de Laura. Aquí tienes una llave de la casa. Fergus se queda aquí y te dará instrucciones cuando sea necesario. Recuerda que no quiero deslices, ni que te retrases como ayer.

—¿Me van a seguir vigilando? —preguntó Andy—. Eso no me gusta, Milt, y tampoco creo que sea necesario.

—No lo sé, ya veremos —respondió Milt. Besó a Laura, se despidió de Fergus y salió.

—¿Tengo que hacer algo en especial? —preguntó entonces Andy.

Fergus estaba mirando a Laura. No desvió su mirada, pero contestó:

—Sólo lo que ha dicho el jefe. Protegerla.
—Bien.
—Si necesitas algo, Laura —dijo Fergus—, estaré en casa de Jim. Hasta luego.
—Hasta luego, Fergus.

Fergus Lippen salió de la habitación y un minuto después Laura y Andy oyeron la puerta que se cerraba. Laura se sentó en la cama y Andy hizo lo mismo en un butacón. Encendió un cigarrillo y dijo:

—¿Qué va a hacer esta noche, antes de ir al Bowl?

—Nada —respondió ella—. Casi nunca hago nada. Me acuesto tarde y me levanto tarde y alguna vez voy de compras o al cine, y luego otra vez al club.

—Ya —dijo Andy. Miró la boquilla de su cigarrillo, la arrancó, siguió fumando, y añadió al

cabo de un rato—: ¿Qué le parece, qué le parece si vamos a algún sitio esta noche? A la feria, por ejemplo. A Coney Island. Hay tómbolas, montaña rusa, tiro al blanco, tiovivos y todo eso.
—Me gustaría mucho —dijo ella.

En Coney Island había toda clase de juegos y diversiones. Laura parecía muy contenta. Andy ganó un reloj de cuco tirando al blanco y se lo regaló a Laura. Subieron hasta el monte de las maravillas y compraron golosinas y chocolate en abundancia. Estuvieron en la montaña rusa, en los toboganes gigantes y en el túnel de los horrores, donde Laura pasó miedo. Vieron la sala de los espejos cóncavos y convexos, al pato Lucas en persona, al hombre que comía piedras una tras otra sin parar, a la mujer mono, al caballo con dos cabezas y cuatro patas, a la foca habladora, al gnomo gigantesco, a las pulgas amaestradas, a Jimmy Karoubi, el enano que se atravesaba el cuello con unas tijeras, a las plantas carnívoras, a los dobles de Clark Gable y Myrna Loy, a las figuras de cera y al hipopótamo cantante.
Eran las ocho y cuarto cuando Laura preguntó qué hora era, y al decírselo Andy exclamó:
—¡Hay que irse! Tengo mi primera canción a las nueve y media.
—Tenemos tiempo de tomar un helado —contestó Andy. Fue a comprar unos triples, volvió y se sentaron en un banco. Laura estaba radiante y sofocada.

—Hacía tiempo que no lo pasaba tan bien —dijo.

—Ni yo —dijo Andy. Hizo una pausa y entonces preguntó—: ¿Sabes tú por qué Milt hace que me sigan?

Ella le miró sin reaccionar del todo y tardó unos segundos en responder:

—Ah, no sé. Sólo sé que esta mañana me preguntó si me habías dicho por qué tardaste tanto anoche.

—¿Y qué le dijiste?

—Que habías estado buscando un cuchillo.

—Ya —murmuró Andy pensativo.

—Pero no te preocupes —le dijo Laura al verle así—. No quiere decir nada. Son manías de Milt. De vez en cuando manda alguna cosa rara, pero no significa que desconfíe de ti ni nada por el estilo.

—Ahá —dijo Andy. Hizo una pausa de nuevo y añadió—: Debe de ser verdaderamente muy celoso, ¿no?

—¿Quién?

—Milt. Me han contado que mató a un hombre que te hacía la corte.

Laura volvió a mirarle extrañada, como si no comprendiera muy bien por qué Andy se ponía a hablar de aquellas cosas de repente. Sin embargo dijo:

—¿Quién? ¿Mort? No fue por eso. Fue porque trató de besarme y él lo vio.

—No —la interrumpió Andy—. No me refiero a Mort, sino a otro tipo, hace año y medio. Creo que se llamaba English, o Engels.

—Ah, Ingels. Sí, ya me acuerdo. Pero tampoco lo mató por hacerme la corte.

Andy se mordisqueó los labios y dijo:

—Pues eso es lo que yo había oído. Que te enviaba flores, que iba todas las noches al Golden Bowl a escucharte, y que Milt estaba celoso y lo eliminó.

—Eso es verdad, que me cortejaba. Pero Milt no tenía celos de él. Era un tipo pequeño y feo, bastante gracioso, pero nada más. A mí me era simpático, incluso le tenía algún cariño. Era amable y me hacía regalos. Me dio pena que Milt lo matara.

—¿Por qué lo hizo entonces? —preguntó Andy bastante nervioso.

—No sé, por algo de negocios, supongo. Yo nunca sé qué es lo que Milt se trae entre manos ni quiero saberlo.

—¿Tenían negocios en común?

—Bueno, no sé si serían negocios, supongo que sí. Se veían con frecuencia en el club, después de mi actuación. Siempre me hacían una visita a mi camerino los dos juntos, y el señor Ingels me llevaba flores o algún regalo. Luego se iban a hablar de sus asuntos.

—Así que Ingels te cortejaba delante de Milt —murmuró Andy.

—Bueno, cortejar no es la palabra exacta. Me admiraba, le gustaban mis canciones, era educado y atento y por eso me obsequiaba. Pero nunca pretendió nada de mí. Milt no tenía por qué estar celoso. Se portaba muy correctamente.

—Ya. ¿Cuánto duró aquello?

—Un mes, quizá menos, no sé exactamente —contestó Laura, y entonces pareció reaccionar y añadió—: Pero, ¿por qué te interesa tanto eso? Fue sólo un muerto más. Yo ya estoy acostumbrada, y casi ni lo noto cuando Milt me dice que tiene que eliminar o que viene de eliminar a alguien. Al principio, con Riessen, me horrorizaba, pero ahora me da igual. Ya sé que es monstruoso, pero es la verdad.

—Es lógico —dijo Andy poniéndose en pie. Miró el reloj y añadió—: Es hora de marcharse. Vámonos.

Llegaron al Golden Bowl a las nueve y veinte, justo con el tiempo de que Laura se cambiara de ropa y saliera a escena. Fergus, Herb y Jim Arnt, otro de los gángsters de Milt, estaban sentados a una mesa con dos mujeres. Mientras Laura estaba cantando, Andy aprovechó para acercarse a un teléfono. Marcó el número de la casa de Mike pero nadie contestó, así que colgó y se sentó cerca de la pista. Cuando Laura le vio, esbozó una sonrisa y le hizo un gesto con la mano, al que Andy correspondió con otro. Pidió vodka a un camarero y encendió un cigarrillo. Al poco rato vio que Fergus Lippen se acercaba. Se sentó frente a él y dijo de malos modos:

—¿Se puede saber dónde habéis estado esta tarde?

Andy le miró de arriba abajo y respondió:

—En la feria.

—Déjate de bromas. ¿Dónde habéis estado?

Andy le miró fijamente. Fergus parecía de mal humor. Respondió:

—Si no me crees, ¿por qué no se lo preguntas a la señorita Lee?

—Te lo pregunto a ti, y sólo lo haré tres veces. ¿Dónde habéis estado?

Andy se pasó la punta de la lengua por los labios y dijo:

—Ya te lo he dicho, Fergus o como te llames. La señorita Lee quería ir a Coney Island y yo, como ha ordenado Milt, tengo que acompañarla a donde vaya.

Fergus no se inmutó, pero sus ojos brillaron y se estrecharon un poco. Tardó unos segundos en volver a hablar, y fue para decir:

—Escúchame, cretino, tengo una pistola debajo de la mesa, apuntándote. Si no me dices la verdad ahora mismo, te dejo en el sitio.

Lo dijo muy serio y Andy empezó a sudar. Se humedeció los labios e iba a intentar convencer de nuevo a Fergus de que estaba diciéndole la verdad cuando Laura terminó la canción que estaba interpretando en aquel instante y se reunió con ellos. Al ver las caras de los dos preguntó:

—¿Qué ocurre con vosotros dos? Parecéis en trance.

Andy se pasó una mano por la frente y contestó:

—Fergus no cree que hemos estado en Coney Island. Díselo, Laura.

Laura Lee miró a Fergus con reprobación y dijo:

—Pues claro que hemos estado allí. Es la verdad, Fergus.

Fergus sacó entonces la pistola de debajo de la mesa y se la metió en el bolsillo con aire avergonzado. Luego se levantó y salió del club sin decir una palabra.

—¿Qué ocurre con Fergus? —preguntó entonces Andy a Laura.

—Creo que tiene debilidad por mí, y es muy celoso, incluso más que Milt. No le importa que Milt me bese delante de él, pero no toleraría que otro lo hiciera. Él fue quien se encargó de matar a Mort. En seguida tiene celos de cualquiera que se me acerque.

—¿Y qué dice Milt a eso?

—No le importa. Fergus es también de los silenciosos inofensivos. Nunca me ha dicho nada, pero esas cosas se notan.

—Ya veo —dijo Andy.

Al día siguiente, Andy fue a ver a Mike a su casa. Éste estaba desayunando en la cocina y le saludó con aspecto de buen humor.

—Hola, Andy —dijo—. ¿Quieres desayunar?

—Sí —contestó éste sirviéndose café y tostadas. Se sentó y añadió—: He averiguado cosas interesantes. ¿Y tú?

—No. No he encontrado nada nuevo acerca de Ingels. Cuéntame.

—Bien. Ingels tenía negocios o algo parecido con Taeger. No es exactamente cierta la historia de sus amores por Laura, Tan sólo la admiraba y le hacía regalos, pero todo con el beneplácito de Taeger. No lo mató por ese motivo. Tuvo que ser por otra causa.

—Eso es interesante, pero nos deja peor que antes. Me fastidia que la señora Ingels mienta todo el rato. ¿Qué vamos a hacer ahora?

—Tengo una idea. Hay otra cosa que he averiguado. Ya te hablé de Fergus Lippen, el segundo de Taeger, ¿no?

—Ajá.

—Bueno, pues está enamorado de Laura.

—Vaya, eso está bien, muy bien —dijo Mike sonriendo.

Cuando Andy volvió a casa de Taeger, Laura no se había levantado aún. Andy esperó en su cuarto media hora, hasta que ella apareció en bata y le dijo sonriente:

—Buenos días, Jimmy Karoubi.

—Hola —dijo Andy sonriendo a su vez—. ¿Has soñado?

—Sí. Soñé que Jimmy Karoubi nos amenazaba con una pistola.

—¿Y qué pasó?

—Tú se la quitaste.

Andy volvió a sonreír y dijo, dando unas palmadas en el sofá en que se encontraba sentado:

—Ven, siéntate aquí, a mi lado.

Laura lo hizo y preguntó:

—¿Llevas mucho tiempo levantado?

—Sí, más de hora y media.

—¿Dónde está Fergus? —preguntó ella de repente.

—No sé, no le he visto esta mañana. ¿Por qué?

—Me gustaría hablar con él, por lo de ayer. Quiero que me diga las cosas claras.

—No sé si harás bien. Si él no te ha dicho nunca nada será mejor que lo dejes como está.

—Pero no me gusta notar que me vigila, y que está celoso por lo más mínimo. Quiero hacerle ver que él no tiene ningún derecho sobre mí y que soy libre de hacer lo que quiera y de ir con quien quiera.

—Eso no se lo dirías a Milt.

—Pero es distinto. Con Milt ya sé a qué atenerme, pero con Fergus es distinto.

—Aun así, no creo que fuera bueno que hablaras con él. Pero si quieres yo puedo decirle algo, hablarle por ti. Es mejor que tú no hables de ello con él y le des pie quizá a algo desagradable, a alguna escena, no sé. Siempre es mejor que lo evites.

—La verdad es que te lo agradecería, Andy. ¿Puedes hacerlo?

—Claro.

—¿No tienes miedo después de lo que pasó ayer entre vosotros?

—No, de verdad.

—¿Cuándo hablarás con él?

—Hoy, esta noche, en el club.

—De acuerdo —dijo ella. Miró a Andy con ternura y le pasó una mano por una mejilla mientras añadía—: Eres muy bueno, Andy. Gracias.

Luego se levantó del sofá y salió, para vestirse y desayunar. Andy se pasó una mano por la mejilla que Laura le había acariciado y se quedó mirando hacia la puerta por la que ella había salido.

LA GRAN NOCHE

Aquella noche, mientras Laura interpretaba sus canciones en el escenario, Andy buscó a Fergus. Lo encontró entre bastidores, mirando a Laura con mucha atención. Andy le dijo cuando le vio:

—Fergus, quiero hablar contigo.

—No tengo nada que hablar contigo —contestó Fergus secamente.

—Pero es importante —insistió Andy—. Es sobre Laura. Al oír esto Fergus le miró con más interés y contestó:

—Está bien. Vamos a la calle.

Los dos salieron de bastidores, y cuando pasaron junto a la mesa que ocupaban Herb Rowe y Jim Arnt, Andy dijo:

—Quisiera que también viniera Herb.

—¿Para qué?

—Es un problema lo que tengo que explicarte. Quizá nos pueda ayudar a encontrar una solución.

—Está bien —dijo Fergus.

Andy avisó a Herb y los tres salieron a la calle.

—Creo que será mejor que demos un paseo en coche —dijo Andy dirigiéndose a uno de los de Taeger.

Los tres montaron, Andy al volante y Herb detrás, y se pusieron en marcha. Llegaron hasta las afueras de la ciudad sin que ninguno de ellos abriera la boca, hasta que Andy, al llegar a un drive-in, se desvió y se metió dentro. Dejaron los aparatos que les habían entregado para escuchar el sonido de la película y entonces Fergus preguntó con visible impaciencia:

—Bien, ¿qué ocurre con Laura?

Andy carraspeó y empezó, mirando a la pantalla.

—Bueno, la verdad es que a quien debería decirle esto es a Milt, pero no está y la cosa es grave. Creo que deberíamos arreglarlo nosotros antes de que él llegue y procurar que no se entere.

—Di de una vez de qué se trata —le apresuró Fergus.

Andy se mordió los labios y por fin dijo con voz apagada:

—Laura Lee tiene un amante.

La cara de Fergus experimentó un cambio muy brusco. Apretó los dientes y su extraviada mirada se endureció.

—¿Cómo lo sabes? —preguntó.

—Los he oído a través de la pared de mi cuarto.

—¿Qué has oído? —preguntó Herb con escepticismo.

—Voces de hombre, risas, unos golpecitos en la puerta, una persona que entra, una hora después una puerta que se abre y una persona que sale, ruidos, conversaciones en voz baja, buenas noches. Y también grititos inconfundibles. Es suficiente.

—¿Y no sabes quién es? —preguntó Herb.

—No. ¿Qué podemos hacer?

—Interrogarla —dijo Fergus, mirando hacia la película.

—No creo que ella diga nada —contestó Andy—. Lo negará todo. En realidad no hay pruebas.

Fergus seguía mirando hacia adelante y dijo:

—Dejádmela a mí. Yo sé cómo hacer que hablen las personas.

—No sé si a Milt le gustaría que emplearas tus métodos con Laura, Fergus —intervino Herb.

—No me importa —dijo aquél—. Y además creo que Milt hubiera hecho lo mismo. Es preciso sacarle la verdad como sea, que nos diga quién es el tipo y eliminarlo rápido, antes de que Milt vuelva de Chicago. Tiene razón Michen: sería mejor que no se enterara. Hay que tener solucionado este asunto antes de que Milt llegue.

Herb se rascó la cabeza sin pelo y dijo:

—Está bien, pero conste que tú cargas con toda la responsabilidad.

—Sí —añadió Andy—. Recuerda que yo estoy encargado de que Laura no sufra el más leve rasguño.

—Sí, ya sé todo eso —dijo Fergus—. No os preocupéis. No la pegaré mucho si no es necesario. Pero tiene que decírmelo todo.

—Haz lo que quieras —dijo Herb—. Lo único que quiero que quede bien claro es que esto es asunto tuyo, que tú has decidido hacerlo y que tú lo has hecho solo. Yo no tengo nada que ver.

—Ni yo —dijo Andy—. Tú me has ordenado que te deje llegar hasta ella y yo he obedecido. Eso es todo. ¿De acuerdo?

—Sí, de acuerdo, de acuerdo —dijo Fergus—. Yo cargo con toda la responsabilidad.

—Aun así, ¿no sería mejor esperar a que viniera Milt? —dijo Herb.

—No —respondió Fergus—. Quiero ser yo el que se encargue de esto.

—Está bien, como quieras —dijo Herb—. Y ahora vámonos. No me gusta el cine.

Andy puso el coche en marcha y salieron a la carretera.

—¿Cuándo vas a interrogarla? —preguntó cuando ya estaban llegando al Golden Bowl.

—Cuanto antes mejor.

—¿Esta noche?

—Sí.

—¿En casa?

—Sí.

—Que sea tarde, a las tres o a las cuatro.

—¿Por qué?

—Es mejor que lo hagas en el cuarto de baño verde del último piso, lejos de las habitaciones de los criados, cuando estén dormidos, y también lejos de mi cuarto, ¿entiendes? Allí no te podrá oír nadie.

—Entiendo. Está bien. Cuando tú estés dormido. Lo haré así.

Cuando llegaron al club Andy buscó un teléfono y llamó a Mike. Cuando éste respondió Andy dijo:

—Ya está. Puedes mandar a Tilvern a casa antes de las tres. Que la... que la mate en el cuarto de baño verde que hay en el último piso. Allí nadie oirá nada. Y que sea a golpes, que parezca que se le ha ido la mano en un interrogatorio. Eso es todo. —Y colgó antes de que Mike pudiera reírse o felicitarle. Se sentó a una mesa y unos minutos después Laura terminó su número y fue a sentarse a su lado. Sonreía y dijo alegremente:

—¡Hola! ¿Has hablado con Fergus?

—Sí —dijo Andy—. Todo arreglado.

—Pero cuéntame —le insistió ella, y le pasó la mano por la barbilla. Parecía estar de muy buen humor.

—Pues eso —dijo Andy secamente—. Parece que lo ha comprendido y que no te vigilará más.

—Gracias, Andy —dijo entonces Laura con voz llena de ternura, y añadió—: Ya he terminado mi actuación por esta noche. ¿Por qué no vamos a dar un paseo en coche? —Y al ver que Andy no parecía muy dispuesto, agregó—: Por favor.

—Está bien —dijo Andy poniéndose en pie.

Los dos salieron y cuando pasaron junto a Fergus Andy no le miró.

Ya en la calle subieron al coche.

—¿A dónde vamos? —preguntó Andy.

—Por ahí —contestó Laura indicando una dirección.

Andy puso el coche en marcha. Laura hablaba todo el rato de cosas triviales y había cogido del brazo a Andy. Este procuraba no escucharla y miraba fijamente la carretera. Cuando llegaron a una especie de parque ella dijo:

—Para aquí.

Andy detuvo el coche.

—Me alegro de que estés aquí, conmigo —dijo Laura.

Andy no contestó y entonces ella añadió:

—Me alegro de que seas mi cuidador y de que siempre estés a mi lado.

Andy parecía muy incómodo y desasosegado y tampoco dijo nada esta vez. Entonces ella puso una mano en la cara de él y le obligó a mirarla. Andy estaba bastante pálido. Laura sonreía dulcemente y entonces él aproximó su rostro al de ella y la besó tímidamente. Ella le abrazó y le dijo:

—Creo que te querré dentro de unos minutos.

Andy se separó de ella y la miró,

—Yo ya te quiero —dijo.

Miró el reloj y vio que eran las dos y cuarto. Puso el coche en marcha y añadió:

—Tenemos que irnos. Ahora no puedo explicarte, pero tenemos que marcharnos de aquí. No me preguntes ahora. Sólo confía en mí.

Laura le besó de nuevo y el automóvil salió del parque. Cuando llegaron a casa de Milt, Andy dijo:

—Quédate aquí. No te preocupes. No pasa nada pero tengo que ir a un sitio para que no pase nada de verdad. Estaré de vuelta antes de una hora. No te preocupes. Todo irá bien. Confía en mí.

—Confío en ti —dijo ella. Le besó una vez más y salió del coche.

Andy se dirigió entonces a casa de Mike. Llamó al timbre, pero nadie salió a abrir. Volvió a llamar seguido y esperó tres minutos hasta que Mike le abrió en pijama.

—¿Qué hay? Me acababa de acostar —dijo éste.

—Tengo que hablar contigo, Mike —contestó Andy pasando.

—¿Qué ocurre? ¿Algo va mal?

—Sí, pero vamos a sentarnos —dijo Andy. Pasaron a un salón contiguo a la entrada. La puerta se quedó abierta. Mike se sentó detrás de una mesa y Andy hizo lo mismo en una butaca. Mike encendió un cigarrillo y dijo:

—¿De qué se trata? Espero que no sea grave.

Andy se pasó una mano por la barbilla y dijo:

—Se acabó este asunto, Mike. Ya no se hace.

—¿Qué? —dijo Mike al tiempo que expulsaba el humo de su cigarrillo apresuradamente—. ¿Qué quieres decir?

—Que nadie va a matar a Laura —respondió Andy.

Mike intentó sonreír y dijo:

—¿Qué? ¿Es una broma?

Pero Andy estaba muy serio y contestó:

—No, no es ninguna broma. Me he enamorado de ella.

Mike estaba atónito.

—¿Que te has enamorado de ella? Pero tú estás loco. Después de todo lo que has hecho. Hace un rato me llamaste diciéndome que ya estaba todo a punto, que enviara a Tilvern. Cuando me dijiste que preferías que lo hiciera él supuse que te costaría algún trabajo porque le habrías tomado algo de simpatía o cariño a la chica, pero jamás se me hubiera ocurrido que estuvieras enamorado de ella. Y además, ¿por qué no lo has dicho antes? ¿Por qué has seguido con el asunto hasta el final?

—No lo sé, Mike. No me he dado cuenta de ello hasta hace unos minutos. Notaba algo, pero de una manera muy vaga, e intentaba no profundizar en ello. Por eso he seguido hasta el fin. Cuando pensaba en el negocio y tramaba planes para llevarlo a cabo no lo asociaba con Laura, con su persona, con ella en sí, lo veía como algo que tenía que hacer y que en realidad no tenía relación con ella, con la persona que yo conozco, ¿comprendes? No relacionaba una cosa con la otra. Pero ahora me he dado cuenta. Y ella me quiere también. Siento mucho que pierdas este dinero, Mike, pero no podemos seguir adelante, ¿lo entiendes? Haré lo que sea para pagártelo, pero el encargo de la señora Ingels se acabó.

Mike sonrió sacando la lengua como solía hacerlo y dijo:

—Eso habría que discutirlo largamente, Andy.

Este le miró atemorizado y preguntó:

—¿Qué quieres decir?

—Que yo también he trabajado en este asunto y que no estoy dispuesto a perder ese dinero. Ya he perdido una parte por tu culpa, por no hacer tú personalmente el trabajo y haber tenido que pagarle a Tilvern dos mil dólares sin explicarle nada. Y ahora no voy a quedarme sin nada porque tú crees que estás enamorado. Hicimos un trato, Andy, y hay que cumplirlo. Hemos arriesgado mucho en este asunto y ahora no podemos echarnos atrás. Lo siento por ti.

Andy empezó a excitarse.

—¿Estás loco, Mike? ¿Crees que voy a permitir que llames a Tilvern? Antes te mataré.

Mike se echó a reír y dijo:

—No tienes que impedir nada, Andy. Tilvern salió de aquí veinte minutos antes de que tú llegaras. Ahora debe de estar ya golpeando a la chica en la cabeza. Habrá entrado en la casa ya, con la llave que tú me diste.

El rostro de Andy expresó terror y se levantó dispuesto a salir, pero en aquel momento Mike sacó una pistola de un cajón de la mesa que tenía ante sí, le encañonó y dijo:

—Quieto ahí, Andy. No te muevas. Vamos a estarnos los dos aquí hasta que venga Tilvern, esperando pacientemente.

Andy miró la pistola. Estaba sudando y dijo:

—Por favor, Mike, déjame ir. Te prometo que tendrás tus diez mil. Los conseguiré como sea.

—¿Cómo? —preguntó Mike escéptico—. ¿Con lo que te paga Taeger? ¿Crees que ibas a durar mucho siendo el amante de su novia? Esas cosas se notan. Lippen se daría cuenta, o el mismo Taeger. No, Andy, no. Esto es seguro. Lo has hecho muy bien, has tenido una brillante idea con lo de Lippen y ahora te tienes que aguantar. Ya sabías que el asunto era muy sucio y Laura Lee muy bella cuando lo aceptamos. Ahora no puedes volverte atrás. La cosa está medio hecha y nadie puede impedirla. No sé cuáles serían tus planes para el futuro, pero yo ya tengo un billete de avión para Río. Lo siento, pero no te moverás de aquí.

—Déjame ir o te juro que te mataré, Mike.

—Eso ya lo veremos, Andy. Por ahora el único que puede matar aquí soy yo —dijo Mike, y movió la pistola.

En aquel instante Andy se abalanzó sobre él, saltando por encima de la mesa. La pistola se disparó dos veces y se oyó un quejido. Mike se quitó de encima el cuerpo de Andy y se levantó. Dio la vuelta al cadáver, que se había quedado extendido sobre la mesa, y lo miró. Andy tenía la camisa llena de sangre y un agujero de bala a la altura del corazón.

Mike no tuvo ni siquiera tiempo de limpiarse porque en aquel instante la puerta de la entrada fue derribada y recibió una descarga. Dobló las rodillas, miró hacia adelante, y vio a dos hombres que nunca había visto antes, con pistolas en la mano. Él estaba en pijama. Luego se desplomó. Herb Rowe se acercó a él y dijo:

—Mira si Michen está muerto.

Jim Arnt fue hasta Andy y dijo:

—Sí. ¿Por qué lo mataría?

—No sé —respondió Herb—. Sólo sé que le debía dinero. No le va a gustar al jefe que no lo hayamos impedido.

—No tenemos la culpa —protestó Jim—. Nosotros lo hemos seguido, como él dijo. No nos ordenó que veláramos por su vida. Sólo que vigiláramos sus idas y venidas de vez en cuando, cuando tuviéramos tiempo.

—Lo que no sé —dijo Herb— es qué pasará con lo del amante de Laura. Parece que Michen era su amante, ¿oíste? No entiendo nada.

—Quizá Laura pueda explicarnos algo —dijo Arnt.

—Sí, vamos allí —contestó Herb—. En caso de que sepa algo, Fergus se lo sacará.

Los dos salieron a la calle. Oyeron la sirena de un coche de policía que se acercaba, por lo que montaron en su coche y se alejaron rápidamente. Llegaron a casa de Milt un cuarto de hora después y vieron que había un par de luces encendidas. La casa era un edificio de varios pisos y pertenecía a Milt. Llamaron a la puerta y nadie salió a abrir. Esperaron cinco minutos más llamando constantemente hasta que un criado les abrió la puerta. Estaba en bata y parecía haberse levantado en aquel mismo instante.

—¿Está el señor Lippen? —preguntó Herb.

—No sé, señor Rowe —contestó el criado—. Supongo que sí, pero...

Herb no le dejó continuar. Le dio un empujón y fue hasta el salón, seguido por Jim. Allí estaba Fergus, sentado en un sillón, con la mirada perdida en el vacío y una copa en la mano.

—¿Qué pasa? —le preguntó Herb.

Fergus parecía ausente, pero respondió:

—Está muerta.

—¿Quién? ¿Cómo? —preguntó Herb con impaciencia.

Esta vez Fergus no contestó. Herb salió de la habitación y subió hasta el cuarto de baño verde del último piso. Se asomó y volvió a salir. Se reunió con Jim, Fergus y el criado y preguntó de nuevo:

—¿Cómo fue? —Nadie respondió y entonces añadió—: ¿Por qué lo hiciste?

Fergus tampoco contestó esta vez.

—¿Te contó algo? ¿Qué te contó? —le preguntó Herb de nuevo sacudiéndole.

Pero Fergus no se daba cuenta de nada. Herb entonces cogió el teléfono y marcó un número. Dijo:

—¿Telefonista? Por favor, querría una conferencia con el hotel Cleveland de Chicago. No, no sé el número. —Esperó un par de minutos y añadió—: ¿Hotel Cleveland? Quisiera hablar con el señor Milt Taeger, por favor. —Hubo otra pausa y continuó—: ¿Señor Taeger? Soy Herb, desde Nueva York. Coja el primer avión. Han ocurrido muchas cosas. ¿Laura? No, lo siento, señor Taeger. Ella es. Fergus la ha matado. A golpes, parece. Sí, sí, señor Taeger, está muerta, seguro. ¿Michen? También está muerto. Lo siento, señor Taeger. Sí, sí, seguro que está muerta. Tiene el cráneo destrozado. Sí, venga pronto, por favor, es lo mejor que puede hacer.

Mientras Herb Rowe hablaba, hubo un movimiento de cámara hacia una ventana y se vieron los rascacielos.

Junio de 1969-Enero de 1970

Epílogo de 1999

Doce años han transcurrido desde el *Prólogo* con que se abre esta edición, y en principio no tengo apenas más que añadir. Quizá tan sólo que, junto con las ochenta páginas que del original de *Los dominios del lobo* suprimí entre su conclusión primera y su definitivo término, hice también desaparecer una interminable dedicatoria, de una veintena de páginas si no más, en la que se mezclaban personas y lugares reales con personajes y territorios de ficción: de John Wayne a Elisha Cook Jr, de «Scott Carey» al «Barón de Arizona», para entendernos un poco. Más que una dedicatoria parecía un reconocimiento o confesión de las fuentes de que me había valido o en que me había inspirado, acaso con una honradez propia de aquellos tiempos y de otros más antiguos: hoy en día la mayoría de los escritores se caracterizan por silenciar las suyas cuando las tienen y aun ocultarlas taimadamente, incluso cuando son evidentes. Podría poner docenas de ejemplos, me limitaré a lanzar al viento una adivinanza: ¿qué novela celebrada y premiada de un Premio Nobel calca calladamente su arranque y su penúltima página de los párrafos finales que acompañan el estupor o aflicción de «Gabriel Conroy», protagonista del relato «Los muertos», en *Dublineses* de Joyce? Si lo pregunto es porque ni un solo crítico lo señaló en su día, no sé si por ignorancia inverosímil o por connivencia. (El calco, con todo, imperfecto y sin alma, estropeaba el original, como suele suceder.) Si aquella abusiva dedicatoria mía cayó al final, fue sólo por redundante: o publicaba la novela o publicaba la dedicatoria, y en la primera se confesaban también sin disimulo las fuentes.

Así que ahora son veintiocho años los transcurridos desde la primera publicación de *Los dominios del lobo,* lo cual es bastante más que la mitad de mi vida y algo excesivo a todas luces. En ese periodo de tiempo he escrito otras ocho novelas, un ritmo respetuoso para con mis posibles lectores. Y acaso me habría limitado aquí a comentar con perplejidad estos cómputos si no fuera porque en la más reciente de ellas, *Negra espalda del tiempo,* de 1998, me referí muy de pasada —en alguna línea que no recuerdo ni tampoco encuentro— a *Los dominios del lobo* como a «mi mejor novela», o «acaso mi mejor novela todavía», algo así, no lo sé, no doy ahora con la condenada cita. Sea como fuese, quizá no esté de más dar una breve explicación de ese comentario aquí y ahora, cuando este libro vuelve a visitar la imprenta.

Aparte de que haya personas para quienes en efecto puede serlo —quiero decir mi mejor novela, mi hermano Miguel entre ellas—, si yo he llegado a tener la misma sensación a veces —a veces—, no es desde luego a causa de un espíritu autoflagelante que me atormente de noche susurrándome con convencimiento que no he hecho más que empeorar como novelista desde el remoto 1971, sino que más bien es debido a mi idea o certeza de que las más notables y perdurables obras dadas a la historia por ese género poco definible y mal definido siempre, son obras que se han apartado sin vacilaciones de la convención y ortodoxia a que se lo ha querido ceñir a menudo, para así acotarlo, restringirlo, empequeñecerlo y trivializarlo.

Cada vez que leo u oigo decir a un escritor o a un crítico perogrulladas o tautologías como «la novela consiste en contar una buena historia bien contada»; o que «una novela debe tener personajes y argumento»; o «trama»; o que «debe reflejar la vida o la realidad o su época»; o que «sus elementos deben estar bien hilados y encajar entre sí»; o que «la historia debe cerrarse»; o que «todas sus partes y episodios han de ser pertinentes»; o cuando se critica que tal o cual factor «no añade nada al conjunto del relato»; o cuando se hacen loas al «placer de narrar», o a la «fascinación de la intriga», o al «quehacer artesanal de contar»... Cada vez que leo u oigo decir estas simplezas —y se repiten hasta la saciedad, al menos en España y similares—, primero bostezo, y luego no puedo evitar pensar que quedarían fuera de tales méritos, virtudes o cualidades, e incumplirían tales deberes, tareas o preceptos, la mayor parte de las obras maestras que ese género ha dado, desde el dispersísimo, digresivo, espisódico, siempre impertinente y esforzadamente ampliado *Quijote* hasta el vaivén constante de las novelas de Bernhard, pasando por la narración sincopada e interrumpida y frenada por mil incisos y casi anárquica de *Tristram Shandy,* la discursivamente bélica o bélicamente discursiva *Guerra y paz,* la abstraída y zigzagueante *En busca del tiempo perdido,* la microscópica lente aplicada a una boba en *Madame Bovary,* el estatismo vehemente de *Lolita* y la deliberadamente balbuciente, torrencial, atropellada y desdeñosa obra entera de William Faulkner.

Para mí el género novela es, si algo, tan huidizo como abarcador, y pienso que sus verdaderas cimas no se cuentan entre aquellas obras —tantas, y cada vez hay más—, que han procurado cazarla y atarla en corto y ponerle límites, sino entre las que han hecho uso efectivo y osado de su flexibilidad y su libertad, las que mejor han encarnado o dado a éstas cuerpo, por así decir. No es que baste con eso, en modo alguno y más bien al contrario: la historia de la novela también está llena de insoportables estafas y aspaventosas vacuidades que han encontrado en esas libertad y flexibilidad la perfecta excusa para disimular su impotencia o su nulidad o su afasia, para hacer ademanes geniales o virtuosistas, para oscurecer su significado y así no sólo ocultar su insignificancia sino amedrentar con su opacidad («No se me entiende bien porque soy muy complejo»). Esa historia, en suma, y sobre todo en el siglo XX, está plagada de camelistas y charlatanes, algunos de los cuales todavía hacen masticar y tragar gato a generaciones de críticos y estudiosos póstumos. Para hacer un uso interesante de esa libertad y esa flexibilidad hace falta algo más que desparpajo o desfachatez, y muchísimo más que meras ansias de originalidad o, como prefieren decir los farsantes ya antiguos, de «ruptura».

Pero tampoco logro —o mucho me cuesta— ver grandes obras maestras que hayan obedecido a esos supuestos patrones de la novela, los de la pertinencia y el argumento, la coherencia estricta y la estricta verosimilitud (a esta última la desplaza, cuando la hay, la veracidad de la ficción), el encaje de las piezas y la tupidez del tejido, la potencia reflectora, la pulcritud sintáctica, el apreciable y «deconstructible» trabajo artesanal: en suma, las virtudes de la costurera y el decorador. Tengo para mí que —suponiéndole talento y conocimiento al autor, y no sólo rabia, arbitrariedad, gracejo o anhelo de deslumbrar— cuanto más libre es una novela en su concepción y en su ejecución, cuanto más desenvuelto es quien la escribe cuando la escribe, cuanto a más se atreve con control de su atrevimiento, cuanto más dispuesto está a contar a su manera (esto es, lo que le venga en gana, como le venga en gana y en el orden en que le venga en gana según sus propósitos y su plan), con más probabilidades contará su novela de durar y de ser releída una y otra vez —releída por los mismos lectores o por distintos y futuros, tanto da—, porque en ella habrá siempre algo nuevo o cambiante que descubrir o comprender. *Sólo* una historia, *sólo* una intriga, *sólo* un argumento por buenos que sean, o unos personajes graciosos o intensos o pintorescos o «entrañables» sin más, o una escritura meramente «donosa» u ornamental, no serán nunca nuevos ni cambiantes a la segunda vez, como tampoco lo sería un texto tan encajado y cerrado, tan hilado y liso y compacto, y todo él tan «pertinente», que a la primera lectura ya no dejara ningún resquicio: también se quedaría sin ningún misterio. (Pero sólo se queda sin misterio lo que jamás lo ha tenido en realidad.)

En el fondo no es de extrañar que muchos críticos alaben estas virtudes de la costurera y el decorador: que todo case bien y haga juego, que no haya puntos sueltos ni hilachos; ya que el interés de muchos de ellos es leer un libro y poder darle carpetazo de una vez para siempre. Esa clase de crítico —por suerte no la única, pero sus filas se ven continuamente engrosadas por reseñistas decimonónicos del siglo XXI— funciona como un archivero, tolera sólo la aparición de textos con vistas a su clasificación, su etiquetación, su sobreseimiento o su sepultura inmediatas, y así agradecen mucho los que ya nacen muertos, o los que no presentan «caso» en el sentido judicial, o los que se ofrecen a su consideración con su propio y servil rótulo ya puesto. Suelen detestar, en cambio, las novelas huidizas y abarcadoras. Más raro es, o a mí me resulta, que sean con frecuencia novelistas quienes defiendan a capa y espada o con aguja e hilo esas virtudes de la costurera y el decorador. Me temo que su abundancia en aumento no es sino la triste prueba de que un fondo de verdad hay y ha habido en la réplica de los críticos al golpe clásico de los artistas, y de que algunos novelistas no son, en efecto, más que críticos o profesores frustrados.

Parece fácil escribir novelas, y cualquiera se atreve hoy en día, el mundo está lleno de debutantes imberbes y ancianos, precoces y muy tardíos, procedentes de las más variadas profesiones o popularidades, o de cualquier otro género literario. Es algo perfectamente legítimo, jamás consideraría a nadie un «intruso», no sólo porque la palabra me parece desagradable y inaplicable a las actividades artísticas, también porque tendría que verme de ese modo a mí mismo a mis diecinueve años, cuando publiqué *Los dominios del lobo,* y la verdad es que así no me he visto en los veintiocho transcurridos desde entonces, un poco tarde ya para variar mi perspectiva. Pero no deja de sorprenderme esa apariencia de facilidad tan engañosa que nadie se acerca a este género con miedo, ni siquiera con respeto. Y lo cierto es que —hablo por mí, desde luego— no es nada fácil escribir una novela. Ni siquiera una mala, chapucera, pedestre o trillada resulta fácil hacerla... y que aguante la lectura de un lector algo exigente, o dejémoslo en experimentado. No digo ya el juicio, solamente la lectura. A mí en todo caso, lector resabiado y viciado, me la aguantan poquísimas de las actuales, tan adornadas de méritos, virtudes y cualidades según los doctos profesionales. Dudo que me la aguantaran las mías, de no leerlas —como hago— a la vez que las escribo, y en más de una ocasión he dicho que seguramente no leería a Javier Marías si no resultara que lo conozco desde la cuna y me obliga. No crean que no me resisto a veces, quizá por eso ha publicado sólo nueve novelas en veintiocho años y tiende a renegar de una de ellas.

No es *Los dominios del lobo* precisamente. Lo que voy a decir ahora no atiende a los resultados, sobre los que malamente podría yo afirmar nada, y si lo hiciera carecerían de todo valor o crédito mis asertos y mis opiniones, no contarían. Hablo desde la más estricta subjetividad —y de qué otro modo sería posible—, y si acaso de mis intenciones, y acaso de mis impresiones. Pero lo cierto es que, independientemente de su resultado que en realidad no me atañe, y quizá con la única excepción de la mencionada *Negra espalda del tiempo* que puede no estar ni conclusa, no me he sentido más libre ni más flexible, más atrevido ni más despojado de servidumbres al género en su vertiente convencional y ortodoxa, más desenvuelto ni más huidizo, más abarcador ni más «impertinente» al escribir una novela, que cuando acometí, tecleé y acabé *Los dominios del lobo* entre mis diecisiete y mis dieciocho años. Lo que también recuerdo con claridad extrema es que nada de eso me la hizo fácil en modo alguno, sino quizá tan difícil como esa otra última, *Negra espalda del tiempo*. En esto sí que no he avanzado.

J M
Junio de 1999

Este libro
se terminó de imprimir
en los Talleres Gráficos
de Unigraf S. L.
Móstoles, Madrid (España)
en el mes de septiembre de 1999

ÚLTIMOS TÍTULOS PUBLICADOS

Alberto Fuguet
TINTA ROJA

Mia Couto
TIERRA SONÁMBULA

Rafael Ramírez Heredia
CON M DE MARILYN

Rosa Montero
AMANTES Y ENEMIGOS

Eliseo Alberto
CARACOL BEACH

Sergio Ramírez
MARGARITA, ESTÁ LINDA LA MAR

Javier Marías
NEGRA ESPALDA DEL TIEMPO

Tahar Ben Jelloun
LA NOCHE DEL PECADO

Julia Álvarez
¡YO!

Marina Mayoral
RECUERDA, CUERPO

Juan José Millás
EL ORDEN ALFABÉTICO

Jorge Onetti
SIEMPRE SE PUEDE GANAR NUNCA

Manuel Rivas
EL LÁPIZ DEL CARPINTERO

Rafael Argullol
TRANSEUROPA

Carlos Fuentes
LA REGIÓN MÁS TRANSPARENTE

Alicia Dujovne
EL ÁRBOL DE LA GITANA

Juan Benet
HERRUMBROSAS LANZAS

Alfredo Bryce Echenique
LA AMIGDALITIS DE TARZÁN

Miguel Naveros
LA CIUDAD DEL SOL

Manuel Longares
EXTRAVÍOS

Clara Sánchez
EL MISTERIO DE TODOS LOS DÍAS

Fernando Vallejo
LA VIRGEN DE LOS SICARIOS

José María Guelbenzu
UN PESO EN EL MUNDO

Augusto Monterroso
LA VACA

José María Merino
CUATRO NOCTURNOS

Anjel Lertxundi
UN FINAL PARA NORA

Juan Eduardo Zúñiga
FLORES DE PLOMO

Héctor Abad Faciolince
FRAGMENTOS DE AMOR FURTIVO

Manuel Vicent
SON DE MAR

Javier Marías
CORAZÓN TAN BLANCO

Carlos Fuentes
LOS AÑOS CON LAURA DÍAZ

Nélida Piñon
LA REPÚBLICA DE LOS SUEÑOS

Alfredo Bryce Echenique
GUÍA TRISTE DE PARÍS

Javier Marías
EL HOMBRE SENTIMENTAL

Mariano Antolín Rato
LA ÚNICA CALMA